CORINNE MICHAELS

Venha me **AMAR**

Traduzido por Patrícia Tavares

1ª Edição

2024

Direção Editorial:	**Revisão Final:**
Anastacia Cabo	Equipe The Gift Box
Tradução:	**Arte de capa:**
Patrícia Tavares	Bianca Santana
Preparação de texto:	**Diagramação:**
Mara Santos	Carol Dias

Copyright © Corinne Michaels, 2022
Copyright © The Gift Box, 2024
Capa cedida pela autora

Todos os direitos reservados.
Nenhuma parte do conteúdo desse livro poderá ser reproduzida em qualquer meio ou forma – impresso, digital, áudio ou visual – sem a expressa autorização da editora sob penas criminais e ações civis.
Esta é uma obra de ficção. Nomes, personagens, lugares e acontecimentos descritos são produtos da imaginação da autora. Qualquer semelhança com nomes, datas ou acontecimentos reais é mera coincidência.

Este livro segue as regras da Nova Ortografia da Língua Portuguesa.

CIP-BRASIL. CATALOGAÇÃO NA PUBLICAÇÃO
SINDICATO NACIONAL DOS EDITORES DE LIVROS, RJ

M569v

Michaels, Corinne
    Venha me amar / Corinne Michaels ; tradução Patricia Tavares. - 1. ed. - Rio de Janeiro : The Gift Box, 2024.
    318 p.   (Rose Canyon ; 2)

Tradução de: Give me love
ISBN 978-65-5636-363-9

    1. Romance americano. I. Tavares, Patricia. II. Título. III. Série.

24-94949   CDD: 813
                          CDU: 82-31(73)

Dedicatória - Aos influenciadores DIY no Instagram que me fornecem projetos que enlouquecem meu marido e me permitem procrastinar quando deveria escrever. Mal posso esperar por mais ideias de coisas que não posso fazer, mas passarei horas assistindo.

CAPÍTULO UM

Emmet

Isso não está acontecendo.

De jeito nenhum Blakely Bennett está em Rose Canyon. Não na recepção do casamento de Brielle e Spencer. Ela deveria estar em Washington DC, não no Oregon.

Isso é um sonho – ou um pesadelo, dependendo do motivo pelo qual ela está aqui.

— Ótimo — eu resmungo, enquanto observo a mulher que me persegue espreitar pela sala como se ela fosse a dona.

— Quem é aquela? — Brielle pergunta a Spencer.

— Essa é um mundo de problemas e um monte de coisas que tentei esquecer. — Eu corro meus dedos pelo meu cabelo. — Porra.

— Hum, Emmett? — Spencer agarra meu ombro. — É aquela...

— Sim.

Brie bufa.

— Você pode me dar uma pista?

— Essa é Blakely Bennett. Ela estava no exército com Emmett.

— Oh? Eles são amigos? — Brie pergunta, mas não consigo parar de observar Blakely. Não consigo impedir que as rodas girem sobre o que diabos essa mulher está fazendo aqui.

Eu fiz o que ela me pediu.

Eu não estou sendo difícil.

Seu cabelo castanho escuro, o qual parece seda, balança a cada passo que ela dá. Eu posso ver os olhos castanhos quentes com manchas amarelas me observando.

— Eu acho. Ela era seu capitão e a médica da unidade.

Eu me viro para ele, precisando de um segundo para me controlar. Olhar para ela é como olhar para o sol. Dói e deixa uma impressão muito depois de você desviar o olhar.

— Não, éramos do mesmo nível — esclareço. — Nós dois éramos capitães, e ela não me superava, ao contrário do que ela pensava.

— Ela era totalmente a chefe dele — Spencer diz suavemente para ela.

Vou chutar o traseiro dele mais tarde por isso.

Então ela está aqui. Bem na minha frente e, juro por Deus, não consigo respirar. Ela é tão linda, tão tudo, e ainda não me sinto bom o suficiente para estar na presença dela. Eu nunca me sinto.

Eu ainda quero cair aos pés dela, o que me irrita.

— Olá, Maxwell. — Aquela voz suave e doce de um anjo cai ao meu redor.

Só que sei melhor, não há nada angelical em Blake. Ela vai te matar enquanto você dorme, e é por isso que eu nunca deveria ter confiado nela.

— Bennett — digo em uma respiração.

Blake se vira para Spencer, seu sorriso nunca vacila.

— Pensei que fosse você, Cross. Você está maravilhoso e tão feliz.

Eles se abraçam, e aperto minha mandíbula para não dizer algo estúpido. Spencer é casado e feliz e não tem interesse em Blake. Eu também não. De jeito nenhum. Ela é apenas… Blakely.

Spencer se afasta, segurando seus braços.

— É porque estou. É bom ver você, Blake.

Ela continua falando com ele como se eu não estivesse aqui.

— Você também, e ouvi dizer que esta é a sua festa de casamento?

— Você ouviu corretamente — Spencer assente. — Esta é minha esposa, Brielle.

Blakely coloca o cabelo atrás da orelha e pega a mão de Brielle.

— É um prazer conhecê-la. Conheço seu marido de um dos exercícios de treinamento que fizemos. Desejo muita felicidade a vocês dois.

— Obrigada.

Chega de papo furado. Blakely não atravessou o país sem um telefonema à toa. Ela quer algo de mim, e eu gostaria de saber exatamente o que é.

— O que você está fazendo aqui, Blakely? — pergunto.

Blake inclina a cabeça para o lado, batendo aqueles cílios longos e escuros.

— Eu vim para ver você, querido.

Irreal e uma mentira. Vou presumir que ela tem os papéis do divórcio e isso é algum tipo de estratagema para me irritar.

— Eu enviei a papelada para você meses atrás.

Ela acena com a mão.

— Não estou aqui para isso. Eu vim por outra coisa.

Spencer pigarreia.

— Que papelada?

Blakely dá de ombros.

— Os papéis do divórcio.

Em vez de gritar como eu quero, gemo, passando a mão pelo meu rosto.

— Jesus Cristo.

— Você é casado? — Brielle praticamente grita.

Uma horda de pessoas intrometidas se vira para olhar para mim. Ótimo, isso realmente será tudo o que todos falarão.

Olho para Spencer e Brielle.

— Sim, Blakely Bennett é minha esposa. E se me derem licença, preciso falar com ela lá fora.

Eu agarro a mão dela, puxando-a em direção à grande porta de vidro. Minha esposa não parece nem um pouco perturbada enquanto acena um rápido adeus para todos que estão olhando para nós.

— Tenho certeza de que nos veremos em breve.

O inferno que ela vai. Vou colocá-la de volta em um avião e mandá-la para casa assim que puder. Sempre que ela está por perto, as coisas vão mal para mim. Eu esqueço quem eu sou e me torno o homem que ela precisa, mas nunca vai querer.

Ou quer, mas não vai ter.

Eu tinha que colocar distância entre nós e, aparentemente, calculei mal quanta distância iria mantê-la afastada.

Quando chegamos ao convés, o ar fresco ajuda a clarear minha mente confusa.

— Diga logo — falo com um pouco mais de força do que pretendia.

— Seja legal, Emmett, você geralmente não é um idiota.

— E você não está aqui porque sentiu minha falta.

— Você está certo, não é por isso que vim, mas sinto sua falta. — Ela sorri. — Como você está? Ouvi dizer que você é o xerife desta pequena cidade.

Eu fecho meus olhos por um instante e suspiro.

— Sim, sou. Bem, tecnicamente, sou um xerife do condado, mas é aqui que fui contratado para trabalhar.

— Tudo bem, e como você está?

— Estou ótimo — eu minto.

— Bom saber.

— Por que você está aqui, Blakely? — pergunto com os dentes cerrados. — Enviei os papéis do divórcio, estou pronto para acabar com tudo, e você não devolveu as cópias. Então, o que mais traria você aqui se não fosse para dar a nós dois o que queremos?

— Como já disse, não estou aqui por causa do divórcio, que também nunca disse que queria.

Não, ela nunca *disse* que queria o divórcio, mas deixou bem claro que não me queria quando me deixou naquela noite. Solto um suspiro pesado pelo nariz.

— Você está me matando.

— Não, estou aqui para garantir que isso não aconteça com outra pessoa.

Essa mulher me confunde.

— Ok…

— Você vai me agradecer mais tarde.

— Ou você pode me dizer quem acha que vai me matar.

O que seria ninguém. Ela é cheia de merda.

— Eu pretendo, mas primeiro, você não vai perguntar como estou indo? — Blakely muda de assunto.

— Não até que você responda à pergunta original.

Ela encolhe os ombros e, em seguida, move-se em direção ao corrimão.

— Este lugar é lindo. É literalmente como você descreveu. Super pitoresco, e as pessoas são todas muito legais. Consegui encontrá-lo em apenas alguns minutos.

Às vezes, as pessoas nesta cidade são loucas. Elas não têm senso de perigo ou noção de quanto dano pode ser feito com algo tão básico quanto a localização de uma pessoa, mas ela e eu temos. Anos de treinamento militar nos fizeram ser cautelosos com tudo e com todos.

— Que bom que minhas descrições corresponderam às suas ideias — digo, sem vontade de bater papo. — Bennett?

— Sim, querido?

— Sério?

9

— Não nos vemos há dois anos e meio. Eu tenho saudade de você. Podemos, por favor, conversar um pouco, e depois prometo dizer a você por que estou aqui e por quanto tempo pretendo ficar na sua casa, com o que você terá que concordar, já que não há hotéis em nenhum lugar por aqui.

— Não.

— Não para qual?

Inclino meu rosto para o céu e rezo pela intervenção divina.

— Não para todos. — Um som estrondoso profundo sai do meu peito. Ninguém me deixa tão louco quanto ela. E o pior é que tudo que quero fazer agora é puxá-la para meus braços e beijá-la até que ela derreta.

Ela sorri.

— Senti falta desse rosnado.

Sinto falta de me sentir no controle, e não perto dela.

— Estou no último fio da minha paciência.

— Então seja bonzinho e me pergunte o que estou fazendo. Quem sabe, talvez você consiga essa resposta.

De todas as coisas que essa mulher é, manipuladora não é uma delas. Ela e eu sempre nos valorizamos o suficiente para sermos honestos. Quando você está comandando uma equipe de soldados, você deve ser capaz de confiar na pessoa que está por trás de você. Blakely e eu nos tornamos instantaneamente uma equipe. Eu cuidava de toda a logística e ela era nossa médica. Ela se certificou de que os soldados fossem cuidados e eu me certifiquei de que ela estava segura.

Pelo menos tentei.

Nós nos casamos por todos os motivos errados, ou talvez eles estivessem certos na época. Nós dois éramos solteiros, queríamos juntar um dinheiro extra e porque não queria perdê-la da unidade.

Era estritamente papelada – isso é, até que comecei a me apaixonar por ela.

Como eu não poderia?

Ela é perfeita, exceto pelo fato de se recusar a amar alguém.

Essa parte não é tão perfeita.

— O que você está fazendo, minha linda esposa? — pergunto, forçando a frustração a ficar fora do meu tom enquanto fico na frente dela.

— Que gentil da sua parte perguntar. — Sua mão se move para o meu peito, e uma corrente familiar corre por mim. Seus olhos encontram os meus, e quando sua respiração falha, sei que ela sente isso também. Ela dá um passo para trás, balançando a cabeça. — Estou dirigindo uma empresa de investigação privada fora de DC.

Há um choque.

— Sério? Quando você saiu do exército?

— Depois que você foi dispensado, aceitei um trabalho administrativo no FBI. Eu ia liderar um programa de treinamento médico para eles, mas acabei trabalhando em sua força-tarefa para pessoas desaparecidas. Assim que fui dispensada do exército, decidi ficar em DC, deixar o FBI, há muita burocracia, e abri minha própria empresa, pois gosto muito do lado investigativo.

— Você o quê?

— Não é grande coisa, saí há dois meses.

— Por que você saiu?

— Porque já tive o suficiente do governo me possuindo. A política e o drama… é ridículo. Consegui alguns clientes recentemente e pude usar meus contatos do Bureau para obter informações.

— Ilegalmente?

Ela bufa.

— Por favor, não estou sujeita às mesmas regras de alguém que trabalha para uma agência.

— Ok, agora você é uma Investigadora Particular, mas por que você está aqui?

Blakely se inclina contra a grade, suas longas pernas cruzadas nos tornozelos.

— Eu pensei em você, Emmett.

A admissão me atordoa. Não que não fôssemos próximos. Não que nossa amizade tenha vacilado, não até que ela me abandonou naquela noite. Não até que percebi que não poderia ficar perto dela porque iria me apaixonar ainda mais por minha esposa.

— Eu também pensei em você. — A admissão escapa tão facilmente.

Ela se levanta e se aproxima.

— Então por que você não ligou?

— O telefone funciona nos dois sentidos, amor.

Ela sorri.

— Você me devia uma ligação primeiro e sabe por quê.

Porque a única resposta que ela recebeu de mim em dois anos e meio foi um e-mail de uma linha depois dos inúmeros que ela enviou e então pedi o divórcio.

— Eu deveria ter te avisado.

— Isso teria sido bom.

— Não pensei muito nisso, já que éramos basicamente colegas de quarto com um salário mais alto.

Blakely se aproxima, seu cabelo escuro brilhando na luz do sol que se põe.

— Ainda dói, Emmett. Não é uma nota ou um texto. Sem respostas por anos para quantos e-mails? Nada além de um cara aparecer, entregar a papelada e dizer que fui notificada. Não vamos nem falar sobre a merda que levou a isso.

Eu me sinto como um idiota, mas precisava fazer isso. Nós dois estamos vivendo no passado que foi construído sobre mentiras. Preciso ser livre para viver minha vida e seguir em frente. Porque, quando percebi que estava me apaixonando por ela... que eu queria me casar em todos os sentidos da palavra, ela me lembrou por que isso não era possível.

— Eu pensei que você não estava aqui para isso.

Ela dá de ombros.

— Não estou, mas você foi a cereja no topo desta viagem. Estou aqui porque você se meteu em alguma merda, amigo, e sendo a esposa amorosa e dedicada que sou, vim aqui para tirá-lo disso antes que acabe morto.

CAPÍTULO DOIS

Emmet

Dois anos e meio antes

— Precisa de mais alguma coisa, major? — a enfermeira pergunta enquanto coloca outro cobertor sobre mim. Major, ainda não me acostumei com isso. Fui promovido há dois dias, finalmente superando minha esposa e, em vez de uma cerimônia, estou na Alemanha me recuperando de um ferimento a bala.

— Alguém que tenha informações sobre minha unidade seria bom.

— Senhor?

— Você pode ver se *alguém* tem uma atualização de status sobre quaisquer outras lesões na minha unidade?

Achei que, a essa altura, pelo menos saberia alguma coisa.

Ela me dá um sorriso triste.

— Verei o que posso fazer.

Concordo com a cabeça, sabendo que nada vai acontecer.

Eu olho ao redor da sala fria, odiando estar aqui em vez de naquele campo com meus homens.

Três dias atrás, fui baleado e enviado para cá. Faz três dias que estou aqui, preocupado e me perguntando o que está acontecendo com a unidade. Não sei se estão a salvo ou mesmo quem sobreviveu.

Murphy estava preso comigo, e então Hunt deslocou-se para um terreno mais alto, tentando passar nossa localização para a equipe de evacuação.

Tenho certeza de que Dunegan não sobreviveu. Sua ferida era profunda e… Deus, eu preciso descobrir. O único ponto positivo é que Blakely foi transferida para outra unidade há três semanas. Não sei se conseguiria respirar agora se ela estivesse conosco. Eu estaria fora de mim e fora desta cama procurando por ela.

Há uma batida na porta e entra o cirurgião.

— Major Maxwell, como você está hoje?

— Estou bem. Ficarei muito melhor se você estiver aqui com alguma informação sobre minha equipe.

— Eu gostaria de poder te dar isso, mas não posso.

— Capitão, se fossem seus homens, sua equipe de médicos e enfermeiras, como você se sentiria exatamente?

— Não estou dizendo que não simpatizo com você, mas não posso quebrar as regras, nem mesmo se eu quiser.

Ninguém vai dizer nada. Não até o Coronel O'Brien chegar aqui. Achei que ele estaria aqui quando eu acordasse da minha cirurgia de quatro horas, mas não.

— Alguma ideia de quando o coronel O'Brien chegará aqui?

— Ele está no hospital hoje, então imagino que ele encontrará seu caminho até aqui em algum momento.

Eu bufo.

— Só quero saber se meus caras escaparam e quem não conseguiu. Eu preciso fazer ligações para as famílias como seu oficial comandante.

O capitão Hulse coloca a mão no meu ombro.

— Entendo. Se eu o vir, vou lembrá-lo de vir aqui.

Deixo escapar um longo suspiro, descansando minha cabeça contra o travesseiro.

— Obrigado.

— Deixe-me dar uma olhada em sua ferida.

Concordo com a cabeça, e ele puxa o cobertor, remove a bandagem para expor minha coxa. A bala atravessou o músculo das costas, destruindo tudo em seu caminho. Eles estão confiantes de que vou usar minha perna novamente, mas vai ser uma recuperação difícil. Eu não me importo com isso, no entanto. Não tenho medo de trabalhar duro e provar que sou capaz de superar isso.

— Tudo parece como esperado. Há uma pequena quantidade de vermelhidão ao redor da ferida, que quero observar. Quanto mais cedo levantarmos você, melhor, então hoje vamos começar com alguns exercícios leves e ver como...

— Onde ele está? — Ouço alguém gritando no corredor. — Onde diabos está meu marido?

Eu conheço essa voz. Dirijo-me ao médico, que observa a porta aberta.

— Senhora, por favor, acalme-se.

Coisa errada a se dizer.

— Eu não sou uma senhora. Sou o capitão Bennett e estou procurando o capitão Maxwell, que foi baleado. Eu estou aqui... onde diabos está o capitão Maxwell?

— Não temos um capitão Maxwell aqui, capitão.

— Oh, Deus! Oh, Deus! Ele... ele está morto? Não! Disseram que ele foi enviado para cá. Eu vim. Eu vim tão rápido quanto...

— Blake! — grito para ela.

— Emmett?

O capitão Hulse olha para mim.

— Sua esposa, presumo?

— Você poderia salvar a pobre enfermeira de minha esposa? Ela pode perder a cabeça se alguém não a ajudar.

Ele ri e caminha até a porta.

— O major Maxwell está aqui.

Eu ouço um suspiro alto, e então o médico está sendo empurrado para fora do caminho e seus olhos cheios de medo encontram os meus.

— Emmett — ela respira meu nome.

— Estou bem.

Ela balança a cabeça, movendo-se em minha direção.

— Eu vim. Eu... eles me puxaram e disseram que você estava ferido. Ninguém me diria...

Lágrimas caem por seu rosto, e eu me forço a sentar um pouco e estendo a mão para ela.

— Estou bem, Blake. Estou bem.

— Eu não sabia.

— Sinto muito.

— Eu não sabia. Eles apenas disseram que você foi baleado e estava em cirurgia.

Suas mãos seguram meu rosto.

— Eu deveria ter estado lá com você.

15

— Não. Absolutamente não.

Sua testa descansa na minha, suas lágrimas caindo em meu rosto.

— Eu teria sabido. Eu não sabia, e… espere! Você é major?

Eu sorrio.

— Sim. Eu vou explicar tudo. Apenas fique quieta por um segundo, se você conseguir. — Eu passo meus polegares suavemente contra suas bochechas.

— Eu estava apavorada, Emmett. — Foi há dois anos que ela segurou Dylan em seus braços enquanto ele morria. Mais de oito anos de guerra, onde ela manteve inúmeros outros homens que ela tentou salvar, mesmo sabendo que não poderia. Todos os dias, Blakely luta para abrir seu coração a qualquer pessoa, porque ela nunca sabe se terá que salvar a vida deles no dia seguinte.

E mais uma vez, agradeço a Deus por ela não estar conosco há alguns dias. Estou feliz que foi algum outro médico que segurou meu ferimento de bala e não ela.

Ela funga novamente e então se endireita.

— E a equipe?

— Não sei.

— O que aconteceu?

Conto a maior parte do que me lembro. Como entramos na cidade onde se suspeitava que o alvo estava. A informação era incompleta, mas era tudo o que tínhamos. Tomamos a decisão como equipe de avançar, mas sendo cautelosos. Desde o momento em que pisamos fora do comboio, senti que algo estava errado. Tudo estava muito quieto, muito tenso, mas muitas vezes me sentia assim em lugares como aquele.

Eu deveria ter confiado no meu instinto.

Assim que entramos no centro, o inferno começou. As balas voavam de todos os ângulos e não havia onde se esconder.

— Dunegan foi baleado. Eu estava com ele, e… tentei fazer com que prestassem ajuda a ele primeiro — digo a ela. — Acho que alguns outros foram atingidos. Não sei. Foi um show de merda. Tudo foi fodido desde o início.

Os dedos de Blakely se enroscam nos meus.

— Se eu estivesse lá…

— Você poderia ter morrido, Blake. Não comece dizendo como você deveria estar lá. Se estivesse, eu teria morrido mil vezes tentando chegar até você. Você entende?

Eu nunca teria conseguido me concentrar se ela estivesse conosco. Eu teria lutado e provavelmente morrido tentando protegê-la, toda a equipe teria.

— E a sua ferida?

— Eles conseguiram reparar a maior parte dos danos da bala. Não pensei que fosse tão sério. Eu ainda não acho. Eu deveria ter ficado, brigado com eles até voltarmos para a base e depois vir para o hospital.

— Eu não sabia que você era um médico agora.

Eu dou de ombros.

— Foi o que eles disseram.

— Eu mesma vou falar com o médico.

Claro que ela vai. Blakely terá todo o meu plano de reabilitação elaborado antes de partir, com certeza.

— Quanto tempo você tem? — pergunto.

Ela deve ter ficado perturbada por eles terem permitido que ela deixasse sua unidade e chegasse aqui tão rápido. Eu só posso imaginar o inferno que ela criou. Nós dois sabemos que eles não vão conceder a ela mais de uma semana, não quando ela é necessária lá fora.

Blake se inclina, pressionando a mão na minha bochecha.

— Até que eles me arrastem para longe de você.

CAPÍTULO TRÊS

Blakely

— Você precisa de outro travesseiro? — pergunto enquanto arrumo Emmett no sofá.

— Estou bem, Bennett.

Ele não está bem. Ele não está tão bem, mas não tenho coragem de contar a ele tudo o que sei. Como ele quase perdeu a perna alguns dias atrás. Por exemplo, como a infecção que o médico pensou ter sido curada, não foi. Ou como a perda muscular que ele agora tem significa que provavelmente nunca mais será um *Ranger*.

Ele não está bem.

Mas ele está vivo.

— Tudo bem. — Puxo o cobertor e beijo sua testa.

As duas últimas semanas foram difíceis para ele, tendo que contar comigo e também por ter perdido dois homens na emboscada. Ele não é ele mesmo, e entendo isso.

Quantas vezes fui eu lidando com isso? Saber que não fui boa ou rápida o suficiente para salvar um soldado. Vi pessoas morrerem em meus braços quando tentei tanto salvá-las, mas não consegui.

Imediatamente, minha mente me leva de volta a Zabul, dois anos atrás, onde passei de felicidade a desespero absoluto quando meu irmão foi morto diante de meus olhos.

— Emmett… — começo, porque quero compartilhar com ele o que o Coronel me disse. Meu tempo acabou. Eu tenho que partir em breve.

Minha unidade está voltando, e tenho que estar com eles. Eles precisam de mim mais do que preciso estar aqui. — Você sabe que eu tenho que…

— Eu sei, estou ciente de tudo isso.

Eu não acho que ele está. Sento-me na beirada do sofá e ele se afasta um pouco para me dar mais espaço.

— Você está?

— Sim. Sei que tenho mais danos na minha perna do que eles pensavam. Sei que perdi dois homens. Sei que falhei como líder deles. Sei que tenho que pagar penitência por isso.

Não é isso que quero dizer a ele, mas não vou admitir agora. Ele precisa de conforto mais do que tudo.

— Você acha que eu tenho que pagar por isso também?

Inúmeras vezes ele me disse o oposto do que acabou de dizer. Quando minha culpa estava transbordando, foi Emmett quem disse que não havia lugar para ela. Que tinha feito tudo o que podia. Que tinha salvado centenas de pessoas e parasse de contar as derrotas e começasse a focar nas vitórias.

Claro, isso nunca iria acontecer. É meu trabalho salvar as pessoas. Eu saio para garantir que eles voltem para casa e, quando falho, isso me mata.

— Você não levou as pessoas à morte.

— Você também não.

Ele balança a cabeça.

— Eu não consigo me fazer acreditar nisso.

E entendo isso melhor do que ninguém.

— Gostaria de poder dizer que fica mais fácil.

— Eu gostaria que você também pudesse, mas não mentimos um para o outro.

Eu sorrio.

— Não, nós não mentimos.

É por isso que esse arranjo funciona tão bem. Emmett não é apenas meu melhor amigo, mas ele e eu sabemos exatamente o que isso é e como permanecerá.

Só isso.

Meu pai foi embora quando Dylan e eu éramos bebês, perdi meu irmão na guerra e minha mãe morreu menos de um mês depois. Desde então, tive que encontrar uma maneira de viver comigo mesma, meus fracassos, minha dor e não desmoronar. Sabendo que se tivesse que suportar mais uma perda, não seria mais capaz de manter intactos os pedaços fraturados de minha alma.

19

— Quanto tempo antes de você ter que voltar? — ele pergunta.

Amanhã.

— Em breve.

Por alguma razão, não quero admitir isso para ele. Não quero pensar em ir embora. Quero ficar aqui com ele, o que me apavora.

Nessas duas últimas semanas, estivemos mais próximos do que o normal. Mais... como cônjuges do que como amigos. Emmett e eu sempre fomos próximos, mas ajudá-lo a limpar seu ferimento, tomar banho, vestir-se e cuidar dele em geral parece mais íntimo do que antes.

Eu preciso sair e colocar distância entre nós em todos os sentidos.

— Estou assumindo que você organizou minha vida?

— Sim.

Sua risada profunda enche meu coração.

— Ninguém organiza e vê as coisas como você.

— Vou levar isso como um elogio.

— É um. É o que a torna tão boa em seu trabalho. Você vê tudo como um quebra-cabeça e ninguém consegue encaixar as peças tão rápido quanto você.

Seu elogio me aquece.

— Você está tentando paquerar? — pergunto brincando.

— Está funcionando?

Eu rio.

— Não.

— Estou fora do meu jogo. Eu culpo os remédios.

— Eu vou deixar você ter isso então.

— Você sabe que tudo isso me fez pensar sobre a vida. — Ele olha para mim, seus olhos cheios de emoção. — Como sou estúpido. Como vivi essa meia-vida. Não nos tornamos normais, você e eu. Não conseguimos ter as coisas que queremos.

Soltando uma respiração pelo nariz, forço um sorriso.

— Não, não podemos nem ter um cachorro.

Os olhos de Emmett encontram os meus.

— O quê?

— Um cachorro. Nunca poderemos ter um animal de estimação. Não podemos ter normalidade, porque nossas vidas não são normais. Nunca haverá uma casa com uma cerca de estacas, crianças e um cachorro. Não podemos amar as coisas de fora porque elas não são para nós.

Nós dois aprendemos que amar algo não está em nossas cartas. Quando damos nosso coração a alguma coisa, corremos o risco de perdê-lo ou de fazer alguém sofrer. Manter distância dos outros protege a todos.

Ele se mexe, olhando para o teto.

— E você disse que meu jogo de romance era fraco.

Eu rio e me levanto para pegar o caderno que tem a agenda dele para a próxima semana.

— Bem, romance é para otários.

— O que é isso? — Emmett pergunta.

— Sua Bíblia da vida. Tenho aqui tudo o que você precisa, incluindo uma lista de números de emergência caso precise de ajuda médica, as informações de contato do médico, o endereço da sua fisioterapia e as datas e horários agendados. O soldado Montgomery estará aqui quarenta minutos antes de cada compromisso para garantir que você chegue a tempo, e ele o trará para casa. Se você precisar de alguma coisa, ele pode conseguir para você também. Contratei duas enfermeiras que farão rodízio para limpar seu ferimento todos os dias.

A mão de Emmett repousa sobre a minha.

— Blake, pare.

Eu olho para ele com confusão.

— O quê?

— Não quero gastar o tempo que nos resta revisando minha agenda ou qualquer outra coisa. Vou ler… prometo.

— O que você quer então?

— Apenas… deite-se aqui comigo. Estou quebrado, porra.

E essa declaração me quebra com ele. Eu coloco o livro de lado e faço o que ele pediu, deitando-me de lado para ficar de frente para ele. Seus olhos azuis estão cheios de uma tristeza que sei que ele já viu nos meus muitas vezes.

— Não é sua culpa — eu asseguro a ele, roçando meus dedos ao longo de sua mandíbula. — Não é sua culpa — repito várias vezes.

Seus olhos se fecham enquanto sua cabeça descansa ao lado da minha. Posso sentir sua dor como se fosse minha. Continuo a acariciar seu rosto, passando meus dedos por seus cabelos. O braço de Emmett envolve minha cintura e ele me puxa para que nossos corpos não tenham espaço entre eles.

— Blake… — sua voz falha. — Eu preciso de você.

VENHA ME *Amar*

— Eu estou bem aqui — prometo.

Ele se mexe, esfregando o nariz no meu. Sei que deveria parar com isso, mas eu quero tanto. Eu quero beijá-lo, tocá-lo e sentir o poder que ferve em torno dele em todos os sentidos. Podemos ser melhores amigos, mas ele é mais do que isso. Nós somos casados, e… nós… não deveríamos, mas não posso forçar as palavras da minha boca.

— Eu preciso de você — ele sussurra contra meus lábios.

Meu coração está batendo forte, em guerra com o que é certo e o que eu quero.

— Preciso de você também.

E essa confissão parece o último suspiro antes que ele me roube a necessidade de ar.

Os lábios de Emmett estão nos meus em um piscar de olhos, e seus braços fortes estão ao meu redor, segurando-me enquanto ele me beija profundamente. Nossas línguas deslizam uma contra a outra, desesperadas por mais. As carícias suaves agora são ásperas e carentes.

Ele move a mão para baixo, segurando minha bunda e, em seguida, puxando minha perna para o lado dele. Eu gemo em sua boca, querendo que esse beijo nunca termine.

Quando seus dedos deslizam sobre meu estômago, estremeço. Emmett nos ajusta enquanto sua mão desliza para o meu peito.

Faz tanto tempo. Anos desde que alguém me tocou. Anos desde que não era meu próprio toque me dando prazer. Não é nada comparado a isso, a ele.

— Você é tão perfeita — ele diz enquanto seu dedo se move ao redor do meu mamilo. — Você cabe na minha mão como se fôssemos feitos para ser assim.

Minha cabeça cai para trás, e então seus lábios estão no meu pescoço. O calor de sua boca me aquece em todos os lugares enquanto ele continua acariciando meus seios.

— Emmett — eu digo, querendo que ele me dê mais e pare ao mesmo tempo.

Não devemos fazer isso. Eu sei que ele está com dor e estou nesse estado perpetuamente. Ele é meu melhor amigo, e vamos nos arrepender disso.

— Eu preciso provar você, Blake. Por favor, só um gostinho.

Sim, eu posso dar um gosto. Apenas um. Não há nada de errado com isso, certo? Estou ajudando-o a esquecer sua dor e ele está me fazendo sentir bem.

— Apenas uma amostra — dou permissão a ele.

Ele puxa minha camisa e o sutiã esportivo por cima da minha cabeça. Meu peito está nu para ele, e o rosnado em sua garganta me excita ainda mais. Emmett me move como se nem estivesse ferido para que sua boca possa encontrar meu mamilo. Sua língua gira em torno da ponta antes de levá-lo para a boca e chupar.

Eu poderia gozar apenas com isso. É tão bom, e quero mais. Minhas mãos estão na parte de trás de sua cabeça, segurando-o enquanto ele se move de um para outro, lambendo, chupando e beijando.

Eu preciso dele dentro de mim. Preciso que ele tome minha dor tanto quanto quero levar a dele.

Esse pensamento me deixa tensa porque nunca pensei nisso antes. Eu queria que ele me beijasse, claro. Quem não gostaria? Emmett é gostoso *pra* caralho, e nós moramos juntos, e tive que ajudá-lo a tomar banho. Eu sei como é o pau dele e passei algumas noites imaginando-o, mas isso… isso é loucura.

Esta é uma linha que não devemos cruzar.

— Emmett, devemos parar — de alguma forma consigo dizer.

— Nós deveríamos? — pergunta enquanto sua boca volta para o meu seio.

Sim. Não. Jesus, isso é bom.

— E-eu acho…

— Hum? — Sua boca não me solta, e a vibração viaja até meus dedos dos pés. Sim, não, *não* devemos parar.

Não só porque eu quero isso, mas também porque nós dois somos adultos. Sabemos que isso não significa nada. Isso não muda o fato de que somos casados no papel e não no coração. É Emmett, e ele sabe como me sinto. Não há confusão aqui.

E isso é sexo.

Isso é sobre estarmos tão malditamente quebrados e precisando de algo para aliviar a dor.

Está bem.

Não tem nada a ver com o fato de que quase enlouqueci quando descobri que ele estava ferido. Ou que chorei quando o levaram de volta para a cirurgia. Não é sobre como meu coração tem essa dor permanente quando penso nele.

Não. Nada disso.

Eu levanto seu rosto para o meu.

23

— Temos de ter cuidado.

— Serei cuidadoso, mas se você quiser parar, agora é a hora, Blakely. Eu quero você, e quero me perder em todos os sentidos. Quero fazer você gritar meu nome e esquecer toda a merda que nós dois estamos sentindo. Quero me enterrar dentro de você e nunca mais voltar. Você quer isso ou quer se levantar agora e ir embora?

Minha respiração vem em rajadas curtas. Eu olho em seus olhos azuis, sabendo que não há nenhuma chance no inferno que eu possa levantar agora. Tudo o que ele quer é exatamente o que preciso. Sem olhar para trás, eu digo:

— Nunca.

Eu o beijo, desligando cada parte de mim que grita que acabei de cometer um erro e me permito sentir em vez de pensar e lembrar.

O barulho que sempre está lá fica em silêncio, e tudo em que me concentro é Emmett.

Seus lábios não deixam os meus enquanto ele se move para puxar minha calça para baixo. Emmett abre minhas pernas, deslizando um dedo entre nós. Quando ele roça meu clitóris, quase me perco. Estou tão preocupada com tudo, tão desesperadamente desesperada para que ele tome conta dos meus sentidos novamente que não consigo me conter.

— Tão molhada para mim. Você quer isso, hein, Blakely?

— Sim.

— Você quer que eu toque aqui?

Ele faz isso de novo.

— Sim.

— Boa menina — ele elogia enquanto esfrega meu clitóris. — Você pode fazer algo para mim?

Eu farei qualquer coisa.

— O quê?

— Eu quero que você goze na minha língua, mas tenho que ficar deitado de costas. Quero que você se sente na minha cara e deixe-me fazer você gritar.

Sim. Estou morta. Nunca estive tão excitada e com medo ao mesmo tempo. Não porque duvido de sua capacidade de conseguir exatamente o que está pedindo, mas porque este é Emmett. Meu Emmett. Meu melhor amigo muito sexy e marido de casamento de conveniência.

Ele remove a mão.

— Ou paramos.

— Não! — grito em protesto, fazendo-o sorrir.

Idiota arrogante.

— Então suba aqui e me dê o que eu quero.

Faço o que ele diz, saindo do sofá e tirando minha calça.

— Estou nua.

— Graças a Deus por isso.

— Mas você não está.

Ele sorri.

— Preciso de ajuda com isso, linda.

Meu pulso salta com o carinho, mas contenho essa merda enquanto tiro sua camisa primeiro e depois seu short.

— Emmett?

— Sim?

— Tem certeza? — pergunto. A pergunta carregada significa mil coisas. Ele tem certeza sobre isso, sobre sua lesão, sobre o que vamos fazer?

Ele tira a cueca, deixando seu pau incrível livre. Vi isso tantas vezes nas últimas duas semanas que não deveria estar impressionada, mas estou.

— O que você acha? — Eu o encaro, sem saber como ele a tirou sem gritar de dor. Eu inalo lentamente, e ele pega minha mão. — Tenho certeza, Blakely.

Eu me movo enquanto ele me puxa, arrumando-me conforme ele pede. Eu olho para trás para ter certeza de que sua perna ainda está apoiada para manter seu ferimento protegido, e ele empurra meus quadris para frente, então estou pairando acima dele.

— Espere e, faça o que fizer, não recue.

Oh, Deus. Ele levanta a cabeça enquanto me puxa para ele e começa. Sua língua lambe meu clitóris, sacudindo-o com vários graus de pressão. Já estou perto, então não demora muito antes que o prazer esteja perto de atingir o ápice. Eu me inclino para a frente, usando o braço do sofá para me equilibrar. Ele geme contra mim, lambendo mais fundo e movendo o rosto para frente e para trás. A barba que ele normalmente não tem arranha minhas coxas da maneira mais deliciosa.

— Emmett... estou perto — eu aviso.

Ele mexe mais rápido e com mais força, usando os dedos para me manter aberta, e quero desmoronar. Eu quero deixar tudo menos isso – ele.

Eu fecho meus olhos, minha respiração ficando mais difícil de controlar.

25

— Porra! Não posso… — digo, ofegante enquanto ele me aproxima da borda. Ele não cede, e não posso me conter.

Eu grito seu nome, meu corpo ficando tenso antes de liberar tudo. Murmuro seu nome mais e mais, e ele ainda não para, provocando todo o prazer que pode. Eu me movo para o lado, incapaz de aguentar mais.

— Acho que nunca gozei com tanta força — admito enquanto luto para respirar.

— Ainda não terminamos.

— Não, não terminamos.

Se tudo o que temos é isso, quero tudo. Eu me movo para fora do sofá quando meu clímax diminui e beijo seu peito, seu abdômen sólido e desço a faixa de cabelo que vai de seu umbigo até seu pau.

— Blake, você não…

— Eu quero.

Ele coloca as mãos atrás da cabeça.

— Então, por todos os meios.

Não perco tempo jogando, eu o levo fundo em um movimento. Suas mãos voam para o meu cabelo. Eu dou tudo de mim, tentando me lembrar de todos os truques de quando eu realmente… tinha um homem. Por sua resposta, pareço estar fazendo algo certo, no entanto.

— Porra! Blakely, pare. Por favor, linda. Não quero que termine assim.

Levanto-me, enxugo a boca, sentindo-me bastante orgulhosa de mim mesma, mas também apreensiva.

Do ponto de vista médico, essa é uma ideia muito, muito ruim. Emmett fez uma segunda cirurgia nem cinco dias atrás. Esta é a última coisa que deveríamos estar fazendo.

— Sua perna — eu digo.

— Está bem.

Eu mordo meu lábio inferior.

— Não tenho certeza se essa é a melhor ideia.

— Eu não me importo. Eu quero você, e não há nada que vá me impedir. Homem teimoso.

— Então… temos que tomar precauções.

— Concordo com tudo.

Reviro os olhos. A cama não é maior que o sofá. Esta é um quarto de quartel na Alemanha, e não é para duas pessoas. Nossa melhor aposta é o chão.

— Eu volto já.

Alguns segundos depois, jogo a roupa de cama dele no chão e empurro a mesinha de centro para o lado. Depois de colocar tudo no lugar, eu o ajudo a se levantar. É lento e um pouco estranho, já que estamos nus, mas conseguimos.

Nós dois lutamos para colocá-lo no chão, e percebo como isso é estúpido, já que vou ter que colocá-lo de volta, não que isso realmente importe neste momento. Ele fica confortável e coloca uma camisinha.

Olhamos um para o outro por um momento, tanta coisa passando entre nós, mas então sua mão se move para minha bochecha. Eu monto nele, procurando coragem para dar esse passo.

Ele move o polegar em meus lábios.

— Vamos nos perder um no outro, Blake, em vez de toda a dor. Vamos nos sentir bem pelo menos uma vez.

Isso quebra o feitiço. Eu me afundo sobre ele e permito que ele preencha as rachaduras em minha alma.

A mão de Emmett se move para cima e para baixo na minha espinha enquanto eu me deito contra seu peito.

Agora que acabou, não tenho certeza de como me sinto. Estou entorpecida em alguns aspectos, mas também estou com raiva de mim mesma por fazer isso.

Foi egoísta tirar dele, permitir que ele aliviasse a dor, porque agora está tudo lá de volta. Eu fiz sexo com Emmett e tenho que ir embora amanhã, o que só vai machucá-lo ainda mais.

— Você está bem? — Sua voz profunda ecoa no silêncio.

— Não fui eu que levei um tiro há duas semanas.

— Minha perna está perfeitamente bem. Você foi muito cuidadosa.

Sim, também fui muito estúpida. Eu me levanto para olhar em seus olhos.

— O que agora?

— Nós nos casamos.

Eu bufo.

27

— Engraçado.

— Eu pensei assim. — Emmett solta um longo bocejo. — Estou exausto.

— Você tomou seus remédios para dor não muito tempo atrás, então estou surpresa que você conseguiu manter os olhos abertos durante tudo isso.

Emmett abre um olho.

— Como se eu fosse dormir durante isso?

— Meu ponto é que é claro que você está exausto.

— E os homens adoram dormir depois do sexo.

— E isso.

— Deite-se, Blake. Podemos nos abraçar até eu desmaiar.

E então eu tenho que sair…

Eu faço o que ele diz, querendo a proximidade para suavizar as arestas das minhas emoções que estão tentando me cortar.

— Vou sentir sua falta — confesso.

— Eu sempre sinto sua falta quando você se vai.

— Nós somos melhores amigos.

Ele ri, mas posso dizer que ele já está à deriva.

— Somos mais do que isso. Você é tudo…

Meu coração para por um segundo.

— O quê? — pergunto baixinho.

— Amo você — ele respira as palavras. — Amo você, e vou mantê-la…

Eu não me mexo. Cada sinal de alerta está piscando.

Não, não somos mais que isso. Nós somos amigos. Nós somos… amigos casados. Não somos mais que isso. Não podemos ser mais. Mais é ruim. Mais é a morte. A morte é tudo o que acontece com as pessoas que amo. Minha mãe. Meu irmão. Meus amigos. Quantas bandeiras dobradas a mais eu preciso ter?

Não. Não somos mais que isso.

Eu posso sentir o pânico crescendo, gritando para eu dar o fora daqui agora. Nada de acordá-lo antes de ir. Sem beijo de despedida, porque ele quer ficar comigo e isso não pode acontecer. Ele conhece minhas regras. Nenhum sentimento além da amizade.

Minha garganta está fechando.

Saio de debaixo do cobertor, com cuidado para não o acordar. Ele parece tão doce quando dorme, e enquanto eu me visto, ele não se mexe.

Minha mala está no hotel e tenho que sair em algumas horas de qualquer maneira. É melhor para ele se eu for agora.

Vestida e com muitos sentimentos fervendo no topo, pego o caderno, arranco uma página e escrevo uma nota.

> *Isso é melhor para nós dois.*
> *Foi um erro, e eu tenho que voltar para a minha unidade.*
> *A programação está no livro. Enviarei um e-mail em breve.*

E então, como a covarde que sou, vou embora.

CAPÍTULO QUATRO

Blakely

Presente

Repasso a última parte da nossa conversa na minha cabeça, tentando encontrar uma maneira de explicar a situação sem revelar meus verdadeiros motivos.

— *Eu pensei que você não estava aqui para isso.*

— *Não estou, mas você foi a cereja no topo desta viagem. Estou aqui porque você se meteu em alguma merda, amigo, e sendo a esposa amorosa e dedicada que sou, vim aqui para tirá-lo disso antes que acabe morto.*

A mentira sai da minha língua sem esforço. Estou aqui para isso, claro, mas principalmente porque senti falta dele.

Eu poderia ter alguém aqui para investigar a morte de Bill, mas quando vi o nome de Emmett anexado ao seu arquivo, nada poderia me parar.

Eu queria vê-lo, o que me assustou *pra* caralho. Já se passaram dois anos e meio desde a última vez que estivemos juntos. Aquela mensagem que ele deixou depois que eu o abandonei. Eu estava com tanto medo de sentir as coisas. Tão certa de que teria caído no amor, incapaz de voltar atrás, que ataquei. Eu o machuquei porque sabia que era a única maneira de estarmos seguros. Eu tive que pressioná-lo a me odiar e se afastar de mim.

Eu não sabia que ele nunca me perdoaria.

Emmett sempre me entendeu. Ele sabia que eu era uma bagunça e jurou que sempre voltaria para me buscar.

Seus olhos azul-safira encontram os meus enquanto o sol se põe ao nosso redor.

— Que merda aconteceu?

— Estou chegando lá — digo para me dar mais tempo. Sinto-me desorientada perto dele e tento me orientar.

— Blakely, os últimos três meses foram um inferno. Se você pudesse, talvez, não ser o pé no saco que sei que você gosta de ser pelo menos uma vez, eu agradeceria.

E eu teria apreciado se meu coração não tivesse disparado quando vi você.
Eu com certeza não vou admitir isso, no entanto.

Dou mais um passo, aproximando-me o suficiente para sentir o calor vindo dele, para inalar seu profundo perfume almiscarado que tanto desejei e ver a marca da covinha em sua bochecha direita que só aparece quando ele sorri.

Sua mão se contrai, e esse pequeno movimento é a vitória. Ele sente isso também. A faísca não está morta nele também, e por mais que eu celebre isso, o medo vem logo atrás.

— O que aconteceu nos últimos três meses?

Eu deveria saber disso. Deveria estar aqui com ele, ajudando-o com qualquer dor que ele estivesse sentindo. Quando olho para ele mais de perto – as bolsas sob seus olhos e as linhas de preocupação em seu rosto – odeio isso. Eu me odeio por ser fraca.

Suas pálpebras abaixam e ele solta um longo suspiro.

— Isaac morreu, Brielle perdeu a memória e eu não pude fazer porra nenhuma para consertar isso.

Há um nó pesado em meu estômago que aperta. Isaac era seu melhor amigo. Ele era a cola de seu grupo de amigos, sempre certificando-se de que suas amizades nunca vacilassem.

— Sinto muito. — Eu me viro para ele, colocando minha mão em seu peito. — Emmett... eu teria vindo. Se soubesse, estaria aqui para você.

E eu teria. Num piscar de olhos. Não importa qual seja o status do nosso relacionamento, eu nunca hesitaria. Nunca para ele.

— E salvaria a todos nós? — ele pergunta com um sorriso.

— Eu sempre salvei sua bunda.

Ele ri um pouco quando sua mão chega ao meu ombro.

— Eu acho que você esqueceu quem salvou.

— Talvez você precise refrescar sua memória — eu desafio.

— Talvez tenhamos salvado um ao outro.

— Eu sei que você me salvou — pelo menos uma vez.

O calor em seus olhos faz meu pulso disparar. Minha mão está em seu peito, sentindo a batida constante de seu coração, e sua mão grande pousa em minhas costas.

— E é isso que você está fazendo agora, Blake? Você está aqui para me salvar apenas para me afastar quando estiver com medo?

As palavras cortam, exatamente como ele sabia que iriam.

— Em…

— Eu estava brincando.

— Ok. — Eu permito a ele a mentira. — Tenho informações sobre Bill Waugh que acho que você pode querer.

— Bill Waugh está morto.

— Sim, mas seus segredos não estão.

Ele dá um passo para trás, e a perda de seu calor envia um arrepio através de mim. Odeio que eu o queira. Odeio que ele seja o único homem que me faz desejar mais. Todo esse tempo, me saí muito bem sem precisar de ninguém além de mim. Eu conheço a perda e a dor. Eu vi em primeira mão o que amar alguém faz. Não quero isso.

Tudo que quero é ser incrível no meu trabalho e continuar com minha vida.

Mas então aquela parte de mim que conhece a mentira me lembra que, se fosse verdade, eu teria assinado os papéis do divórcio em vez de queimá-los.

— E que segredos você descobriu em um caso que você nem conhece? — ele empurra de volta.

Eu suspiro dramaticamente.

— Eu tenho trabalhado no caso de Bill Waugh antes que você percebesse que era um. É por isso que, quando ele morreu, fui alertada.

Ele cruza os braços.

— Não me lembro de você ser tão exasperante.

— Sério? Sinto que realmente cresci nisso ao longo dos anos.

— Bem, é uma coisa boa que não pretendo lidar com isso no futuro.

Isso foi maldoso, mas sorrio para evitar que ele saiba que doeu.

— Você vai ter muito de mim no presente, querido. Como o seu caso e o meu acabaram de se cruzar.

— Meu caso está encerrado. Ele está morto.

— Pode ser, mas por que você acha que Bill estava tão ansioso para manter sua vida fora dos holofotes? Por que ele se matou? Em seus relatórios, você afirmou que ele ameaçou Spencer e seus guarda-costas. Você acha que essas ameaças morreram com ele?

Emmett se aproxima, pegando meus ombros em suas mãos.

— Como você sabe disso?

— Eu leio os relatórios. Sei tudo sobre Bill Waugh e o que aconteceu aqui.

Bem, nem tudo, mas para efeito dramático, essa parecia ser a melhor resposta.

— Que Deus me ajude, Bennett. Se alguma coisa acontecer com...

— Eu vim para garantir que não. Porque Bill era uma pessoa de interesse em outro caso no qual estou trabalhando, que envolve uma fugitiva chamado Keeley. Liguei para meus amigos do FBI e pedi que sinalizassem o nome dele.

Ele zomba.

— Para quê? O FBI não faz essas coisas apenas porque um ex-funcionário tem um palpite.

— Claro que não, mas farão quando fizer sentido. Eu não cobro meus favores por coisas estúpidas, que é algo que eles estão muito cientes. Eu pesquiso e sou muito boa nisso.

Posso não ser boa em relacionamentos, mas sou no meu trabalho.

— Nunca duvidei disso.

— Então você tem que confiar que eu não teria voado até aqui se não acreditasse que havia mais nessa história.

— Então me diga o que você sabe — ele ordena.

E Deus me ajude, estou empolgada com a demanda. Emmett e eu geralmente lutávamos pelo domínio, e de vez em quando ele dava para mim, mas adorava quando ele não o fazia.

— Você tem um problema muito maior acontecendo nesta cidade do que um cara que bateu na esposa e no filho. Ele estava trabalhando com outra pessoa, e tenho uma foto que o mostra se encontrando com um homem não identificado cerca de vinte minutos antes de poder localizá-lo no mesmo local em que ele se encontrou com minha pessoa desaparecida. Meu palpite é que a pessoa com quem Bill se encontrou também está envolvida, considerando a ameaça que Bill fez.

— Eu acho que você ainda tem uma imaginação hiperativa. Esta é Rose Canyon. O maior crime antes do assassinato de Isaac foi um roubo de lojas.

Balanço a cabeça, instantaneamente desejando poder torcer seu pescoço.

— Sim, porque os criminosos só operam dentro dos limites da cidade. Você é mais bem treinado e muito mais inteligente do que isso.

Do lado de fora, o caso de Keeley se parece com o de qualquer outra adolescente problemática que fugiu. Ela estava com problemas na escola, deixou de ser líder de torcida no último ano, começou a usar drogas e festejar. De acordo com quem perguntei, ela estava em declínio, mas sua melhor amiga foi a única que disse o contrário.

Ela concordou que Keeley estava uma bagunça, mas insistiu que sua amiga planejava voltar para casa após o rompimento com o namorado. Elas conversavam todos os dias, e ela queria ficar limpa e organizar sua vida. Então as ligações pararam e ela aparentemente desapareceu.

Os pais dela se apegaram a isso, e a polícia fez um péssimo trabalho investigando, se é que é possível chamar de investigação o relatório meia-boca de uma página. Eles ouviram drogas e álcool e a descartaram como uma fugitiva, assim como todas as outras garotas como ela.

Mas quando os pais de Keeley me contrataram, comecei a pesquisar. A melhor amiga dela me contou tudo sobre o cara que Keeley conheceu online. Quando li as mensagens privadas dela em um aplicativo de namoro, Bill estava lá.

Em seguida, encontramos o endereço do local do encontro, do qual consegui algumas fotos do proprietário na época.

— Tudo bem, então farei minha devida diligência, o que já fiz, e investigarei novamente. Vá para casa e, se encontrar alguma coisa, avisarei você.

Sim, como se isso fosse acontecer.

— Nem uma maldita chance. Você estragou a investigação do assassinato, e não quero que você estrague meu caso.

Os olhos de Emmett se transformam em aço, e sei que atingi um ponto sensível. Então me lembro que o caso era seu melhor amigo e gostaria de poder retirar as palavras.

— Vá para casa.

— Sinto muito, Em. Eu realmente sinto. Não deveria ter dito isso. Não posso ir para casa, no entanto. Minha lealdade é para este caso, e tenho que seguir qualquer trilha que possa me levar a quem pode ter Keeley, seja lá como for, e então estarei fora de seu caminho.

Ele olha para o céu.

— Você não pode ficar nesta cidade.

— Por quê?

— Você tem onde ficar? — ele me pergunta.

— Vou ficar com você.

— Não.

— Por que não? Vivemos juntos por anos. Somos casados e...

— Não somos casados, Blake. Estamos no processo de terminar nosso casamento ridículo. Não estamos mais servindo. Sem subsídio de habitação ou unidade para nos manter juntos. Não temos um único motivo para continuar fingindo.

Eu odeio essas afirmações. Elas são verdadeiras, mas sempre pensei em nós como mais do que apenas uma transação financeira.

— Nós também éramos amigos. Não éramos?

— Claro que éramos.

Eu me movo para ele, querendo que sejamos como éramos antes e seguro sua mão, mas sei que não posso. Perdi esse direito quando o abandonei.

— E não somos amigos agora?

— Você sempre será minha amiga, Blake, mas não pode ficar comigo.

Antes que eu possa dizer qualquer outra coisa, Brielle põe a cabeça para fora.

— Eu não quero me intrometer, mas as pessoas estão comentando muito sobre vocês dois, e sua declaração foi ouvida por todos. Então, você precisa fazer algum controle de danos, xerife Maxwell.

— Desculpe estragar sua festa. — Eu estava muito ansiosa para vê-lo para esperar, no entanto. — Vou encontrar um lugar para ficar e podemos conversar mais tarde.

— Encontrar algum lugar? — Brielle pergunta. — Por que você não pode ficar com Emmett?

Emmett suspira.

— Porque ela não pode.

Brielle levanta uma sobrancelha.

— Tudo bem, então você pode ficar no meu apartamento.

— O quê? — indago rapidamente.

— Estou me mudando para a casa de Spencer e ia alugar meu apartamento enquanto decidimos se queremos vendê-lo. É um ótimo lugar e fica do outro lado do corredor de Emmett.

Ah, isso é perfeito demais.

— Você é tão doce. Obrigada.

— Ela não pode ficar lá também — Emmett diz com um resmungo.

— Eu não sabia que você tinha uma palavra a dizer sobre o que eu faço — Brie desafia e então se vira para mim. — Blakely, por favor, fique

35

para o resto da festa e conheça todos os amigos de Emmett. Somos intrometidos *pra* caralho, mas somos todos bastante normais. Meu marido disse que você o ajudou e por isso devemos a você. Depois, vamos instalar você no meu apartamento.

Eu olho para Emmett, que está silenciosamente me implorando para não fazer isso. Ele deveria me conhecer melhor. Nunca pude resistir a irritá-lo. Eu me viro para Brielle com um sorriso.

— Eu adoraria.

E vou embora, deixando Emmett furioso atrás de mim.

CAPÍTULO CINCO

Blakely

— Sua casa é linda — digo a Brielle ao entrar. O apartamento é estilo industrial com um toque moderno. Adoro a alvenaria, os dutos abertos e as linhas limpas. Não é nada como o apartamento em que moro, onde tudo é antiquado e quase parece sujo, não importa que você possa comer do chão com tanto quanto eu limpo.

É exatamente o que posso pagar na área metropolitana de DC.

— Obrigada. Eu ia alugá-lo, mas você pode ficar um mês ou dois. Isso me dará algum tempo para descobrir o que quero fazer com meus móveis.

— Tem certeza?

Eu me sinto como uma vagabunda, mas não vou recusar um lugar grátis para ficar, já que meu marido não está me aceitando.

— É claro. Eu não teria oferecido se não quisesse. — Brielle sorri, mas há algo de estranho nisso. — Eu aceitaria o pagamento na forma de uma explicação, no entanto.

E aí está. Eu esperava isso, mas não pensei que ela fosse tão direta. Eu rio.

— Emmett e eu somos casados mais no papel do que qualquer coisa.

— Eu vi o jeito que ele olhou para você, não eram sentimentos de papel.

Recuso-me a sentir qualquer esperança, o que só vai causar mais conflito para mim. Eu quero e não quero que ele sinta algo por mim. Eu quero e não quero estar casada com ele. Emmett sempre me fez pensar que estou perdendo a cabeça. Duas partes de mim estão sempre em guerra quando se trata do nosso relacionamento.

Ele é um dos melhores homens que conheço. Ele é gentil, incrivelmente gostoso, protetor, mas também respeita o fato de que não preciso ser protegida. Eu sei que estou segura perto dele, mas meu coração não está.

E meu coração não é o que é necessário nesta situação.

Algumas coisas nunca mudam…

— Não, aquilo foi raiva.

— O que é uma linha muito tênue para o outro lado.

Eu balanço minha cabeça.

— Não é desse jeito. Nós nos casamos pelos benefícios, e agora esse tempo acabou.

— Se fosse assim, você não estaria aqui — Brielle diz com uma cadência em sua voz.

Sim, eu estaria. Não importa o que aconteça, este caso me trouxe até aqui, e farei o que puder por Keeley. Emmett é apenas a cereja do bolo.

Há uma batida rápida e então a porta se abre, revelando Spencer.

— Nunca pensei que veria você de novo — ele diz enquanto entra.

— Eu sim. — Olho para trás para onde Emmett preenche o batente da porta e volto minha atenção para Spencer. — Suponho que você o interrogou?

— Foda-se, sim, interroguei. Você não tem ideia da merda que ele me deu sobre namorar Brielle pelas costas de todo mundo. Ele estava todo *'Oh, meus sentimentos, e você mentiu para todos os seus amigos.'* Veja quem é o mentiroso agora — observa Spencer.

Emmett bufa.

— Acho que nossas situações são um pouco diferentes. Eu não amo Blakely. Deveria ser um casamento de conveniência, parece que avaliei mal isso.

Eu sorrio.

— Estou feliz por ser sua esposa inconveniente.

— Você era.

Luto contra a vontade de mostrar a língua.

Spencer parece o gato que comeu o canário.

— Você sabe? — ele diz para Brielle. — Não acho que Blakely possa ficar aqui.

— O quê? — Brielle e eu perguntamos ao mesmo tempo.

— Sim, o lugar vai ser reformado e os empreiteiros começam amanhã.

— Reformar o quê? — ela pergunta, olhando em volta. Este lugar não precisa de nenhum trabalho.

— Isso e aquilo.

Emmett bufa.

— Quem está fazendo o trabalho?

Spencer dá de ombros.

— Você não conhece.

— Eu conheço todo mundo.

— Não esse cara — diz Spencer. — Desculpe, Blakely, você vai precisar ficar em outro lugar, porque o trabalho vai ser muito intenso. Provavelmente vazamentos de gás tóxico e sem água corrente.

Ele é o pior mentiroso.

— E como não há hotéis em lugar algum, onde vou dormir? — pergunto, com minha sobrancelha levantada.

Brielle olha para o marido com um sorriso malicioso.

— Hum?

— Você pode ficar na casa do nosso amigo Holden. Ele tem um quarto vago.

Emmett dá dois passos para frente.

— Holden?

— Ele está sozinho naquela casa.

A mandíbula do meu marido estala.

Ah, isso é muito fácil. Pego minha bolsa e sorrio.

— Isso seria bom. Prefiro ficar com alguém cuja casa não esteja prestes a ser exposta a gases tóxicos…

— Você não vai ficar com Holden — Emmett diz com autoridade.

Eu rio uma vez.

— Certo. Como se você tivesse uma palavra a dizer?

— Eu tenho, e você não vai ficar na casa do meu melhor amigo.

— Você está preocupado com algo acontecendo com seu amigo?

Os olhos de Emmett se estreitam.

— Claro que não.

Eu me viro para Brielle.

— Holden é bonito?

Ela sorri.

— Ele *é*, e ele é médico.

— Você acha que Holden é gostoso? — Spencer pergunta a ela.

Em vez de responder, ela revira os olhos.

— Se essa for a única opção…

— Você vai ficar comigo — diz Emmett, aproximando-se. — Dê-me sua bolsa.

— Por favor — acrescento.

— O quê?

— Por favor. Você esqueceu essa palavra.

Ele resmunga.

— Por favor.

Entrego-a com um sorriso triunfante.

— Obrigada. Eu adoraria ficar com você, *pookie*.

A parte triste é que antes de cruzarmos um milhão de linhas, minha permanência com ele nunca teria sido um debate. Eu teria ido para a casa dele e nós teríamos nos aconchegado no sofá, assistindo a filmes de guerra, e iríamos rir de como Hollywood está fora de moda. Comeríamos alimentos gordurosos rindo de alguma piada interna sobre uma missão.

Emmett era meu lugar seguro, minha casa, até que arruinei tudo.

Ele se vira em direção à porta e eu o sigo, esperando estar indo em direção ao carro, mas ele atravessa o corredor e abre a porta. Brielle e Spencer sorriem enquanto eu o estou seguindo para dentro, e ele fecha a porta atrás de mim.

— Ela não estava brincando quando disse que você mora do outro lado do corredor, hein? — pergunto.

— Não.

— Está bem então. Espero que o gás tóxico não flutue por aqui.

Ele vai até a cozinha, pega uma cerveja na geladeira e começa a beber. Uma vez que bebeu cerca de metade, ele olha para mim.

— O quê?

— Nada.

— Você está olhando.

— Eu acabei de… você está diferente.

Emmett coloca a garrafa na mesa.

— O que você esperava, Blake?

Muito mais do que isso.

— Não sei. Só esperava um pouco menos de hostilidade, talvez.

Não que eu mereça isso completamente.

Emmett caminha na minha direção, e tenho que inclinar minha cabeça para trás para manter contato visual. O homem que eu conhecia antes não está aqui agora. Claro, ele parece o mesmo, olhos azuis, cabelo escuro puxado para trás, a cicatriz sob o olho e aquela covinha que nunca desaparece totalmente, mas o calor se foi.

— Você quer menos hostil? Então talvez você devesse ter me avisado que viria em vez de invadir a festa do meu amigo.

— Expliquei por que vim. Eu não tinha intenção de invadir a festa de ninguém. Perguntei onde poderia encontrá-lo e eles disseram que era lá.

Ele bebe o resto da cerveja antes de dizer:

— Não acredito que você pense que estamos em perigo. Você disse que está aqui por causa de um morto, mas isso não explica por que você apareceu sem avisar e entrou naquela festa como se tivesse sido convidada.

— Estou aqui porque há uma garota desaparecida, e seu cara morto foi o último a vê-la. Seu cara morto fez uma ameaça, e vi o suficiente para saber que há algo mais aqui.

— Então você diz.

— Se você me odeia tanto, por que exigiria que eu ficasse aqui? — pergunto.

Ele se vira, segurando o balcão de costas para mim.

— Não sei.

Essas duas palavras explicam exatamente como me sinto sobre tudo. Não sei o que sinto ou por quê. É como se eu estivesse em uma montanha russa com altos e baixos. Emmett me faz querer coisas – ele sempre fez – e isso tem me aterrorizado mais do que qualquer coisa. Não consigo lidar com a ideia de perda quando se trata dele. Ele é a única coisa neste mundo que eu não quero viver sem. Mesmo que não tenhamos nos falado, eu sabia que ele estava bem. Aquilo era o suficiente para mim.

Mas quando recebi aqueles papéis, não foi.

Era como se o castelo de cartas que construí começasse a tremer e, a cada dia, mais uma carta mudava até que eu estava em um avião para vir para cá.

Eu me movo para ele, colocando minha mão em suas costas.

— Emmett?

Ele se vira, forçando-me a recuar. Há uma tempestade em seus olhos, e quero que isso chegue ao auge. Então podemos conversar. Podemos ventilar e voltar a ser como éramos. Preciso do meu amigo de volta.

Emmett corre as costas de seus dedos pela minha bochecha até meu queixo antes de deixá-los cair.

41

— É tarde e tenho que ir trabalhar cedo.

Eu aceito porque também estou exausta. Neste momento, são quase duas da manhã na Costa Leste.

— Onde posso dormir?

— Em DC — ele oferece.

— Engraçadinho.

— Pensei assim. Você pode ficar com o meu quarto.

— E onde você vai dormir?

— Na minha cama.

Eu quero dizer tantas coisas, mas decido:

— Ok.

Ele dá de ombros.

— Não é a primeira vez que me sinto desconfortável perto de você.

Não levo o insulto a sério. Ele está tentando me afastar, me ferir do jeito que fiz com ele, e mereço isso.

— Não, não é.

Sua cabeça se inclina um pouco para trás.

— Certo. Banheiro é a primeira porta à esquerda. O quarto fica logo depois.

Eu levanto minha bolsa, jogando-a sobre meu ombro.

— Obrigada.

— Ei, Blake? — Emmett me chama, antes que eu chegue à porta. — Você tem uma semana para provar que há algo mais que Bill estava escondendo quando morreu que o liga ao caso em que está trabalhando. Eu não vou cair nessa merda de sentimentos instintivos. Encontre evidências irrefutáveis ou...

— Ou o quê? — pergunto.

— Ou terminamos e você vai para casa, assina os papéis e nos vemos na próxima reunião de equipe.

Meu coração dói com essa ideia, mas também me deixa mais determinada a encontrar o que preciso, porque não pretendo sair daqui sem fechar meu caso e consertar o que quebrei entre mim e Emmett.

CAPÍTULO SEIS

Emmet

Cem mil e quarenta e quatro.

Cem mil e quarenta e cinco.

Mais um maldito segundo e vou perder a cabeça.

Olho para o teto, desejando adormecer, mas não consigo. Eu poderia dormir em uma pedra, sem cobertor, em pé, então não é minha cama ou falta de cobertor. É só ela.

É Blakely deitada ao meu lado, longos cabelos castanhos espalhados na minha fronha enquanto ela respira suavemente, dormindo o que eu preciso.

Não, foda-se, não vou fazê-la parecer uma deusa adormecida. Seu cabelo está em todo lugar, inclusive na boca, enquanto ela ronca e parece uma bagunça.

Ela faz um som de engasgo, o que me faz sentar antes que ela ronque novamente.

Eu bufo, viro para a parede e jogo um daqueles travesseiros estúpidos que Brielle comprou para tornar o apartamento aconchegante. Por mais que deseje adormecer, não tenho certeza se valeria a pena. Eu tenho que estar no trabalho em uma hora, então não faz sentido.

— Puta merda! — resmungo.

— Huh? O quê? Emmet? — Blakely senta-se ereta como uma vareta, olhando para mim, assim como um mamilo empinado.

Seu olhar se move pelo quarto e o meu fica fixo em seu seio.

43

— Blake — falo lentamente, minhas mãos no ar.

— O quê? Você está bem?

Estou muito, muito bem. Na verdade, preciso ficar um pouco menos bem e deixá-la saber que ela tem um defeito no guarda-roupa.

— Estou bem.

Ela solta um suspiro pelo nariz.

— Oh! Graças a Deus.

— Blake, você deveria consertar…

— Eu sei. Sei mesmo. Eu deveria, e eu tentei. Fui ver um médico, fiz essa terapia de eletrodos que ajuda no TEPT e nada realmente funciona. Recuso-me a tomar remédios, porque tenho pavor de ficar dependente. Dunegan luta contra o vício há anos.

Jesus Cristo. Nesse ritmo, ela nunca vai calar a boca tempo suficiente para eu contar a ela.

— Seu peito! — grito.

— Meu…? — Ela olha para baixo e, em seguida, puxa a camisa para cima rapidamente. — Oh, meu Deus. Por que você não me contou?

— Eu tentei…

— Não é o suficiente! Estou sentada aqui há um minuto inteiro com meu peito de fora e você não poderia simplesmente apontar ou me cobrir?

Eu rio disso.

— Estava apreciando a vista. Você tem sorte de eu ter dito qualquer coisa.

Blake revira os olhos.

— Sim, muita sorte.

Eu bufo.

— Bem, essa é minha recompensa por ficar olhando para o teto por horas.

— Eu acho que você é bem-vindo. Quero saber qual é a minha recompensa, já que também não consegui dormir.

Eu pisco algumas vezes, perguntando-me em que mundo ela está vivendo. Ela desmaiou e tem tocado instrumentos durante o sono.

— O inferno que você não fez.

— Estou acordada. Claramente, não estou dormindo.

— Claramente.

Ela puxa o cabelo para o lado, jogando-o sobre o ombro.

— Então, você não dormiu nada?

Eu balanço minha cabeça.

— Isso é péssimo.

— Sim, sim. E eu pelo menos estaria confortável se não estivesse sem cobertor e sem Blakely.

Ela inclina a cabeça e sorri.

— Você é tão engraçado.

— Eu gostaria de pensar que sim.

Eu também não estou mentindo. Seu calor, o cheiro de seu xampu, os barulhinhos suaves, sem falar no ronco muito alto, tudo atribuído à minha falta de sono.

Blake esfrega os olhos e boceja.

— Eu estou tão cansada. Estou exausta com essa mudança de horário e com a falta de sono.

— Sim, posso ver como você está tão exausta. É difícil quando você assume a cama de outra pessoa.

Ela se vira para mim.

— Tanto faz. Não durmo muito, mas parece pior ultimamente.

Provavelmente é errado que eu esteja feliz com isso, mas… ela merece – um pouco.

— Normalmente durmo bem — admito. — Mas não esta noite.

Não quando ela está tão perto.

— Eu poderia ir para a sala — ela oferece.

— Não, isso não ajudaria. Então nós dois ficaríamos desconfortáveis.

Blake ri.

— Sim, estamos ganhando assim. Sua perna o mantém acordado?

— Não, trabalhei duro para estar de volta onde estou. Quase não me dói mais.

Tornou-se meu único foco depois que acordei e encontrei aquele bilhete fodido e um cronograma da minha vida. Eu me dediquei à cura, trabalhando sem parar para desafiar as probabilidades. Não importava, eu não estava mais apto para ser um Ranger. A perda muscular havia sido muito extensa e não aguentava mais correr longas distâncias. Então, tive alta médica e voltei para casa, onde meu mundo era menos Blakely e eu poderia começar uma nova vida.

Ela sorri, empurrando contra o meu peito.

— Eu sabia que você iria. O capitão Hulse disse que nunca viu alguém se dedicar tanto à reabilitação quanto você.

— Você falou com ele?

Os olhos de Blakely se arregalam por uma fração de segundo.

45

— Só para ver como você estava. Você não retornava meus e-mails.

Ela diz isso como se realmente esperasse que eu o fizesse.

— Bem, é o que é. Nós fazemos nossas escolhas, e essas escolhas têm consequências, certo?

— Sim, elas têm.

Nós dois ficamos em silêncio, e esta cama está começando a encolher.

— Emmett?

Eu encontro seus olhos.

— Sim?

— Você acha que algum dia seremos capazes de superar esse constrangimento?

Eu rio.

— Você acha que *isso* é estranho?

— Só um pouco.

Mais como muito.

— O que poderia estar fazendo isso, Blake?

Ela suspira.

— Bem, temos este elefante no apartamento.

É mais como um monte deles.

Eu amo essa mulher. Eu a amo como nunca amei ninguém. Achei que estávamos na mesma página. Eu dei a ela a porra do meu coração, e ela o quebrou. Não estou prestes a cometer o mesmo maldito erro.

— Vai embora quando você fizer isso — eu respondo.

— Você está dizendo que eu sou o elefante aqui? — Blake pergunta, movendo-se para uma posição sentada enquanto ela dobra as pernas.

— Eu nunca seria tão estúpido.

Ela sorri.

— Pelo menos você ainda tem isso em você.

— Pelo menos tenho isso.

Ela pega o travesseiro e o envolve com os braços.

— A gente conversava sobre tudo. Eu sinto falta disso.

Eu coloco minhas mãos atrás da minha cabeça, tentando parecer à vontade.

— Faz muito tempo, Blake.

— Não faz tanto tempo, e estou aqui agora. Eu quero falar sobre as coisas.

— E esse é o problema. — Aí. Falei. Cansei disso e da enrolação em torno disso. Ela nunca vai mudar.

Blakely morde o lábio, soltando o ar pelo nariz.

— Você sabe por que eu não queria mais. Você estava lá, Emmett. Você sabe como eu me senti.

Ver seu irmão morrer em seus braços vai me assombrar para sempre. Ela não podia salvá-lo. Eu não podia... porra. Nada naquele dia estava certo, e tentei tudo o que pude, mas Dylan se foi e Blakely nunca mais foi a mesma.

Ela se tornou uma casca da mulher que eu conhecia. Claro, ela se tornou uma médica ainda mais louca, assumindo riscos que nunca deveria ter corrido, mas precisava salvar a todos. Sua dor estava comendo-a viva, e então levei um tiro.

Depois que recebi alta do hospital, pensei que talvez tivéssemos finalmente aceitado o fato de que éramos muito mais do que apenas amigos. Que, sim, a vida é passageira, mas precisa ser vivida e é melhor com alguém ao seu lado.

Eu a segurei. Toquei-a. Ela levou embora toda a dor e culpa como um anjo. Como a porra de um sonho.

E então eu acordei e ela tinha ido embora.

— Eu vi muito, Blake. Eu vi você quebrada e triste, mas nunca pensei que você iria me foder e depois desaparecer. Nem uma porra de adeus ou explicação além da sua nota de merda sobre um erro, e você estava certa, estava mesmo.

Ela se encolhe.

— Eu tinha que ir embora, Emmett — diz ela, movendo-se para a frente. — Eu tive que ir.

Eu corro minha mão pelo meu cabelo.

— Não importa.

— Acho que sim.

— Não, não. Você é quem você é, e eu também. Eu quero mais. Quero uma família e uma esposa. Quero amar alguém que me ame de volta. Eu vejo o que Spencer tem e o que Isaac tinha, e quero isso. Assine os papéis para que possamos terminar e eu possa me casar com outra pessoa.

Seus olhos se arregalam.

— Você está... namorando alguém?

— Por que você se importa?

Blakely coloca o travesseiro de volta.

— Porque sim.

Eu poderia mentir e dizer que estou.

— Eu não estou. — Ela abre a boca para dizer mais, mas o alarme do meu telefone me salva de ter que ouvi-la. Eu me levanto e o silencio, então me viro para ela. — Por mais que eu adorasse continuar conversando, tenho trabalho e você precisa encontrar o que quer que seja aqui. Você tem um prazo.

— Sim, sim. Divirta-se investigando quem tirou as plantas de alguém de seus degraus. Vou fazer um trabalho de verdade.

Eu mostro o dedo para ela enquanto entro no meu banheiro, ignoro todas as suas merdas no meu balcão e me preparo para *qualquer* problema que seja uma distração bem-vinda.

— Então, você é casado? — Holden pergunta quando ele entra no meu escritório.

Quando eu disse *qualquer* problema, quis dizer outro que não esse idiota.

— Você está aqui para denunciar um crime? Se não, vá embora.

Ele sorri.

— Na verdade, estou.

— O quê? Indo embora?

— Estou aqui para denunciar um crime.

Eu coloco a caneta para baixo e me inclino para trás.

— Qual é o crime?

— Falsificação.

Eu mantenho meu rosto em branco, porque gostaria de surpreendê-lo quando eu o sufocar.

— O que foi falsificado?

— Uma certidão de casamento de um amigo.

Eu bufo.

— Eu não tenho tempo para suas merdas, Holden.

Ele dá de ombros.

— Sou um cidadão desta bela cidade e você é a polícia. Então, você meio que tem que arranjar tempo, visto que é seu dever cívico.

— Não é não. Tenho um trabalho policial de verdade para fazer.

Ele olha para os papéis na minha mesa.

— Fascinante. Vejo que está reclamando até os cotovelos sobre o barulho da repavimentação da Main Street?

Recebemos sete ligações ontem à noite sobre isso. Todos as sete da Sra. Baker, que também é a pessoa que apresentou sessenta e duas reclamações sobre a estrada ter dois buracos. Segundo ela, eles foram os responsáveis por lhe dar um pneu furado, bem como causaram a torção no tornozelo do filho, porque ele pisou em um. Então, a pedido dela, eles aumentaram o cronograma de pavimentação para fazer isso mais rápido.

— Você não tem uma vida para salvar?

— Eu tenho. A sua. Porque assim que a cidade superar o choque de você ser casado, eles vão querer respostas.

— Não sabia que a cidade tinha direito a essa informação.

Holden apenas me dá uma olhada. Todos sabemos que a cidade não se importa com os direitos que tem. Inferno, se fosse outra pessoa, eu também iria querer a informação. Há vantagens em uma cidade pequena, mas a privacidade não é uma delas.

— Então, tive que ouvir você e Spencer me criticando sobre Jenna, e aqui está você, abrigando sua própria esposa.

— Eu não te dei merda alguma.

Seus olhos se estreitam.

Ok, talvez tenha dado.

Ele se inclina para trás.

— Certo. Ela é bonita, vou te dar isso.

Ela é mais do que isso, mas se eu deixar isso escapar, vou pagar caro.

— Agradeço o elogio.

— Tudo bem, nós sabemos que ela é bonita, o nome dela é Blakely Maxwell…

— Bennett.

— Não convencional? Eu curto isso. — Eu gostaria que ele aproveitasse seu caminho para sair daqui, mas isso não vai acontecer. Eu me recosto na cadeira, fazendo o possível para ignorar Holden enquanto ele continua falando. — Spencer me contou sobre como vocês dois estavam trabalhando juntos, e agora vocês estão morando juntos em seu apartamento.

— Spencer fez isso — eu observo.

— Onde você dormiu? — Holden pergunta.

— No meu apartamento.

Ele sorri, claramente se divertindo.

— Sim, mas sua esposa ocupou o sofá ou você o ocupou dormindo?

— Eu não dormi.

O rosto de Holden se ilumina quando ele estende o punho.

— Orgulho de você, cara. Nos últimos anos, fiquei preocupado por você ter quebrado o pau quando levou um tiro.

Eu não estendo meu punho para dar um toque, pois poderia socar seu rosto em vez disso.

— Vá embora.

— Você vai me deixar esperando assim? Rude.

— Sabe o que é rude? Você vindo aqui e perdendo meu tempo.

— Se você não tivesse passado os últimos anos mentindo sobre ser casado, eu não teria que ter essa conversa.

Entre a falta de sono, a conversa desta manhã e as memórias que parecem se repetir na minha cabeça, estou prestes a explodir. Eu tomo algumas respirações antes de responder, porque, tanto quanto Holden está me irritando, estaria fazendo a mesma coisa se fosse ele.

— Aqui está a história, nós nos casamos por dinheiro e para ficarmos juntos. Nós éramos melhores amigos, então fazia sentido. Ela era médica da minha unidade. Achei que nós dois tínhamos começado a nos sentir de maneira diferente e as coisas pioraram, depois imploditam rapidamente. Eu pedi o divórcio alguns meses atrás, e agora ela está aqui.

— Pioraram como?

Eu fico inexpressivo.

— Como você pensa?

— Você começou a ter sentimentos...

Eu não comecei a ter sentimentos. Eu caí como um tijolo no chão com eles. Eu caí com tanta força que quebrei todos os ossos quando bati no chão, e então ela me atropelou com seu carro para garantir que eu não conseguiria me levantar.

— Não é da sua conta. Nós não éramos realmente casados de qualquer maneira. Era tudo papelada, nada mais. Sem amor, sexo ou sentimentos.

Ele ri.

— Você se casou sem nenhum dos benefícios?

— Eu não me importava com os benefícios.
— Você a ama — diz ele, olhando para mim.
— Eu não amo.

Eu amo. Eu a amo, e ela é feita de pedra. Não vou cometer o erro de acreditar no contrário novamente.

— O inferno que você não ama. Do contrário, você teria rido e me expulsado, ou dito que eu poderia transar com ela se quisesse, mas nenhuma dessas coisas aconteceu, e é porque você a ama.

— Eu adoraria sufocar você até a morte.

Holden sorri.

— Mas você não vai. Então, posso continuar.

Eu me levanto, bato nos papéis na mesa e sorrio.

— De jeito nenhum. — Saio da sala, esperando que ele entenda uma dica.

Holden está bem atrás de mim, no entanto.

— Eu tenho a capacidade de te seguir.

— Eu realmente tenho trabalho a fazer, então, a menos que você esteja aqui para denunciar um crime real, estou ocupado.

— Bem, para sua sorte, estou, de fato, aqui para fazer isso.

Tenho certeza de que ele está.

— Você é cheio de merda. Acabamos de ter essa mesma discussão há cinco segundos.

— Sim, mas eu estava brincando então.

— Qual é o crime? — pergunto.

— Não tenho certeza de como descrevê-lo.

Eu o encaro, esperando a piada. Holden não diz nada, apenas sorri. Eu odeio meus malditos amigos.

— Você está aqui para denunciar um crime, mas não sabe o que é?

— Exatamente.

— Vá embora.

Ele abre a jaqueta e tira um pedaço de papel do bolso interno antes de entregá-lo para mim.

— Recebi isso ontem. Não pensei muito nisso, porque as pessoas costumam me enviar presentes por salvar suas vidas ou de um membro da família.

— E o que há de estranho neste aqui?

— Foi entregue no hospital, onde estou trabalhando há apenas uma semana. Então, não houve tempo suficiente para fazer coisas de super-heróis.

Reviro os olhos.

51

— Sim, sim, o famoso médico que cura tudo. Vá direto ao crime, Holden.

— Ganhei um presente. Uma caixa com uma réplica da Torre Eiffel que... tanto faz. Mas o bilhete era um cartão postal do Grand Canyon.

— O crime é que alguém não entende de geografia?

Eu gostaria de poder dizer que não tenho tempo para isso, mas realmente não tenho nada além da reclamação de barulho para lidar. E desde que ele não esteja falando sobre Blakely, vou entreter sua insanidade.

Ele dá de ombros.

— Pode ser isso, mas leia o verso do cartão postal.

Eu olho para ele.

> Dr James,
>
> Estou ansioso para trabalharmos juntos no futuro. Você receberá um novo paciente em alguns meses. Há algumas pontas soltas que precisam ser amarradas antes de sua chegada, mas enviarei mais instruções e informações em breve.
>
> Sinceramente,
>
> T
>
> 8675300183

— O que é isso no final? Um número de telefone? Além disso, pensei que a música fosse *8675309* — eu digo, divertido comigo mesmo.

— Não, é o número da minha licença médica — ele responde.

— É normal ter isso em uma carta? — Eu olho para ele antes de virar o cartão e dar uma olhada na frente.

— Nada disso é normal. Os médicos não notificam outros médicos sobre encaminhamentos de pacientes por meio de cartão postal, nem enviam bugigangas de loja de souvenirs junto com ele. — Holden passa a mão pelo cabelo. — Quanto ao número da minha licença, se alguém pedir, eu dou, e está na internet, então quem souber onde procurar encontra. O que está me incomodando é, por que colocariam isso aí? Isso não é padrão.

Além disso, quem diabos está me mandando um paciente? Por quê? Não sei nem o nome de quem procurar.

— Carimbo postal? — pergunto, já sabendo que não há selos oficiais na frente do cartão postal.

— A equipe jogou a caixa fora.

Claro que sim.

— Bem, querer que você ajude alguém e saber como usar o Google não são crimes.

— Então, você não vai fazer nada?

Eu rio uma vez.

— O que você quer que eu faça, Holden? Procurar um crime que não seja crime e prender alguém que não conhecemos por te mandar um bilhete mal escrito com o número da sua licença? Eu sou totalmente a favor de um bom mistério, mas este não é realmente um.

— E se algo estranho acontecer?

— Você é o que é estranho.

— Poderíamos sempre falar sobre sua esposa — diz ele. — Eu adoraria discutir esse mistério com você.

Nem uma maldita chance. A despachante se aproxima, limpando a garganta.

— Com licença, xerife Maxwell?

Graças a Deus.

— Sim, Shelby?

— Nós temos um problema.

Nunca fiquei tão feliz em ouvir isso.

— O que é?

— O policial Holman respondeu a uma pessoa suspeita espiando pelas janelas — explica ela. — Ele conseguiu deter o suspeito, mas disse que precisa de você no local imediatamente.

Finalmente, algo para fazer que não envolva amigos estúpidos, minha esposa ou uma reclamação de barulho por pavimentar uma estrada. Ligo o rádio e sigo em direção ao meu escritório. Preciso do meu chapéu e das chaves.

— Claro, alguém se machucou?

— Não, senhor. Ninguém está ferido, mas o suspeito está extremamente irado e só falará com você.

Esta cidade e sua loucura.

— Ok. É alguém que eu conheço?

53

Pego meu chapéu e o coloco enquanto ela segue atrás de mim.

— Umm, sim. Parece que sim.

— Ok, quem é o suspeito sob custódia?

Shelby morde o lábio e então se endireita.

— Ela diz que é sua esposa.

Tanto por um dia sem Blakely.

CAPÍTULO SETE

Blakely

— Quando exatamente Emmett chegará aqui? — pergunto ao policial que está parado ao lado da porta aberta do carro.

— Alguns minutos, então vamos resolver isso e levá-la para ser avaliada por um médico.

— Não estou louca — respondo.

Ele ri.

— Claro que não. Você está bisbilhotando as casas das pessoas e alegando que é casada com o xerife, e todos sabemos que ele não é casado.

Reviro os olhos e pego o clipe de papel que guardo no bolso de trás.

— Ele é, de fato, casado... comigo.

— Se você diz — ele responde.

— O que ele disse no rádio? — pergunto, mantendo-o falando enquanto endireito o clipe e o ajusto no ângulo certo. Eu estava jogando bem até que ele insinuou que eu era louca. Agora, vou tirar essas malditas algemas e ensiná-lo a se certificar de que a pessoa que prende não tem nada com ela.

— Só para mantê-la aqui até que ele chegasse.

— Você não acha que isso significa alguma coisa?

O policial se inclina no carro.

— Isso significa que você está prestes a conhecer o homem que não é seu marido.

55

Eles realmente precisam trabalhar no protocolo aqui. Primeiro, ele me colocou de volta no carro e não fechou a porta. Se eu realmente fosse louca, poderia correr ou machucá-lo. Em segundo lugar, ele passou a maior parte dos últimos dez minutos encostado na lateral do carro, aproveitando o dia ensolarado em vez de realmente me observar – a *criminosa*.

Eu movo meu pulso e sinto o clipe prender. Bem, isso vai ensiná-lo.

Suspiro profundamente para cobrir o som do desbloqueio da algema direita.

— Se você diz.

Ele se endireita novamente, encostado na parte de trás do carro.

Eu torço meu pulso, eliminando o aperto, e me movo para a esquerda.

— Qual é o seu nome, policial?

— Holman. O primeiro nome é George.

— É um prazer conhecê-lo, policial George Holman. Eu sou Blakely Bennett — falo, ajustando o clipe de papel novamente. — Estive no Exército dos EUA por muito tempo.

— Bom saber.

— Assim como seu chefe.

— Ele era das forças especiais. Você não se parece com forças especiais desde que você é uma garota e tudo mais.

Eu odeio homens alguns dias.

— Não, acho que não, e estou tão feliz que você notou minhas partes femininas.

A algema se solta, mas deixo meus braços atrás das costas quando as luzes de outro carro-patrulha aparecem quando ele para.

Emmett sai do carro, colocando aquele chapéu ridículo que só o deixa mais sexy. Seus olhos encontram os meus no banco de trás, e ele balança a cabeça enquanto se aproxima.

— Ela está algemada? — ele pergunta ao oficial Holman.

— Sim, senhor. Exatamente como você me mostrou. Acho que podemos levá-la ao Dr. Dehring, o novo psiquiatra do hospital. Ela está perdendo o controle da realidade.

— Ela nunca teve um controle — Emmett murmura.

Ele abaixa a cabeça.

— Blake.

— Oi, querido, você está tendo um bom dia de trabalho? — pergunto.

— Eu estava.

Eu sorrio.

— Bem, nós dois estávamos até que seu policial ficou um pouco paranoico. Você deveria fazer algum treinamento sobre como lidar com uma mulher.

Seus olhos se transformam em pedra.

— O que aconteceu? Você está machucada?

Parece que ele não gosta disso.

— Ah, nada, apenas disse que eu não parecia com forças especiais.

Ele ri.

— Você não parece.

— Como eu pareço?

— Problema.

Eu dou de ombros.

— É verdade. De qualquer forma, estava em casa para fazer uma entrevista e, de repente, estou algemada na parte de trás de um carro da polícia.

Ele olha para os meus braços e estende a mão.

— Entregue as algemas.

Eu tenho que lutar contra o sorriso enquanto puxo minhas mãos, balançando-as.

— Você quer dizer isso?

Emmett as agarra e as entrega ao oficial Holman sem quebrar meu olhar.

— Saia do carro, Blakely.

Uma vez que ele se move para trás, eu saio.

— Da próxima vez, verifique se há clipes de papel, grampos ou qualquer outra coisa que possa tirar alguém das algemas. Se ela quisesse, poderia ter machucado você assim que você chegasse à cadeia ou ao hospital.

George olha para mim, os olhos arregalados.

— Como foi... você?

— Prática. Veja, nós, garotas das forças especiais, temos que ser mais fortes e inteligentes do que os caras grandes e fortes. Não é, marido? — pergunto a Emmett, piscando.

— Espere, você é mesmo casado? Ela não estava mentindo? — George pergunta a ele.

— Não, eu não estava mentindo, George.

Ele gagueja e então se vira para mim.

— Eu honestamente pensei que você estava mentindo.

— Daí as algemas?

O rubor em seu rosto é quase fofo.

Emmett bate no ombro dele.

— Você a revistou antes de algemá-la?

— Não, senhor. Ela é uma mulher pequena.

— Que poderia ter matado você — eu o informo. — Tenho tanto treinamento quanto ele. Na verdade, sou uma faixa mais alta que o Emmett no Jiu-Jitsu. Derrubei homens do tamanho dele e maiores. Só porque tenho peitos, não me torna menos letal. Certo, *pookie*?

— Blake — Emmett adverte.

— Na verdade, ganhei minha faixa marrom no mês passado. De que cor você é agora?

— Estou prestes a ficar vermelho se você continuar assim.

Eu começo a rir e continuo, isso é divertido.

— Sinto muito, mas seus oficiais devem estar cientes de que as mulheres podem, de fato, matar pessoas.

Estou um pouco desapontada com ele, para ser honesta. Eu entendo que esta é uma pequena cidade dos EUA, mas criminosos são criminosos, não importa o sexo. Ninguém dá a mínima para seus sentimentos quando se trata de ficar fora da prisão.

Ele ignora meu comentário e volta para George.

— Sei que você está na polícia há apenas algumas semanas, mas tratamos todos os suspeitos da mesma forma, homem ou mulher. Por acaso você trouxe minha louca futura ex-esposa aqui, que não está mentindo quando diz que é tão habilidosa em combate quanto eu. Use sempre o seu treinamento e não corra riscos.

Emmett se vira para mim.

— Sério? Espiar pelas janelas?

— Eu bati primeiro. — Eu dou de ombros, porque farei qualquer coisa necessária para ajudar meus clientes. Keeley está desaparecida, e se a viúva de Bill souber de alguma coisa… qualquer coisa que possa me ajudar a localizá-la, então quero saber.

— Então, você começou a se esconder?

— Eu não me escondi.

— O que diabos você chama de olhar pelas janelas das pessoas?

Eu sorrio.

— Investigar, o que você saberia se fizesse.

Sua mandíbula aperta.

— Então Deus me ajude.

— Ouça, preciso falar com os Waughs.

— Eles claramente não querem falar com você, visto que chamaram a polícia por causa de uma mulher estranha que estava vasculhando sua casa.

Interessante.

— Se eles tivessem aberto a porta, eu não precisaria olhar pelas janelas.

A voz de Emmett fica baixa.

— Você já pensou que eles passaram pelo inferno? Suas vidas foram viradas de cabeça para baixo, e talvez, apenas talvez, uma mulher estranha batendo em sua porta os fizesse se esconder.

Eu me aproximo, nossos narizes quase se tocando.

— Você pensou que talvez já tenha considerado isso e anunciado quem eu era? Não sou estúpida, Maxwell. Sei fazer o meu trabalho. Você — eu o cutuco no peito — foi quem me deu um prazo. Estou fazendo o que preciso fazer.

— Isso é ótimo, mas invadir ou quebrar qualquer outra lei não está acontecendo.

— Você vai me prender? — pergunto.

— Você sabe que não vou.

Eu passo para o lado.

— Então, se me der licença, vou bater na porta de novo.

Emmett geme e caminha ao meu lado. Toco a campainha e, depois de um segundo, a porta se abre. Ela combina com a foto de Sonya que estudei.

— Você deve ser Sonya.

Ela olha para Emmett e depois de volta para mim.

— Eu sou.

— Meu nome é Blakely Bennett. Sou amiga de longa data do xerife Maxwell. Também sou uma investigadora particular de Washington DC.

— Amigo é um termo vago — Emmett murmura, mas eu ouço.

— Estou aqui investigando o desaparecimento de uma adolescente.

Os olhos de Sonya se arregalam.

— Não sei de nada. Não há mais ninguém aqui. Meu filho está na escola.

— Não, não acho que ela está aqui, mas o nome do seu falecido marido apareceu quando estávamos rastreando o paradeiro dela. Eu esperava que pudéssemos conversar um pouco?

Seus braços envolvem sua cintura e ela balança a cabeça.

— Tudo bem, mas gostaria que pudéssemos causar menos confusão? Meus vizinhos já tratam a mim e meu filho de maneira diferente.

Eu olho para Emmett, que já está em movimento. Ele gesticula para George, que se endireita e vai para o lado do motorista de sua viatura. Então Emmett abre a porta e se encosta nela.

— Vou estacionar no quarteirão e depois volto. Tente não causar problemas enquanto eu estiver fora.

— Não faço promessas — falo com um sorriso. — Não se perca, querido.

Sonya nos observa e depois inclina a cabeça para o lado.

— Vocês são um casal?

Que pergunta carregada.

— Não. Nós somos. Não sei. Quer conversar aqui fora? — Eu mudo o assunto de volta para ela. O que quer que Emmett e eu sejamos não será resolvido aqui.

— Não, podemos entrar.

Ela lidera o caminho para a cozinha. A casa é pequena e antiquada, mas está claro que Sonya se orgulha muito do que tem. Tudo limpo, organizado e bem cuidado. Suas decorações parecem ter sido cuidadosamente escolhidas para combinar com os móveis.

Olho para as fotos na parede, algumas parecem remontar às gerações passadas, mas a maioria é de um menino.

— Este é seu filho? — pergunto, já sabendo que seu nome é Myles.

O olhar em seus olhos mostra seu amor e devoção a ele.

— É. Ele é um menino maravilhoso.

— Quantos anos ele tem?

— Quase dez.

Eu dou a ela um sorriso caloroso.

— Essa idade é cheia de surpresas.

— Você tem filhos, Srta. Bennett?

Eu balanço minha cabeça.

— Não.

E nunca vou.

— Sinto muito, você acabou de dizer isso como se soubesse por experiência.

— Eu tenho… tive um irmão mais novo. Meu pai foi embora no dia em que Dylan nasceu, então decidi me tornar sua segunda mãe, para seu desespero. — Eu rio, lembrando das reclamações constantes de Dylan sobre como eu não era, de fato, sua mãe.

— Isso deve ter sido difícil para você.

— Na época, não pensava assim. Eu tinha seis anos e achava que ele era um ótimo boneco bebê.

Ela sorri.

— Eu também sou uma irmã mais velha e minha irmã foi tratada da mesma forma.

Não há nada que eu não faria para ter isso de volta. Tenho saudade do meu amigo. Sinto falta do homem que me fazia rir até que eu tivesse lágrimas escorrendo pelo meu rosto. Quem poderia mudar qualquer situação. Que se juntou ao exército porque estava preocupado comigo e queria estar por perto caso eu precisasse dele, o que foi estúpido, porque você não pode decidir isso.

E, no entanto, ele me encontrou. No deserto, em meio a um mar de soldados, ele me encontrou.

E então eu o perdi.

Sonya estende a mão, descansando a mão no meu braço.

— Você está bem?

Eu forço as emoções para baixo.

— Estou bem. Desculpe. Jet lag.

Ela acena com a cabeça.

— Sente-se, você gostaria de um café?

— Nunca houve uma xícara de café que valesse a pena dizer não — eu respondo.

Já bebi três xícaras no café da cidade. Achei que a melhor fofoca estaria lá, então era um lugar tão bom quanto qualquer outro para começar a fazer amigos.

Pena que estava vazio.

Há duas breves batidas na porta dos fundos antes que ela se abra e Emmett entre como se fosse o dono do mundo. Deus, esse homem é gostoso de uniforme. Não há nada de desajeitado nele.

— Xerife Maxwell — diz Sonya, alívio inundando sua voz. — Gostaria de uma xícara de café?

— Não, obrigado, Sonya. Agradeço a oferta.

Ela traz a xícara para mim e nós três nos sentamos à mesa, um silêncio constrangedor caindo ao nosso redor.

Bem, eu não vim aqui para tomar café, então é melhor falar.

— Gostaria de lhe fazer algumas perguntas.

61

— Claro, mas, por favor, saiba que Bill sempre me manteve no escuro. Ele era abusivo, manipulador, só pensava em si mesmo, e não se importava com quem se machucava no processo. Sempre suspeitei das coisas, mas tinha inteligência suficiente para nunca fazer perguntas. Ele teria matado a mim ou a Myles se eu o fizesse.

— Entendo, mas às vezes, não se trata de permitir o segredo. Às vezes, eles dão, mas não querem, então ficam furiosos.

Ela balança a cabeça, olhando para o copo.

— Ele costumava ficar furioso.

— Vou orientá-la e você me dá tudo o que se lembra, ok?

Sonya olha para Emmett, que acena com a cabeça, e depois para mim.

— Ok.

— Vamos lá então.

CAPÍTULO OITO

Blakely

— As horas estão passando, futura ex-esposa.

Eu o desligo e volto a olhar minhas anotações.

— Eu vim aqui para escapar de você.

Ele ri, sentando-se à minha frente no único restaurante da cidade – *The Dinner*. É um lugar pitoresco com bancos velhos cobertos de couro no balcão, cabines que provavelmente estão aqui há sessenta anos e mesas com cadeiras incompatíveis que quase parecem ter sido abandonadas pelos clientes ao longo dos anos.

Nada combina e ainda assim tudo pertence ao lugar.

— Não há como escapar da aplicação da lei em uma cidade pequena.

— Sorte a minha.

Ele pega meu caderno debaixo da minha mão e eu o pego de volta.

— Ei! Ninguém disse que você podia olhar minhas anotações. Idiota.

— Por favor, você passou uma hora conversando com Sonya e saiu de lá sem nada.

Ele só pensa isso porque quero que ele pense. Eu não preciso dele ou de seu substituto estúpido me seguindo. Claro, posso não ter conseguido muito, mas consegui o suficiente para ter uma ideia de para onde ir a seguir.

— Sabe, não tenho certeza se quero aceitar conselhos investigativos de você. Você resolveu alguma coisa além de quem roubou a correspondência de alguém ou pegou a bicicleta do pequeno Lance? — pergunto no meu melhor tom de zombaria.

— Na verdade, na semana passada, eu estava no comando de um atropelamento e fuga.

— Ohhh, olhe para você, subindo no mundo — eu provoco. — Por favor, você não consegue sair de um saco de papel, muito menos rastrear qualquer coisa ou alguém. — Eu o provoco, porque a única vez que ele parece querer falar comigo é quando estamos brigando. E agora, aceito brigas.

Emmett olha pela grande janela e dá de ombros.

— Acho que esses dias ficaram para trás.

— Como? Você é policial.

— De uma cidade onde nada acontece.

Eu levanto uma sobrancelha.

— Até agora, você teve um assassinato, uma tentativa de assassinato da irmã de seu amigo e o sequestro de uma mãe e seu filho que terminou com o suicídio do criminoso. Eu não chamaria isso exatamente de nada.

— Talvez não nada, mas estão todos resolvidos e embrulhados.

Eu bufo.

— Se fosse assim, eu não estaria aqui.

— Sua razão para estar aqui tem pouco ou nada a ver com qualquer um desses casos. Você pode ter uma pista fina como papel para Bill, mas como eu disse, todos os *meus* casos estão encerrados.

A garçonete se aproxima, enchendo minha caneca de café e colocando comida na frente de Emmett. Eu pisco porque ele não pediu.

— Por que ela trouxe isso para você?

— Porque todos nós nos conhecemos e eu como aqui dia sim, dia não.

Isso soa… horrível.

— E ela sabia exatamente o que você queria?

Parece uma omelete de espinafre, bacon e queijo com batatas fritas caseiras. Eu deixei escapar uma risada.

— O quê?

— Você — eu digo, sentindo outra risada borbulhando. — Acho que algumas coisas ainda são as mesmas.

— Devo ser diferente?

— Não — falo sem pensar em como soa. Mas é a verdade. — Não, você não deveria mudar. Nunca houve nada de errado com você. Bem, além do fato de que você come a mesma comida toda quarta-feira.

— Eu não… — Ele abaixa o garfo. — Jesus.

Eu sorrio.

— Sim. É quarta-feira.

Quando estávamos no serviço, a equipe alternava cozinhando uma para a outra. Segunda-feira era meu dia, e eu sempre fazia pizza caseira. Terça-feira era Hunt, que fazia o melhor macarrão com queijo. Mas Emmett tinha quarta-feira, e o café da manhã sempre, *sempre* incluía omeletes.

Ele balança a cabeça.

— Não é por isso.

— Claro, não é.

— Não é. Eu só gosto de omeletes.

— Você gosta.

Ele resmunga enquanto pega o garfo de volta.

— Tem mais alguma coisa a acrescentar?

Você é sexy. Eu sinto muito. Leve-me para a cama?

Sim, definitivamente não é isso que vou dizer.

— Só que você é um idiota.

— Isso nunca foi questionado. Sobre o que você está anotando, afinal? Não recebemos nada.

— Recebemos muito de Sonya hoje.

— Muito?

Ok, talvez não muito, mas temos algo.

— Eu tenho um ponto de partida.

— Qual é?

— Eu sinto muito. Não tenho liberdade para discutir os detalhes da *minha* investigação em andamento. — Posso parecer uma criança petulante, mas ele não fica sabendo o que descobri depois de duvidar de mim.

Ele dá de ombros.

— Eu conheço você, Bennett. Se você tivesse algo, estaria morrendo de vontade de compartilhar.

— É Sra. Maxwell para você, querido.

— Não.

— Mas nós somos casados.

— Não por muito mais tempo — adverte.

— Sobre isso. Eu não acho que o divórcio vai funcionar para mim.

Ele abaixa o garfo novamente, afastando o prato.

— Perdi o apetite.

— Certamente não por ficar casado comigo.

— Por que diabos você quer continuar casada?

VENHA ME *Amar*

— Porque eu amo... irritar você.

— Então, você quer me deixar infeliz pelo resto da minha vida?

Eu balanço minha cabeça.

— Não! Por que você pensaria isso?

Emmett se inclina para trás, os braços cruzados sobre o peito largo.

— Porque o acordo que tínhamos não funciona mais.

— Eu não quero esse acordo.

— Então assine os papéis.

Como explico a ele que não quero esse acordo, por que quero uma chance de descobrir isso? Estou em conflito, perdida, com medo de amá-lo e com medo de perdê-lo.

— Eu não quero perder você, Emmett. E sei que parece loucura não querer o divórcio quando não nos falamos há anos, mas é tão definitivo. É como se nunca mais tivéssemos um motivo para conversar. Você e eu seguiremos em frente, e será como se nunca tivesse acontecido. E nós acontecemos.

— Então o que você quer? — Ele se move para colocar os braços sobre a mesa. — Você quer continuar casada só para me manter? Eu não sou um animal de estimação, Blakely.

— Não, só quero um tempo. Eu quero que nós... tentemos ser amigos? E talvez mais. Talvez possamos ser tudo o que poderíamos ter sido.

— Não precisamos continuar casados para sermos amigos.

Ele tem razão. Eu sei que ele tem, e estou com muito medo de admitir porque realmente não quero assinar os papéis.

— Eu não posso fazer isso agora. Eu não os tenho comigo. Além disso, nós nos divorciarmos não me tira daqui mais rápido. Então, sem pressa, certo?

E preciso de tempo. Hora de me recompor e descobrir exatamente o que eu quero.

Ele parece refletir sobre isso e então se senta ereto.

— Bem. Vamos apostar nisso então.

— Apostar em quê?

— O divórcio. Se eu ganhar, você assina os papéis e volta para o outro lado do país. Se ganhar, dou-nos três meses para reconstruir a amizade que diz querer de volta. Eu ficarei aqui, você voltará para DC e, no final desses três meses, concordará em assinar os papéis de qualquer maneira. É uma vitória para todos. Caso contrário, vou contestá-la, e tenho certeza de que nenhum de nós tem tempo para isso.

Isso não é o que eu quero de jeito nenhum. Não quero ser uma louca com medo da morte, mas, em vez disso, coloco paredes de aço reforçadas com concreto ao redor do meu coração. É uma fortaleza que não pode ser violada, especialmente por Emmett.

Não é que tenha medo de me apaixonar e ele morrer por causa disso. Tenho medo de me apaixonar, de perdê-lo e de querer morrer eu mesma. Tenho pavor de me sentar ao lado de outro caixão e ter que assistir enquanto a pessoa que amo é baixada ao solo.

O amor é dor, e já tive o suficiente.

Eu realmente gostaria que minha cabeça concordasse com isso, porque, quando olho para Emmett, quero levar uma bola de demolição para aquela fortaleza.

— E qual é a aposta?

— Que esta cidade é segura e você veio até aqui para nada.

— Já que você não vai ganhar, isso funciona — falo, um pouco presunçosa.

— Veremos.

— Ahh, xerife Maxwell, pensei que fosse você — um homem baixo e corpulento diz da beirada da mesa. — E você deve ser a adorável esposa dele que apareceu em nossa pequena cidade.

Emmett se levanta, apertando a mão do homem.

— Prefeito Stengel, esta é Blakely Bennett. Blakely, este é o nosso prefeito.

Eu me levanto, estendendo minha mão.

— É um prazer conhecê-lo, prefeito.

— Por favor, pode me chamar de Daniel.

— E você deve me chamar de Blake. Como todos os meus amigos fazem.

— E somos amigos, de fato — diz Daniel.

O prefeito é a primeira pessoa da minha lista com quem eu queria falar. Sonya o mencionou apenas uma vez, mas Bill almoçou com alguns membros do Conselho Municipal algumas semanas atrás. Ela não sabia por que, mas parecia estranho que um homem que não tinha nenhuma ligação com a política se reunisse com os tomadores de decisão.

— Tenha cuidado, prefeito, esta tem dentes e mordidas — Emmett o avisa.

— Só para aqueles que precisam ser mordidos — eu brinco e olho para ele.

Daniel ri alto.

— Oh, é bom ver Emmett como era antes. Normalmente, ele é só negócios e nunca brinca.

— Sério? — pergunto.

— Definitivamente um gato azedo, se é que já conheci um.

Ainda segurando sua mão, coloco a outra por cima e faço o possível para que ele se sinta confortável comigo.

— Bem, talvez possamos almoçar e você pode me contar tudo sobre nosso amigo maravilhoso. Perdi muita coisa nos últimos anos.

— Eu adoraria isso, Blake.

Eu também.

— Excelente. É um encontro.

— Estou ansioso por isso.

O prefeito beija o topo da minha mão e então aperta a de Emmett.

— Ele não está envolvido — Emmett diz assim que ele sai pela porta.

— Eu nunca disse que ele estava.

— Você estava pensando nisso.

— Eu não sabia que você era um leitor de mentes.

Emmett inala profundamente pelo nariz.

— Eu conheço você. Sei como sua mente distorcida funciona. Estas são boas pessoas nesta cidade. Eles não estão envolvidos em algum estranho anel subterrâneo do que quer que você pense que eles estão controlando.

Eu levanto minhas mãos.

— Eu nunca disse uma palavra, Emmett. Tudo o que tenho são os fatos que me trouxeram até aqui. Se descobrir que não há nada aqui, então sigo em frente. Não estou tentando pintar a cidade como um lugar cheio de criminosos. Tudo que quero é saber onde está minha garota desaparecida. É isso.

E estar aqui com você.

— Bem. Faça sua investigação, veja por si mesma que não há nada para encontrar em Rose Canyon e, em seguida, pegue seu caminho e arruíne a vida de outro homem.

Ele pega a batata frita do meu prato, enfia na boca e sai, deixando-me pronta para matá-lo.

A cidade pode estar cheia de gente boa, mas nenhuma delas parece ser muito falante. Ninguém me deu nada sobre Bill, e eles dizem que ele era um homem quieto que nunca viram muito. A maioria ficou chocada com o que ele fez.

— Então, você não sabe nada sobre ele, realmente? — pergunto à mulher atrás do balcão no Rosie Beans.

— Não. Ele não vinha muito aqui. Mas você sabe quem vinha? Xerife Maxwell. Ele é um homem maravilhoso.

Eu luto contra o gemido. Cada maldita pessoa me disse isso. Já ouvi tudo sobre como ele é maravilhoso, bonito e charmoso. O homem é a fantasia de uma mulher na vida real. É realmente doentio.

— Isso é ótimo. Ele é um cara legal, mas sobre Bill Waugh...

— Gostaria de poder ajudá-la mais, querida, mas já contei tudo o que sei.

— E o tiroteio que foi bem no seu estacionamento, você sabe alguma coisa sobre isso?

Sua mão se move para o peito.

— Isaac Davis foi o melhor homem que já conheci. Estou apenas quebrada por causa disso. Todos nós estamos.

Sim, também já ouvi isso.

— Sinto muito pela sua perda. Eu sei que Emmett o amava como um irmão.

— Oh — diz ela com os olhos arregalados. — Isaac, Emmett, Spencer e Holden eram como unha e carne. Sempre pareciam se entender sem ao menos dizer uma palavra. Esses meninos ainda estão sofrendo por ele. Eu vejo a dor deles.

Eu odeio que ele esteja sofrendo. Emmett já se machucou o suficiente, e gostaria de poder fazer isso melhorar.

— Dizem que o tempo ajuda. Se você se lembrar ou pensar em alguma coisa sobre Bill, pode me ligar? — Estendo meu cartão.

— Eu vou.

Sorrio, pego minha rosquinha e saio pela porta. Não há nada apontando para o fato de que Keeley já esteve aqui. Mostrei uma foto para todo mundo, e é difícil imaginar que alguém possa estar traficando garotas por aqui sem que ninguém perceba. Estou aqui há 24 horas e parece que todo mundo sabe.

Dou um passo e, de repente, sou puxada para trás. Braços fortes envolvem minha cintura, impedindo-me de cair quando um carro passa voando por mim.

Meu coração está batendo forte e a pessoa me solta.

— Isso foi por pouco — ele diz, e eu me viro para ver um homem muito bonito com cabelo castanho claro e olhos castanhos escuros. — Você está bem?

— Sim, obrigada. — Ele me salvou de ser atropelada.

— Desculpe por agarrá-la assim.

— Você me salvou — falo com uma risada.

— Eu não iria tão longe. — Seu sorriso é fácil e amigável. — Você é nova aqui? Nunca vi você por aí antes.

Uau, alguém que não sabe quem eu sou.

— Sim, eu sou Blake.

— Ryan Wilkinson.

— Bem, realmente aprecio você ter certeza de que não fui morta. Normalmente sou eu que estou nessa posição.

— Oh? Você costuma sair por aí salvando pessoas? — ele pergunta com um sorriso.

— Sim. Bem, eu fazia. Então, mais ou menos.

— Estou intrigado agora.

Eu rio e tento novamente.

— Eu fui médica no exército por muito tempo. Então, acho que foi isso que quis dizer sobre salvar pessoas.

— Sério? — Ryan pergunta com um brilho nos olhos. — Sou paramédico, então também saio por aí salvando pessoas.

— Temos isso em comum, ao que parece.

Ryan se vira para a entrada.

— Você iria… posso te pagar uma xícara de café?

— Tenho certeza de que o *salvado* deveria comprar o café para o *salvador* — eu corrijo.

— Talvez, mas o homem definitivamente deveria pagar o café para a mulher bonita.

Oh. Porcaria. Tenho certeza de que ele está flertando.

— Eu gostaria de poder, mas meu marido provavelmente está em casa se perguntando por que estou demorando tanto.

O cartão do marido é útil com mais frequência do que eu jamais admitiria.

— É claro. Desculpe, não vi um anel.

— Risco ocupacional — eu digo com um sorriso largo. — De qualquer forma, obrigada por salvar minha vida agora e pelo trabalho que você faz diariamente.

Ele inclina a cabeça.

— Obrigado também.

— Ei, você por acaso conhecia Bill Waugh?

— Bill? Eu o conheci. Ele morreu, certo?

— Sim, ele morreu.

— Por que você está perguntando sobre Bill?

— Sem motivo. Acabei de ouvir algo e fiquei curiosa. Eu deveria deixar você ir, desculpe.

Ryan balança a cabeça.

— Nada para se desculpar. Foi ótimo conhecê-la, Blake. Tenha cuidado em estacionamentos.

— Eu farei isso.

Outro golpe na investigação de Bill, mas não estou pronta para desistir. Tenho mais alguns dias para encontrar algo sobre ele que me ajude com Keeley. Ele estava naquele aplicativo e a última pessoa a falar com ela. Não tenho ideia para onde eles foram, mas vou descobrir.

De uma forma ou de outra.

CAPÍTULO NOVE

Emmet

Um pote cai no chão e estremeço. Sempre que Blakely está na cozinha, algo é quebrado ou pode exigir uma visita ao hospital. Quando ela voltou para casa de sua missão de averiguação ontem, ela parecia um pouco desanimada. Eu não deveria me importar, pois quanto mais cedo ela admitir que não há nada para encontrar, mais cedo ela estará fora da minha vida novamente, mas ainda me sinto mal.

Eu odeio vê-la chateada.

— Você precisa de ajuda aí? — pergunto.

— Não! Estou bem.

— Ok...

Tenho quarenta minutos antes de precisar ir para a casa de Holden para a noite de pôquer, e não vou pular só porque ela está aqui.

— Vou me trocar — eu a deixo saber.

Depois de um piscar de olhos, ela grita para mim.

— Trocar para quê?

— Pôquer.

— Você vai sair?

— Sim.

O rosto de Blakely cai.

— Mas eu estava fazendo o jantar.

— Agora você decidiu que quer ser do lar?

Ela olha para mim.

— Eu estava fazendo algo legal para você.

— Por quê? Fazendo o jantar que não vamos poder comer? Eu jogo pôquer com os caras toda quinta-feira. É coisa nossa.

— E eu vou ser expulsa da cidade em alguns dias. Então, você não pode pular? Poderíamos conversar.

Eu rio uma vez.

— Não há o que falar.

— Eu não acho que isso seja verdade, Emmett. Pelo menos... não sei. Eu tenho muito a explicar. Por favor, não vá. Por favor, fica.

Oh, isso é precioso.

— Não sou eu quem é conhecido por ir embora, querida. Foi você quem fugiu.

— Eu não fugi. Fui implantada!

Este é o jogo que ela quer jogar, então tudo bem. A coisa é que não importa o que aconteceu ou por quê.

Eu me apaixonei por ela.

Nós fodemos.

Ela se foi.

Terminei.

— Você tem razão. Você foi. Agora, tenho que ir jogar pôquer.

Ela geme e bate o pé.

— Droga, Emmett! Nunca menti para você! Nem uma vez em todo o tempo que estivemos juntos, casados ou não. Nunca disse a você que nada era diferente.

— Eu sei.

Ela pisca.

— Então por que diabos você está com raiva?

— Não estou bravo — eu digo, sabendo que nada vai irritá-la mais do que o fato de que eu não me importo. Ela não precisa saber que estou fingindo que a ver aqui não torna meu dia mais brilhante, que o maldito perfume que ela usa não me deixa duro ou que não pensei nela enquanto me masturbava no chuveiro hoje.

Eu estou louco? Claro que estou, mas é dirigido a mim por desejá-la.

— Claro que não.

— Eu não estou com raiva de você, Blake.

— Como diabos você chama isso então? Você e eu...

Eu a interrompo.

— Cometemos um erro. Nós dois estávamos em um lugar de merda, e fodemos tudo como fizemos anos atrás, quando nos casamos. Somos muito bons em cometer erros.

— Nossa amizade nunca foi um erro — diz ela com o que parecem ser lágrimas nos olhos.

Não, não, não. Ela não pode chorar. Sem chance. Eu nunca serei capaz de vê-la machucada.

— Não me arrependo disso.

— E então é isso? Cruzamos a linha uma vez e perdemos tudo?

— Não perdemos nada porque nunca tivemos nada.

Tiro minha camisa e jogo na cama, e ela inala. Eu me viro, dando a ela uma visão completa, querendo provocá-la, fazê-la ver do que ela se afastou. Passei meses aprimorando cada músculo, trabalhando até os ossos para ser melhor, maior e mais forte, mesmo quando eles diziam que eu não conseguiria.

Não sou um cara vaidoso, mas tenho orgulho de onde estou agora.

— Você está olhando — falo, observando a reação dela.

Ela não decepciona. Blake balança a cabeça e então prende o cabelo para trás.

— Você tem uma tatuagem.

Ganhei várias nos últimos anos. A que está no meu peitoral esquerdo é a que ela está olhando, e é para o meu tempo como Ranger. A tatuagem é uma caveira com uma boina de Ranger com uma espada atrás dela e as palavras 'Morte antes da Desonra' acima dela. Penas conectam o arco de palavras para que a imagem central seja circundada. É algo que alguns outros em nossa unidade fizeram quando chegaram em casa.

— Queria lembrar o tempo que eu gostava quando era ativo.

— Qual?

Eu poderia machucá-la, fazê-la se sentir uma merda, mas não vou.

— Quando eu estava com meus homens. Quando lutamos juntos… quando eu teria morrido antes de permitir que alguém de quem gostava fosse ferido.

Ela pode levar isso como quiser.

Eu começo a desabotoar minha calça, e seus olhos se arregalam.

— O que você está fazendo?

— Trocando de roupa.

— Estamos conversando.

Sorrio.

— Não, você está olhando para mim enquanto tiro a roupa. Você pode sair ou ficar e assistir ao show.

Acabei de desafiá-la, e se ela for parecida com a mulher que amei, ela vai ficar aqui, venha o inferno ou a maré alta.

— Bem, isso não vai funcionar.

Eu abaixo minha calça e saio dela.

— Alguém já disse que você é meio idiota ultimamente?

— Tenho certeza de que você já fez isso várias vezes.

Ela resmunga baixinho. Estou gostando demais disso. Eu poderia já ter colocado uma calça nova e estar quase totalmente vestido agora, mas decido não fazer isso. Eu ando até ela, precisando que ela vacile, mas ela não o faz.

— Vista-se.

— Talvez você devesse se despir, então estaremos em igualdade de condições.

Porque diabos eu acabei de dizer isso, nunca vou saber. Não quero vê-la nua.

Isso é uma mentira.

Eu quero vê-la nua, aberta e desprotegida. Então eu me lembro por que isso é uma má ideia.

— Bem.

Ela rasga a camisa antes de jogá-la onde estão minhas calças. Então ela engancha os dedos no short e o desliza para baixo antes que eu possa dizer a ela para parar.

E então me pergunto se teria sido capaz de pronunciar as palavras de qualquer maneira.

Blakely sempre foi deslumbrante e os anos não mudaram isso. Seu cabelo castanho profundo flui em torno de seus ombros, cobrindo seus seios.

Eu quero pegar um punhado e apertar meu punho nele, segurando-a onde desejo.

Ela levanta uma sobrancelha perfeitamente arqueada e sorri.

— Agora somos iguais.

Estamos longe de ser iguais. Ela tem a vantagem – talvez sempre tenha.

Dou um passo na direção dela, como se meus pés se movessem por conta própria. Antes que possa pensar duas vezes, minhas mãos estão em seu cabelo, puxando seu rosto para o meu. Nossas bocas se encontram com raiva e frustração.

75

Minha mente claramente estalou. Eu a odeio. Não, isso é mentira. Eu me odeio por não a odiar. Eu quero olhar para ela e não a querer. Gostaria de não ter pensado nela, perguntando-me se ela estava feliz ou triste. Todos os dias, durante anos, pensei nela de alguma forma e quero que isso pare.

Preciso terminar esse divórcio para poder seguir em frente com minha vida.

Mas agora, todas essas vontades e desejos desaparecem. Tudo que eu quero é ela.

Ela me beija com a mesma ferocidade com a qual vou até ela. Desço minhas mãos pela coluna fina de seu pescoço, empurrando as alças do sutiã para baixo enquanto passo por seus ombros.

Isso pode ser um erro, mas vou lidar com isso mais tarde.

Eu a levanto e ela envolve as pernas em volta da minha cintura. Nossos lábios não se separam enquanto eu a empurro contra a parede, ancorando-a na minha perna boa.

Nossas línguas deslizam uma contra a outra, seus dedos deslizando pelo meu cabelo enquanto solto seu sutiã. Quando eu o jogo de lado, ela se afasta, desnudando-se para mim.

Todas as imagens que tenho dela, daquela noite, foram silenciadas. Agora eu a vejo em cores, e Deus, ela tem todas as tonalidades que existem.

Eu beijo seu pescoço enquanto ela arqueia em minha direção. Eu lambo ao redor do mamilo, e seu suspiro quebra o silêncio no quarto.

Eu deveria parar com isso. Eu deveria colocar minhas malditas roupas e ir para o jogo de pôquer.

Mas a única maneira de impedir isso é se ela me disser.

No entanto, ela não diz nada. Em vez disso, Blakely move a mão pelo meu corpo e libera meu pau.

Tudo o que há entre nós agora é a calcinha dela.

Como se ela pudesse ler meus pensamentos, seus olhos encontram os meus e ela inclina a cabeça como se dissesse – e agora?

Eu movo meus lábios para sua orelha.

— Não diga uma maldita palavra. Se você disser alguma coisa, eu paro. Você entendeu? Nada. Não importa o que seja.

Ela acena com a cabeça.

Isso é dela, e ela não aceita.

O que quer que aconteça agora não muda porra nenhuma. Vou fodê-la para fora do meu sistema e, em alguns dias, ela vai assinar os malditos papéis e ir embora.

Olho em seus olhos castanhos, vendo a mulher que amei – ou amo, não sei mais – e digo a mim mesmo que nunca vai ser mais do que isso.

— Foda-se.

Puxo sua calcinha para o lado e, antes que possa me convencer a entrar ou sair dela, eu empurro para dentro dela. Seu calor me envolve e me faz esquecer tudo do passado. Tudo o que importa é isso e nós. A boca de Blakely se abre, a cabeça para trás, o cabelo castanho escuro caindo em volta do rosto. É assim que vou imaginá-la.

Eu empurro mais fundo, suas unhas cavando em meus ombros. Eu bombeio meus quadris, sua cabeça batendo contra a parede com cada estocada. Blakely não fala, mas emite ruídos suaves de prazer.

Agarrando sua mandíbula, forço seus olhos nos meus. Quero ficar com raiva dela por me deixar fraco ou culpá-la por me deixar assim, mas tudo que posso fazer é lembrar por que eu a amava tanto.

Blakely é como beber água depois de passar muito tempo no deserto. Ela é o sol em seu rosto depois de um ano de céu nublado. Não importa o quanto eu gostaria que fosse diferente, ela segura meu coração e minha alma.

Mas é isso. Isso nunca vai acontecer de novo, e libero seu olhar, esperando que ela não tenha visto através de mim agora.

Eu movo minha mão entre nós, esfregando seu clitóris. Ela se aperta em torno de mim, então redobro meus esforços, precisando que isso acabe antes que eu perca a cabeça.

Ela abre a boca para falar, mas depois a fecha, os olhos se fechando e o lábio inferior tremendo. Ajusto meus quadris para dar-lhe um pouco mais de pressão.

Isso faz tudo, e ela grita enquanto seu orgasmo corre por ela. Estou bem atrás dela, saindo rapidamente e envolvendo minha mão em volta do meu pau, bombeando enquanto gozo. Pelo menos tive bom senso o suficiente para fazer isso, já que não usei uma maldita camisinha.

— Emmett? — Blake diz, quebrando o feitiço.

Eu balanço minha cabeça, pegando uma camisa do chão para me limpar.

— Emmett, precisamos conversar — diz ela.

Eu levanto minha mão.

— Não há o que falar.

— Sério?

Pego minha boxer e a visto antes de caminhar até a cômoda e escolher uma camisa e jeans. Eu preciso ficar longe dela. Tenho que deixá-la antes que ela perceba a mesma coisa que já percebi.

Coloco minha camisa e a encaro. Ela pelo menos colocou a camisa e a calcinha de volta.

— Não tenho nada a dizer.

— Você acabou de me foder contra a parede e não tem nada a dizer sobre isso?

— Sobre isso? Claro. Tenho coisas a dizer.

Ela cruza os braços.

— Sou toda ouvidos.

— Quero o divórcio e tenho que jogar pôquer agora. Estou atrasado.

Os olhos de Blakely brilham de mágoa e depois de raiva.

— Você não acabou de dizer isso para mim, seu idiota!

Sim. Estou sendo um idiota total, mas minha cabeça está uma bagunça e falar só vai complicar as coisas. É melhor se eu for embora.

— Eu não fiz promessas e não me lembro de você sugerindo que parássemos.

Vou para a sala, com raiva de mim mesmo, dela, do fato de ter feito aquilo preenchendo todos os espaços vazios do apartamento.

Quando minha mão está na maçaneta, ela me chama.

— Não faça isso. Não como no passado de novo.

Eu me viro, toda aquela raiva pulsando ao meu redor.

— Eu não saí quando você foi dormir. Não menti para você.

— Eu pensei… — Ela olha para o teto. — Pensei que talvez…

— Talvez o quê? Talvez eu ficasse e pudéssemos conversar sobre nossos sentimentos, já que cometemos *outro* erro? Talvez você escapasse no meio da noite de novo? Ou eu faria? Eu não estou me esgueirando. Estou indo embora. A diferença é que estarei de volta em algumas horas e não em dois anos e meio.

— Oh, isso foi um erro, certo! Saia! Vá! Eu não me importo.

Concordo.

— Então, está tudo bem você fazer isso, mas não eu? Entendi. Eu disse a você que tenho planos, e o que aconteceu lá atrás foi o culminar de anos de raiva que chegaram ao limite. Nada mais.

— Acho que você está certo.

Não, não estou.

— Vejo você mais tarde.

— O que mais pode tornar isso melhor, Emmett?

Essa é uma pergunta carregada, se já ouvi uma. Eu poderia cair de joelhos e fazer todas as promessas que ela pudesse querer, sabendo que ela nunca aceitaria. Ou posso fazer o que não fiz há dois anos e meio. Posso manter alguma aparência do meu orgulho e ir embora.

Abro a porta da frente e olho para o corredor vazio.

— Assine a porra dos papéis, Blake. É hora de seguir em frente. — Saio, fechando a porta atrás de mim e me inclino contra a parede. Cerca de dois segundos depois, ouço um baque contra a madeira atrás de mim.

Bom. Deixe-a ficar chateada, pelo menos ela está sentindo um gostinho do que senti nos últimos dois anos e meio. Agora ela sabe como é ser deixado.

— Aposte — diz Holden, jogando as fichas.

Eu tenho um *full house*, de jeito nenhum ele ganha de mim.

— Eu dobro — Spencer bufa. — Esse jogo é uma merda.

— Porque você está perdendo — falo com um sorriso.

— Sim, sim.

— Quer pedir algum dinheiro emprestado? — Holden o provoca.

Spencer o ignora.

— Como Brie está se acomodando em sua casa? — pergunto, já sabendo que ela o está deixando louco. Quando fui deixar um pacote para Addison, a viúva de Isaac, ela estava se preparando para ir às compras com Brie para a reforma na casa do Spencer.

Interessante, já que ele me disse que era a casa de Brie que estava sendo reformada.

— Ela está destruindo a cozinha.

Holden ri.

— Ainda bem que você manteve o lugar dela. Vocês podem morar lá durante as reformas.

Eu me inclino para trás, olhando para Spencer, esperando que ele saia desse buraco.

Ele dá de ombros.

— Eu menti. Não há reforma na casa dela.

— Não me diga?

— Tanto faz. Foi a vingança por todo o inferno que você me deu. Além disso, você e Blakely precisavam de um tempo para conversar.

— Que bom que você forçou isso.

— O que aconteceu? — Holden pergunta.

Eu conto sobre a mentira de Spencer sobre a casa de Brie e como eles ofereceram seu quarto de hóspedes como um lugar para ela ficar.

— Suave. — Holden ri e estende o punho para Spencer.

— Certo.

Eu poderia socar os dois.

— Ela só está aqui porque acha que Bill está de alguma forma ligado ao caso de uma pessoa desaparecida que ela está investigando.

Spencer olha para cima.

— Ela acha? O que a faz pensar isso?

— Ela tem uma foto dessa garota desaparecida com ele, e Blakely viu a conversa que eles tiveram em um aplicativo.

Ele bate o dedo no feltro verde. Posso ver o cérebro dele funcionando exatamente como o dela.

— Você também não.

— O quê?

— Você pensa a mesma merda, não é?

Spencer balança a cabeça.

— Não, mas Bill se matando deixou mais perguntas do que respostas. Não posso deixar de me perguntar ao que ele se referiu quando disse: *Eles virão atrás de você em seguida*. Ele também não era inteligente o suficiente para orquestrar nada, mas tinha pavor de quem quer que estivesse trabalhando junto. Meu instinto diz que pode haver algo mais aqui.

— E se você não conseguiu encontrá-lo, você acha que Blake pode? — pergunto. Spencer Cross é um dos melhores repórteres investigativos do mundo. Ele descobriu coisas que pessoas muito mais espertas do que Bill Waugh esconderam. Você não pode me dizer que ele ou a Cole Security não conseguiriam encontrá-lo antes da minha esposa.

— Não temos ideia de quais informações ela tem. Sei que Quinn também estava desconfortável, sentiu que havia mais na história. Sim, ele estava com medo de perder sua esposa e filho, mas Sonya nos contou sobre sua paranoia de que alguém estava vindo. E se ele estivesse envolvido em algo louco? Quantas pessoas são desmascaradas por causa de um erro estúpido? E o serial killer que foi parado por causa de uma lanterna traseira quebrada e foi assim que o encontraram? Pelo que sabemos, ela encontrou uma multa de estacionamento que é o que precisamos para localizá-lo — acrescenta Spencer.

Embora tudo isso pareça ótimo, não estou comprando.

— Então, quem? Qual pessoa misteriosa nesta cidade poderia estar ligada à garota desaparecida? — pergunto, os braços cruzados sobre o peito.

Conhecemos todos que moram aqui e não acredito que alguém nesta cidade tenha laços com uma garota desaparecida.

Holden limpa a garganta.

— Todos nós passamos muito tempo longe daqui, então não vamos fingir que esta cidade é a mesma de quando partimos. Também não vamos esquecer que Bill Waugh também cresceu aqui e batia na esposa e no filho. Rose Canyon está cheia de pessoas boas e honestas, mas ainda são pessoas.

Spencer assente.

— Exatamente. Esta cidade não é perfeita.

— Eu não estou dizendo que é — esclareço. — Só tenho dificuldade em acreditar que alguém sequestrou uma garota, que é o que Blake está insinuando.

Spencer bate o polegar no feltro verde.

— Acho que preciso revisar minhas anotações novamente.

— Já revisamos suas anotações um milhão de vezes.

— Não enquanto procurávamos uma ligação entre Bill e uma garota desaparecida de DC. Talvez novos olhos vejam algo que perdi.

Eu gemo.

— Você vai discutir isso com Blake?

Ele para de bater.

— Sim.

— Bem, ela tem cerca de cinco dias restantes.

— Você realmente vai fazê-la ir embora? — Spencer pergunta.

— Com certeza!

Um homem só pode aguentar até certo ponto. Tivemos 48 horas juntos antes que eu a fodesse contra a parede. Não consigo imaginar como vou aguentar uma maldita semana do jeito que está.

Holden ri.

— Como se você quisesse isso.

— Eu quero.

— Mentiroso — ambos dizem em uníssono.

Penso na dor em seus olhos quando saí e gostaria de poder repreendê-los, mas eles estão certos, quero que ela queira brigar comigo no divórcio porque quer ficar comigo. Sempre quis uma vida com ela. Só sei que não devo torcer por isso, porque ela nunca vai me dar.

CAPÍTULO DEZ

Blakely

Um ano e meio atrás

— Você fez um trabalho excepcional, Capitão — o coronel O'Brien diz enquanto coloca a Medalha de Comenda do Exército por bravura em combate na minha lapela.

Todos aqui têm a família assistindo com olhos cheios de lágrimas – todos menos eu.

— Obrigada, senhor.

Ele se move para a próxima pessoa na fila, e me concentro na janela. Olho para o sol ofuscante, esperando que sirva de desculpa para eu estar chorando.

Posso ter sido corajosa lá fora, mas não sou quando não há balas voando.

Voltei aos Estados Unidos três dias atrás para encontrar a celebração em pleno andamento. Centenas de militares estavam abraçando seus maridos e esposas. Crianças vestidas de vermelho, branco e azul corriam com seus sorrisos tão largos que poderiam ter quebrado suas bochechas. Suas mães ou pais finalmente estavam em casa. O mundo deles voltando ao normal e o meu voltando ao inferno.

Quando estava em campo, eu podia fingir que não sentia falta ou não precisava de Emmett. Afastar-me dele era o que precisava fazer. Se eu desse a ele mais do que uma lasca de mim mesma, perderia meu coração mesmo sem saber.

Mas não aqui.

Estarei em casa em dois dias. A unidade com a qual eu estava fora era da Flórida, então voltei para cá, tenho que fazer um interrogatório e depois vou para a Carolina do Norte. Onde terei que enfrentar Emmett e descobrir o que vem a seguir, se ele ainda estiver lá.

Finalmente, o Coronel O'Brien dá um passo para trás, ainda de frente para nós, e faz uma saudação. Nós o cumprimentamos de volta e todos se dirigem para suas famílias.

Eu estou aqui.

Perdida. Sozinha. Patética.

— Da última vez que nos vimos, você estava desesperada para encontrar seu marido — diz o Coronel O'Brien, fazendo-me olhar para ele.

— Sim, senhor.

— E ele não está aqui para ver você receber um prêmio tão prestigioso?

Olho para os meus sapatos engraxados.

— Não, senhor.

— Eu vejo. E por que não?

Porque eu sou uma idiota.

— Não conversamos muito desde que ele voltou para a Carolina do Norte.

Ou em tudo. Enviei dezesseis e-mails e todos ficaram sem resposta até ontem. Contei a ele sobre essa cerimônia de premiação, sem esperar uma resposta, e agora gostaria de nunca ter enviado.

Recebi uma palavra.

Parabéns.

Sim. Parabéns para mim, eu acho.

— Ele estava ocupado. Humm, ele tinha um compromisso que não podia faltar.

Ele balança a cabeça.

— Você e eu sabemos que ele não perderia isso. Como ele está desde que recebeu alta médica?

Prendo a respiração e ele me encara.

— E-eu não sabia que tinha recebido.

Como ele pôde não me contar? Eu não merecia nem um e-mail? Meu peito está apertado, e quero gritar. Nós éramos amigos antes de nos casarmos. Ele costumava me contar tudo, e parece que não é mais o caso.

— Cerca de duas semanas atrás. — O Coronel O'Brien me observa.

— Achei que você soubesse.

Ele não está perguntando.

— Não nos falamos há meses.

Compreensão pisca em seus olhos.

— Eu percebo. Quando você viaja para casa?

— Depois de amanhã.

— Vou passar dos limites aqui, mas já a conheço há muito tempo, Capitão. Já passamos por várias dessas evoluções juntos, e vou fingir que você é minha filha por um momento. — Eu me preparo. — Já fui casado três vezes, tenho quatro filhos, dois dos quais já não falam comigo. Já estive em dezenas de cerimônias de premiação como esta e inúmeras outras ocasiões alegres, mas só me lembro dos funerais. Os telefonemas em que peço desculpas a uma esposa, marido, mãe ou pai são o que me assombram à noite. Como você, eu era médico e me lembro daquela sensação de querer salvar o mundo e não conseguir. Minha primeira esposa partiu após minha segunda missão, quando mudei, fiquei distante e com medo de a perder. Eu a amava. Mais do que minha segunda esposa, com certeza. — Ele sorri, e sigo com um dos meus. — Eu teria feito qualquer coisa para tê-la de volta. Amá-la do jeito que eu deveria, mas era incapaz naquela época. Não cometa esse erro, Blakely. Se você o ama, lute por ele.

CAPÍTULO ONZE

Blakely

Presente

O ventilador acima de mim gira lentamente, as pás cortando o ar sem qualquer resistência. Fecho os olhos, vendo uma cena bem diferente do teto branco.

A sujeira se move ao meu redor enquanto carregamos a maca e aplico pressão na ferida.

— Capitão, ele não vai conseguir voar!

Eu encaro Watson.

— Ele vai! Eu vou com ele.

— Você não pode! E quanto aos outros?

— Sargento, sugiro que você descubra. Este soldado precisa mais de mim. — O sangue cobre meu uniforme, mas não me importo. Preciso manter a pressão em sua ferida.

— Capitão, não podemos!

Eu encaro seus olhos castanhos que estão cheios de medo.

— Temos que fazer nosso trabalho. Salve quem puder, e voltarei assim que o levarmos ao hospital. Uma hora.

O voo é de quinze minutos, podemos fazer isso.

Estamos carregados, meus dedos segurando a artéria fechada. Eu explico a situação para o médico no helicóptero, e ele acena com a cabeça antes de sinalizar para o piloto. Então estamos voando.

O soldado geme e nossos olhares se encontram.

— Você e eu. Você continua lutando, e vou continuar aguentando — eu digo. — Você entendeu, soldado?

A lágrima escorre por sua bochecha, mas ele concorda. Ele tem talvez dezenove anos e toda a vida pela frente. Eu preciso que ele sobreviva.

Os sons das lâminas são altos, mas continuamos focados um no outro.

— Cinco minutos fora — diz o piloto no fone de ouvido.

— Temos mais cinco minutos, você e eu. Mais cinco minutos, entendeu?

— Sim, senhora.

Por favor, Deus, deixe-o sobreviver.

Começamos a nos aproximar, o horizonte caindo à medida que a paisagem aparece.

O outro médico está sinalizando o alarme.

Não, não, não, não. Não. Ele não pode.

— Recruta? — eu o chamo, mas seus olhos estão fechados. — Recruta!

Nada ainda.

— Inicie a RCP! — grito para o médico, que já está pegando a bolsa. — Recruta, abra os olhos! Isso é uma ordem!

Eu seguro a artéria, mas eu sei. Sei, porque a pulsação sob meus dedos não é a mesma.

A umidade cai entre nós, e percebo que são minhas lágrimas. Lutei tanto. Eu fiz isso. Eu o tinha, e nós íamos conseguir. Ele deveria conseguir.

Eles nos içam para fora, e ainda estou montada nele, com a mão dentro do peito, segurando o dano fechado.

O cirurgião olha para ele e verifica seus olhos.

— Ele se foi — ele diz como se eu não tivesse passado vinte minutos com minha mão em seu pulso.

Concordo com a cabeça, as lágrimas caindo silenciosamente.

— Eu tentei.

O cirurgião não nos dá outro olhar quando o próximo helicóptero pousa.

— Hora da morte, catorze e vinte e quatro — diz ele, entregando uma folha de papel à enfermeira ao seu lado.

Seu olhar encontra o meu.

— Senhora.

Eu preciso me levantar. Eu tenho que deixar ir, mas não consigo parar de chorar.

— Blakely. — O médico me sacode. — Blakely, pare.

87

Não posso.

— Blakely, abra os olhos!

É a voz de Emmett. Por que ele está aqui? Isso não faz sentido, porque ele está de volta aos Estados Unidos. Ele está em casa, ferido, mas curado e seguro. Ele está seguro.

— Emmett! — eu chamo, incapaz de vê-lo.

— Blakely, você está segura, acorde. Acorde!

Meus olhos se abrem e suspiro, lutando por ar. Ele me puxa para seu peito, e me agarro a ele.

Foi um sonho. Foi um sonho. Estou bem.

Só que não estou. Estou coberta de suor, segurando Emmett como se ele fosse minha tábua de salvação.

Sua mão está na parte de trás da minha cabeça, alisando meu cabelo.

— Você está segura, Blake.

Eu fecho meus olhos, permitindo-me a lasca de conforto que ele oferece. Lentamente, minha respiração volta ao normal e seu aperto afrouxa.

— Obrigada.

Ele se afasta, seu olhar encontrando o meu na escuridão.

— O que aconteceu?

— O que sempre acontece.

Não preciso explicar, ele já sabe o que é. Ele é assombrado de maneiras diferentes pelas mesmas memórias.

— Sempre assim?

— Não.

Essa é a pior parte disso. Se fosse mais frequente, eu esperaria. Poderia planejar o tumulto emocional de alguma forma. Em vez disso, minha mente me embala em uma falsa sensação de segurança, mantendo os pesadelos sob controle por algumas semanas, apenas para voltar com força total.

Eu me mexo, sentindo-me desconfortável assim. Ele não está vestindo uma camisa, e sua pele quente e nua me lembra de hoje à noite.

De quando nos tocamos, beijamos e amamos antes de ele ir embora.

Assim como eu fiz com ele anos atrás.

Emmett chega para trás.

— Com que frequência são os pesadelos?

Eu dou de ombros.

— Frequente o bastante.

— Afaste-se — ele diz, e eu o encaro.

— O quê?

— Você me ouviu. Você está do meu lado.

— Dormimos assim ontem à noite.

— Bem, não vamos esta noite — eu zombo, e ele continua: — Não dormi na outra noite, e foi porque você estava do meu lado.

— Bem — eu bufo — gosto deste lado.

Emmett se levanta, puxa as cobertas e me empurra para o outro lado da cama antes de subir.

— Você está livre para ir para o sofá — ele diz enquanto ajusta um travesseiro.

— Eu só tive um pesadelo.

— Eu sei, e estou aqui agora. Deite-se, Blake, e mantenha suas mãos para si mesma. Podemos ser adultos.

Reviro os olhos.

— Como se eu quisesse tocar em você.

Sua risada profunda ecoa no quarto. Eu poderia ir para o sofá, mas isso parece uma derrota, então minha única opção é fingir indiferença. Eu me deito, puxo as cobertas sobre minhas pernas nuas e me viro para encará-lo.

Emmett limpa a garganta.

— Eu fui um idiota hoje. Nunca deveria ter feito isso com você.

— Não, você não deveria. Para ser justa, porém, não impedi você durante o sexo e machuquei você anos atrás.

Ele solta um longo suspiro.

— Mas não faz isso certo.

Não, e chorei por uma boa hora depois que ele saiu, mas tenho certeza de que foi uma fração da dor que ele sentiu quando acordou e encontrou meu bilhete. Lamento não ter dito algo sobre como eu realmente me sentia antes de fazermos sexo alucinante, porque realmente deveríamos ter conversado primeiro. Ele parecia tão bom, parecia tão incrível, e minha libido ultrapassou meu bom senso.

— Agradeço as desculpas — digo e depois pergunto: — Você tem pesadelos?

— Não mais – ou se eu tiver, eles não me acordam.

— Eu vejo seus rostos.

— Eu também, mas não quando durmo. Eu os vejo na rua. Ouço suas vozes me chamando quando estou em uma loja. Lembro-me do funeral, da bandeira e do som dos tiros.

Solto um longo suspiro, meu coração doendo por ele.

— Continuo esperando que pare.

— Eu não.

Eu o encaro, piscando surpresa.

— Você quer as memórias?

— Eu nunca quero esquecê-los. Carregar suas vozes, seus rostos e a memória deles é uma forma de honrá-los e o que eles desistiram.

O que ele diz faz sentido até certo ponto, mas é horrível de qualquer maneira.

— Eu gostaria de poder carregá-los de uma maneira diferente. Gostaria de me lembrar das risadas e da diversão que tivemos, mesmo quando estávamos no inferno. Estou *assombrada* por suas mortes.

Emmett passa um dedo pela minha bochecha onde uma lágrima está caindo.

— Você foi a última pessoa que a maioria deles viu, Blake. Você assistiu ao final, e não posso fingir saber como foi para você.

Outra lágrima cai.

— Por muito tempo, eu era tão boa em fingir que não era devastador, mas era.

Durante a guerra, nunca pisquei. Eu me desliguei, segui em frente, fiz meu trabalho para que as baixas não aumentassem.

— Fingir dura pouco.

Acho que não estamos mais falando sobre a guerra. Desta vez, estendo a mão para ele, pegando seus dedos e entrelaçando os meus neles.

— E o que acontece quando a realidade não é o que pensávamos e agimos por medo e irracionalidade?

— Não sei.

Eu bocejo, e ele traz nossas mãos entrelaçadas entre nós, colocando-as contra o peito.

— Feche os olhos, Blakely. Vou afugentar seus demônios esta noite.

Quando acordo, não estamos de frente um para o outro ou de mãos dadas. Estou deitada sobre ele, com a bochecha em seu peito, que tem uma pequena poça da minha baba. Ele também conseguiu enganchar sua perna na minha.

Não posso imaginar o que diabos eu pareço. Faço o possível para enxugar meu rosto e seu peito com o lençol e removo pelo menos um dos emaranhados do meu cabelo sem acordá-lo. Então, inflo minhas bochechas algumas vezes para que não fiquem achatadas e viro meu cabelo para parecer um anjo quando retomo meu lugar em seu peito.

— Eu acordei uma hora atrás — diz Emmett, sua voz áspera de sono viajando pela minha espinha.

Excelente.

— E você não pensou em se desvencilhar?

— Estou muito confortável.

— Você é realmente como dormir em uma pedra — esclareço.

— Você não se importou ontem à noite quando subiu em cima de mim enquanto dormia.

Solto o ar pelo nariz.

— Subi em cima de você? Por favor. Eu provavelmente estava sonhando que você era outra pessoa.

— Claro que você estava.

Eu não estava. Acho que não sonhei nada, na verdade.

— De qualquer forma. — Eu me levanto, puxando meu cabelo para um lado e ajustando minha camisa. — Obrigada por ontem à noite.

— Você faria isso por mim.

Aceno uma vez.

— Com certeza. — Não há nada que eu não faria por ele.

— Eu sei.

Nós dois olhamos um para o outro, a tensão aumentando e meu peito está apertado. Deus, quero beijá-lo novamente. Eu quero me jogar em seus braços, dizer a ele que sou estúpida e sinto muito, e implorar para ele me amar enquanto encontro uma maneira de me curar, mas estou com tanto medo de pronunciar as palavras.

Eu quero amá-lo. Não quero nada mais do que me permitir uma chance de felicidade.

Mas se ele disser que é tarde demais, que o dano entre nós é muito extenso, isso finalmente seria o que me afetaria.

Eu não sobreviveria. Eu sei.

Seria uma perda que acabaria com o meu mundo.

Nunca vou me esquecer deles me puxando para fora da linha para me dizer que meu marido havia levado um tiro.

O voo para a Alemanha levou um milhão de anos.

Não importava a quem eu pedisse uma atualização sobre sua condição, eles apenas me diziam que ele estava estável, tanto quanto sabiam.

Quando cheguei ao hospital, não o encontrei. Eles o haviam mudado, o sistema de computador não havia sido atualizado com o número do novo quarto e fiquei frenética.

Então, vê-lo foi como subir para respirar. Eu poderia respirar novamente. Era a vida e a felicidade reunidas nessa linda nuvem em que eu flutuava.

Fazer amor com ele foi ainda melhor.

Emmett se senta, observando-me enquanto uma tempestade passa por seus olhos.

— Não podemos fazer isso, você sabe?

— Eu sei — falo, odiando que seja a verdade.

— Não há razão para não sermos felizes e seguirmos em frente.

Por dois anos e meio, tenho tentado fazer exatamente isso. Tenho trabalhado dezesseis horas por dia e gasto pelo menos uma hora na academia todos os dias, e nada ajuda. Quando eu me sento no silêncio, vejo Emmett.

Eu balanço minha cabeça.

— E você acha que quando estivermos oficialmente divorciados tudo isso vai melhorar?

Suas pálpebras abaixam e ele solta o ar pelo nariz.

— Com certeza será melhor do que isso. Pelo menos não ficaria constantemente pensando sobre você ou teria que mentir repetidamente sobre porque não namoro ou o fato de que sou casado. Não vai consertar parte da merda que sentimos, mas estou cansado de não sentir que posso seguir em frente. Eu esperava conseguir fazer isso sem ter que explicar nada para Holden e Spencer, mas esse navio zarpou no dia em que você entrou na cidade. Se pelo menos pudermos ser adultos e fazer o que é certo, talvez você não me persiga.

— Então, você pensa em mim? — pergunto, querendo tanto saber o que ele pensa.

— Não do jeito que você espera.

Eu dou de ombros.

— Ainda é alguma coisa, e nunca quis te machucar, Emmett. Eu odeio o que fiz.

— O pior é que sei disso. Você surtou, e entendo, mas nós dois merecemos mais do que essa farsa.

Ele tem razão. Eu o machuquei e, embora meu coração esteja partido com a ideia de perder o pouco fio que me resta, não quero mais fazer isso com ele. Quero que ele seja livre. Eu quero que ele tenha tudo o que ele quer.

— Não posso assiná-los.

— Por que não?

— Porque eu os queimei — admito timidamente.

— Você queimou os papéis do divórcio?

— Em uma chama semelhante a uma fogueira.

Eu estava um pouco chateada para dizer o mínimo.

Ele ri uma vez.

— Ainda bem que posso imprimir outra cópia. Você sabe que é uma maldita lunática, certo?

Eu saio da cama, sorrindo porque esta versão de Emmett consigo controlar.

— Eu posso ser isso, marido, mas mais do que tudo, sou sua esposa.

Entro no banheiro com um sorriso enorme, pronta para começar o dia, encontrar um sequestrador e, com sorte, encontrar uma maneira de reconquistá-lo.

CAPÍTULO DOZE

Emmet

Uma vez que meu banheiro está livre, me preparo para um banho muito longo e muito frio. Não que a água gelada esteja fazendo uma maldita coisa para a minha ereção.

Estou duro como aço, ainda capaz de sentir o cheiro de seu xampu, senti-la contra meu corpo e ouvir aqueles doces suspiros enquanto ela dormia em cima de mim.

Essa mulher é de enlouquecer.

Coloco a água quente e faço a única coisa que sei que vai ajudar. Eu me seguro e me masturbo com a imagem de Blakely na minha cabeça.

Aqueles olhos, me encarando enquanto ela caminha na minha direção. Cabelo castanho escuro caindo ao redor dela, cobrindo seus seios perfeitos de forma que apenas seus mamilos estão aparecendo por entre seus cabelos brilhantes. Vejo seu corpo incrível, com curvas em todos os lugares certos, onde minhas mãos se encaixam e a seguram.

Eu me movo mais rápido, ouvindo sua voz suspirando meu nome. Uma vez que o vapor se espalha ao meu redor, inclino uma mão contra a parede.

Eu a imagino de joelhos, meu pau em sua garganta, e finjo que a água quente é sua boca.

Mais duas bombadas e gozo no chão com a cabeça para trás.

Isso tem que parar.

Ela precisa ir embora para que eu possa recuperar o controle da minha vida.

Termino e me visto, seguindo para a sala de uniforme.

Blakely está sentada no sofá, lendo algo escrito em um caderno. Ela olha para cima.

— Foi um longo banho.

— Quando você não está preocupado com as balas voando em sua direção, você tende a levar o seu tempo — respondo.

— Touché.

— O que você está lendo? — pergunto, notando que a caligrafia não é dela.

— Oh, Spencer passou por aqui. Acho que você mencionou que eu estava investigando Bill, então ele me trouxe suas anotações e pediu para ver as minhas. Vamos nos encontrar hoje à noite e ver se alguma coisa se cruza.

Claro que sim.

— Você não vai encontrar nada.

— Você continua dizendo isso, e ainda assim... você não está ajudando a provar isso.

— Não tenho que provar que não está acontecendo nada aqui, porque não há nada que me mostre o contrário.

Ela cruza os braços.

— Você tem tanta certeza, e não entendo. Seu melhor amigo foi baleado, e o homem que fez isso se matou. Temos uma foto, os textos no aplicativo, tudo isso faz alusão a algo que está acontecendo aqui. Garanto que ainda não há nada de concreto, *mas* há uma razão pela qual Keeley e Bill se cruzaram, e pretendo descobrir qual é.

Se ao menos isso fosse verdade.

Eu pego meu cinto de armas, colocando-o com uma risada.

— Acho que você está aqui para outra coisa.

— E o que poderia ser isso?

Tenho algumas suspeitas sobre o que a trouxe aqui. Ela pode estar trabalhando em um caso, mas ficou muito feliz em aparecer naquela festa. E me beijar. Não que eu seja melhor, mas por que ela iria queimar os malditos papéis do divórcio se ela não queria que nos reconciliássemos? Blakely, mesmo se estivesse chateada, não faria isso a menos que também estivesse ferida.

— Eu. Você está aqui por mim.

Blakely levanta a cabeça.

— Desculpa, o quê?

— Você está aqui por mim — repito.

— Estou aqui para o meu caso, que é onde você está. Você... você... eca.

Sorrio. Eu a peguei agora.

— Se fosse apenas sobre o caso, por que você queimaria os papéis do divórcio?

— Porque você me irritou! — Blakely grita. — Você... você simplesmente não se importou e me enviou os papéis do nada. Eu estava com raiva, então coloquei fogo. Você me odeia de qualquer maneira.

— Eu não te odeio, querida, essa é a questão.

— Não?

Coloco minha arma no coldre e pego meu chapéu, fingindo que nada disso importa e que ela não me afeta, o que é besteira.

— Não.

— Oh. O que você sente?

Não vou dar a esta mulher um centímetro até que ela me dê um primeiro.

— Eu respondo se você me disser por que realmente queimou os papéis.

— Acabei de dizer — ela responde.

— Você estava com raiva?

— Sim.

— E ferida? — pergunto.

— Sim.

— Por que você me ama?

A boca de Blakely cai aberta.

— Eu... o quê?

— Eu estive pensando sobre isso, e está claro. Você me ama. Você tem medo disso, porque acha que algo ruim vai acontecer.

Seu peito sobe e desce, e então ela olha para baixo.

— Sempre tenho medo de que algo ruim aconteça.

— Ainda não ouvi uma negação sobre como você se sente.

Ela balança a cabeça.

— E o que isso mudaria? E se eu dissesse isso? Isso mudaria alguma coisa?

— Não sei, o que você acha? — Coloco meu chapéu e pisco para ela, sabendo que isso vai realmente irritá-la.

Com certeza rolou, Blakely caminha até mim e tira meu chapéu.

— Escute. Tudo o que você disse é para assinar os papéis. De novo e de novo. E se eu te disser como me sinto e você for embora? E se você não me quiser? E se eu não quiser você e só pensar que é isso que quero porque estou com medo de perder você?

96

Não duvido nem por um segundo que ela esteja com medo. Mas ela vai ter que dizer as palavras se quiser que eu considere dar a ela alguma honestidade, o que nem tenho certeza se deveria. Ainda assim, a quero, e cansei de mentir para mim mesmo sobre isso.

Eu me inclino para ela, observando cada movimento. A maneira como sua respiração fica mais superficial, seu pulso no pescoço se acelera e suas pupilas dilatam. Ela é tão cheia de merda.

— Você vai ter que ser corajosa, Bennett.

— Eu não estou com medo — diz ela ofegante. Traindo a si mesma.

— Não?

— Não.

— Então, você não me quer agora? Você não deseja que eu me incline e pressione meus lábios nos seus ou tire todas as camadas de raiva que você se apega e faça você gritar como fiz na noite passada?

Os lábios de Blakely formam uma linha fina.

— Não.

— Mentirosa. — Eu a puxo em meus braços, sabendo que isso vai irritá-la. — Se você quer que eu te beije, esposa, tudo que tem a fazer é pedir.

Suas palmas batem contra meu peito, e uso cada parte do meu treinamento para manter meu ritmo cardíaco estável.

— Você quer me beijar? É por isso que você está perguntando?

Eu quero beijar cada maldito centímetro dela. Sempre quis isso. Ela sempre foi algo mais para mim, mas me contentei com o que poderia ter.

No entanto, ela quebrou a porra do meu coração e não vou deixá-la ter poder nesta situação.

— Na verdade, não.

Seu queixo cai.

— Agora, quem é o mentiroso?

Eu descanso meu nariz contra o dela, roçando-o para cima e para baixo na encosta suave.

— Não fui eu quem escalou você como uma árvore ontem à noite. Não fui eu que encontrei uma desculpa para voar até aqui quando recebi os papéis do divórcio. — Minha voz é baixa, e eu a sinto tremer levemente. — Diga-me que você quer isso, e darei a você. — Sorrio enquanto acrescento: — Obedecer fazia parte de seus votos.

Sua cabeça se joga para trás, os olhos brilhando com calor e desejo.

— Vá para o inferno.

Eu me inclino para baixo para que meus lábios estejam pairando sobre os dela.

— Já estive lá, querida. O diabo me mandou de volta para você.

Eu a solto, e ela cai no sofá com um baque. Pego meu chapéu, coloco-o e mantenho um sorriso nos lábios enquanto me dirijo à porta.

— Emmett? — Paro e então sua mão está nas minhas costas. Quando me viro, ela está bem atrás de mim e então coloca uma mão em cada lado do meu rosto enquanto fica na ponta dos pés. — Mudei de ideia.

— Oh?

— Dê-me um beijo de despedida, marido.

Eu nos giro para que ela fique de costas contra a porta, e eu tenha o controle.

— O que você quiser, baby.

Coloco minha boca na sua em um beijo ardente, mantendo a dominação o tempo todo. Não vou me dar a ela. Não vou ceder à sensação de seus lábios nos meus, ao gosto dela, ou ao fato de que nos últimos dois anos e meio eu senti como se estivesse à deriva até este maldito segundo. Que quando estamos juntos, mesmo que estejamos chateados um com o outro, me sinto inteiro novamente.

Ela me ancora.

Dou um passo para trás de repente, o suficiente para que ela cambaleie um pouco, e me forço a soltar uma risada.

— Sabia que você me queria.

Ela gagueja.

— E-eu não… eca!

Eu beijo sua bochecha e abro a porta.

— Boa pesquisa. Vejo você quando chegar em casa.

— Emmett!

Eu me inclino para dentro do apartamento.

— Sim?

— Eu odeio você.

— Tudo o que você tiver que dizer a si mesma.

Então fecho a porta e caminho até o carro com o maior sorriso.

— Olá, xerife — Holden diz enquanto se senta à minha frente na mesa do restaurante.

— Boa tarde, doutor.

— Eu tenho uma piada para você.

— Não é o fato de que você voltou para cá?

Holden bufa.

— Essa é uma palavra para isso. Mas, de verdade, tenho uma boa que um paciente me contou.

— Mal posso esperar.

— Por que *gaiolas de frango* só têm duas portas?

Eu pisco, não tenho certeza de para onde isso está indo.

— Eu não faço ideia.

— Porque se tivessem quatro, elas seriam um sedã de frango. — Ele ri e eu reviro os olhos. — É tão engraçado! Um sedã, não um galinheiro. Meus pacientes são hilários.

— Você é um idiota.

O sino acima da porta toca e todos no local congelam quando Addison entra. Depois que Isaac foi morto, ela se afastou um pouco e foi ficar com amigos no Leste, mas voltou para a festa de Spencer e Brielle. Desde então, ela mal saiu de casa.

Holden e eu ficamos parados enquanto Addy olha em volta como se estivesse confusa.

— O quê? Eu tenho algo no meu rosto?

O prefeito Stengel tosse uma vez.

— Tudo bem, todos de volta para seus almoços e deixe nossa linda bibliotecária voltar para sua vida.

Holden e eu nos aproximamos dela, e ela entrega Elodie, sua filha de um ano, para Holden.

— Você deu uma volta em torno da cidade?

— Dei.

— Estou feliz — digo a ela.

— Eu não posso continuar me escondendo. Isso não vai trazê-lo de volta, sabe?

Holden acomoda Elodie na cadeira alta que a garçonete trouxe.

— É bom que você esteja aqui. A cidade sente sua falta.

Ela respira pesadamente.

— Também estou com saudades, mas preciso voltar para Sugarloaf.

99

— Por quanto tempo? — pergunto.

— Apenas algumas semanas. Quero fazer as malas e me dar tempo para me preparar para voltar aqui.

Eu gostaria de poder dizer a ela como fico feliz por ela não estar vendendo a casa e indo embora para sempre. Addison faz parte da nossa família remendada aqui. Elodie é o que sobrou de Isaac, e Spencer, Holden e eu queremos estar sempre aqui para ela.

— Quanto tempo você vai ficar quando voltar?

Addy dá de ombros, olhando ao redor da sala antes de encontrar meu olhar.

— Espero que permanentemente. Esta é a minha casa e não vou mais ficar longe. A menos que algo mais aconteça e eu esteja fora.

— Não vai. Queremos muito você de volta para deixar algo acontecer.

Addy coloca as duas mãos sobre a mesa.

— Agora, vamos falar sobre vocês dois idiotas e as bagunças que vocês fizeram.

Holden aponta para mim.

— Ele é o idiota com uma bagunça. Eu sou o médico sem bagunça.

— Bem. — Ela se vira para mim primeiro. — Você é casado?

— Você sabe disso.

— Sim, e que choque foi descobrir. Quer explicar por que exatamente nenhum de nós sabia que você tinha uma bola e uma corrente? Se Isaac estivesse vivo, ele chutaria seu traseiro agora, Emmett. Como você pôde esconder isso de todos nós? Somos uma família.

— Nunca era para ser um casamento. Não é agora.

— Isso é mentira, se é que já ouvi uma.

Eu realmente nunca pensei que fosse tão transparente.

— E como você sabe?

Addy sorri.

— Porque você não apenas negou veementemente. Além disso, você não consegue tirar os olhos dela. Então, vocês já confessaram seus sentimentos? — Addy pergunta.

— Ele não — responde Holden.

Eu olho para ele.

— Como diabos você sabe disso?

— Você está mais mal-humorado do que o normal.

Addy ri.

— Você *sabe* o que sente por ela?

— Estou me divorciando dela.

— Isso é evitar a pergunta se já vi isso.

Elodie grita e bate com as mãos na mesa.

Eu me viro para ela.

— Veja, você não gosta quando eles atacam o tio Emmett, não é? — Ela ri, e mudo minha atenção de volta para Addy. — Você e Isaac não tinham segredos?

— Claro que sim.

— Então também tenho o meu, e todos podemos assumir que Holden também. Você sabia que ele tem um perseguidor que não entende de geografia?

Suas sobrancelhas se erguem.

— Você tem?

— Não sei. Tentei fazer um boletim de ocorrência, mas nossa aplicação da lei não é tão brilhante aqui.

— Nós sabíamos disso.

— Você não pode registrar uma denúncia por receber um presente — esclareço.

— Tudo bem, mas se eu acabar sendo sequestrado e resgatado, certifique-se de pedir uma prova de vida.

Addy ri.

— Graças a Deus não estamos pedindo prova de bom senso.

A garçonete, Diana, traz bebidas e coloca um sanduíche com batatas fritas na minha frente.

— Eu não pedi isso — eu explico.

Ela morde o lábio inferior.

— Eu sei, sua esposa pediu.

— Minha... — A garçonete aponta, e olho para a mesa do prefeito Stengel para encontrar Blakely me dando um pequeno aceno. — Mande de volta.

Diana sorri.

— Ela disse que você diria isso, e eu deveria dizer a você que é sexta-feira, e nas sextas você come sanduíche com batatas fritas. Não sei o que isso significa, mas...

É sexta-feira e sempre comemos sanduíches com batatas fritas.

— Como ela sabe que você come isso às sextas-feiras? — Addy pergunta.

— Eu não como.

— Sim, você come. Você come a mesma coisa todos os dias da semana. Sempre achei estranho, mas você sempre foi meio esquisito.

101

— Certo? — Holden entra na conversa. — Ele não é normal.

— Você deveria conversar.

— Você tem razão. Deveria.

Holden se levanta e, antes que eu possa dizer qualquer coisa, ele está caminhando na direção de Blakely e do prefeito. Eles apertam as mãos, Holden agarra a cadeira atrás dele, sorri para mim e se senta com eles. Addy ri, e decido que estou no inferno.

— Ah, não fique tão preocupado. A lealdade de Holden é sempre para você, ele é apenas um idiota que gosta de fazer você suar.

— Eu sei, mas Blakely e eu somos complicados.

Addy sorri.

— Todos os casamentos não são complicados?

— Nós não somos realmente casados.

— Poderia ter me enganado, Emmett Maxwell. Sou sua amiga desde os seis anos de idade, e você só guarda um segredo quando significa muito para você.

Eu levanto uma sobrancelha.

— Como você saberia que era um segredo?

— Eu sei que você tinha uma queda por mim, e quando você descobriu que Isaac tinha, você fingiu que não.

— Isso foi amizade, não um segredo.

Ela dá de ombros, pegando uma batata frita do meu prato.

— Talvez, mas você nunca me disse.

— Você e Isaac sempre foram feitos um para o outro.

— Fomos, mas houve uma vez em que você não contou a ninguém que chutou a bunda de Michael Shapiro porque ele quase me agrediu.

Pego uma batata frita e aponto para ela.

— Esse era o seu segredo.

Ele tem sorte de eu não o ter matado naquele dia. Ele havia encurralado Addison, tentando fazê-la beijá-lo. Vi vermelho, arranquei-o dela e dei um soco na cara dele. Então eu o ameacei com tudo que pude pensar, e ele nunca mais a incomodou. Eu queria contar a Isaac, Holden e Spencer, mas Addy me implorou para não contar.

— Talvez, mas era importante para você. Você sempre esteve disposto a se sacrificar por outras pessoas. Provavelmente foi o que fez você entrar para o exército e depois se tornar um policial. Você é um protetor, e acho que essa foi uma das muitas razões pelas quais você se casou com ela.

Como se ela precisasse de mim. Perder Dylan quase a matou e, com certeza, parte da minha desculpa foi o ganho financeiro, mas eu queria estar lá para ela e teria feito qualquer coisa para me amarrar a ela. Entrei com os dois olhos abertos, conhecendo os desejos de Blakely pelo que éramos, e estava bem com isso. Mas nosso relacionamento mudou e ela começou a me olhar de maneira diferente. Isso me fez querer mais.

— Você está muito perspicaz nesta tarde de sexta-feira.

— Sou sempre perspicaz. Estou assumindo que você dormiu com ela desde que ela voltou e você foi um idiota depois?

Ok, talvez perspicaz seja a palavra errada. Ela é uma maldita leitora de mentes.

— Por que você diz isso?

— Porque posso ver a culpa em você.

Eu poderia dizer qualquer coisa a Addison. Ela é como uma irmã para todos nós e nunca julgou as merdas que fizemos, mas admitir isso para ela é impossível.

Ela coloca a mão sobre a minha.

— Você não precisa me dizer se não quiser, mas sempre vou ouvir.

Coloco minha outra mão sobre a dela.

— Você é uma boa amiga, Addison Davis.

— Eu sei. — Ela faz uma pausa e então pergunta: — Emmett, você realmente quer se divorciar dela?

Olho para Blake e depois de volta para Addy.

— Não sei. Eu não lidei bem com as coisas com ela. Acho que isso é parte do problema, nunca resolvemos. Éramos melhores amigos e, quando dormimos juntos, isso destruiu tudo o que éramos. Mas eu me importo com ela. Sempre fiz isso e acho que isso nunca vai mudar. Eu a quero, mas preciso que ela seja corajosa o suficiente para finalmente admitir que também me quer.

— Bem, fale com ela. Ela está aqui, Emmett. Isso quer dizer alguma coisa. Você pode continuar dizendo e fazendo coisas idiotas ou ser um adulto e se comunicar, o que eu sei que é um conceito estranho para os homens.

A risada vem do fundo do meu peito.

— Eu ouvi você, e você provavelmente está certa.

— Estou certa. Estou sempre certa. Isaac nunca lhe disse isso?

— Ele disse.

Addy suspira antes de olhar para Blakely.

103

— Você provavelmente deveria salvá-la de Holden.

— Ele nunca faria isso. — E ele não faria isso. Essa é uma linha que ele nunca cruzaria.

— Não, mas dá a você a chance de ser o herói e abrir a porta para toda a comunicação que você precisa ter.

Eu não sou nenhum herói. Tenho os nomes dos homens que perdi para provar isso.

— Addy?

— Sim?

Quero perguntar a ela sobre quando ela e Isaac terminaram. Lembro-me dele falando sobre segundas chances serem melhores do que a primeira se você for inteligente, mas penso melhor em falar sobre isso.

— Obrigado — falo em vez disso.

Quando me levanto, ela agarra meu antebraço.

— Isso não é o que você queria dizer. Vou presumir que é sobre Isaac.

Eu suspiro e aceno.

— Sobre quando vocês passaram por aquela fase difícil na faculdade.

— Você sabia que fui eu que sugeri a separação?

— Sim.

Tudo o que ouvimos por semanas foi como ele não entendia por que ela faria isso com ele quando a amava tanto.

Então, pergunto a ela o que Isaac não fez.

— Por quê?

— Porque às vezes você precisa se afastar para lembrar por que quer ficar.

CAPÍTULO TREZE

Blakely

Meu dia foi preenchido com entrevistas e meu marido intrometido.

Ele invadiu minha reunião com o prefeito e acabei tendo que ir até a prefeitura para conversarmos.

As anotações de Spencer me deixaram com muito mais perguntas sobre o amado prefeito da cidade. Ele faz parte disso. Posso sentir isso em meus ossos.

O escritório é exatamente o que imaginei. Fica no último andar do prédio municipal no centro da cidade. O prédio é antigo, com painéis de madeira, piso de madeira e teto rebaixado. Do lado de fora de sua porta, há uma mesa relativamente pequena onde sua assistente se senta. Ela é uma mulher mais velha de aparência doce, com olhos verdes calorosos e um sorriso gentil.

Dentro de seu escritório real é praticamente o mesmo, apenas os painéis param no meio do caminho e a metade superior é pintada de um branco quente, estantes emolduram a parede dos fundos e duas grandes cadeiras de couro de camelo estão no centro.

Claro, sua mesa ocupa a maior parte do espaço ao longo das janelas, e atrás dela há uma cadeira de espaldar alado.

— Sua cidade é realmente linda — eu digo, olhando para a estante, que está cheia de fotos, troféus e recordações. Uma das fotos é do prefeito, uma linda mulher de longos cabelos loiros e um menino que não devia ter mais de sete ou oito anos. Outra é uma cerimônia de corte de fita. Em seguida, há uma foto de Emmett, Holden, Spencer e quem presumo ser Isaac em um jogo de futebol. — Você conhecia bem este quarteto? — pergunto, apontando para ele.

— Todos os conheciam bem. Eles são todos grandes homens. Perder Isaac Davis foi uma tragédia para esta cidade, uma que nenhum de nós vai superar.

Aqui está a porta que eu precisava abrir.

— Posso imaginar, especialmente nas mãos de outra pessoa nesta cidade.

O prefeito Stengel assente.

— Sim, isso foi definitivamente outro golpe. Então, acontecendo daquele jeito e com Brielle também se machucando. Eu fiquei fora de mim com tudo isso.

Eu pego uma foto de sua família, olhando para os rostos.

— Você conhecia Bill bem?

Ele dá de ombros, pegando a foto de mim e colocando-a de volta na prateleira.

— Tão bem quanto qualquer um, eu acho. Ele não era uma pessoa amigável, mas não estava muito por perto.

— Oh? Ele viajava muito?

— Tanto quanto qualquer vendedor.

Esta é a primeira vez que ouço sobre sua ocupação. Mesmo Sonya parecia não saber o que ele fazia, apenas que ele estava mudando muito de emprego e não lhe deu nenhuma informação.

Sabendo que preciso agir com cuidado, volto a conversa para Emmett e seus amigos.

— Sei que Emmett sentiu falta de Rose Canyon quando fomos implantados juntos. Ele sempre falou muito bem daqui e das pessoas que moravam aqui.

— Somos um grupo fechado. Muitos dos cidadãos vivem aqui há gerações. Meu bisavô foi prefeito e o pai dele também e assim por diante. É uma cidade fundada em tradições. Eu esperava que meu próprio filho assumisse o manto da liderança, mas esse não foi o caminho dele até agora.

— Oh? O que seu filho faz?

Ele balança a cabeça.

— Ele trabalha para o corpo de bombeiros agora. Ele também está treinando para ser um paramédico.

— O nome dele é Ryan? — pergunto.

— Ryan?

Eu nunca teria imaginado que eles eram parentes, especialmente porque eles têm sobrenomes diferentes.

— Pode não ser em quem estou pensando, mas conheci um certo Ryan Wilkinson. Na verdade, ele me salvou de ser atropelada em um estacionamento.

O prefeito Stengel sorri amplamente.

— Ah, esse não é meu filho. Ryan é um cara legal, porém, e faz muito trabalho voluntário. Eu pensei que você estava falando sobre o primeiro filho da minha esposa por um segundo, o nome dele é Paul Ryan. Todos nós o chamamos de Ryan. O nome do *meu* filho é Stephen.

Deve ser um lar muito feliz para Paul. Sendo nomeado como o outro filho e não reivindicado por seu padrasto. Quando eu era jovem, minha melhor amiga, Cara, também veio de um lar desfeito. Estávamos neste estranho clube de pais que partiram. Definitivamente, não era aquele para o qual eu queria um cartão de membro, mas lá estávamos nós. De certa forma, talvez o desaparecimento do meu pai tivesse sido a melhor opção, porque Cara tinha suas próprias lutas. Seu pai se casou novamente logo após o divórcio e teve filhos com sua nova esposa. Ela sempre foi... a outra criança.

Lembro-me dela chorando sobre como odiava ter uma distinção que a separava do resto de sua família. Ela só queria ser Cara, mas isso não importava para a madrasta ou para o pai.

Só posso imaginar que Paul Ryan sentiu o mesmo.

— Bem, espero conhecer os dois algum dia.

O prefeito se senta, estendendo a mão para que eu faça o mesmo.

— E quanto tempo você pretende ficar aqui, Sra. Maxwell?

— Na verdade, é Bennett. Eu nunca usei o nome de Emmett.

— Que nada convencional da sua parte.

Eu forço um sorriso.

— Somos um casal pouco convencional.

— Minhas desculpas, Srta. Bennett. Você está planejando ficar muito tempo?

— Não tenho certeza. Realmente depende de várias coisas — respondo, mantendo meu tom leve.

— Eu vejo. O que a trouxe aqui para começar?

Eu inclino minha cabeça como se essa pergunta fosse incompreensível, o que é.

107

— Vim para ver se poderia salvar meu casamento, por que mais estaria aqui?

O prefeito sorri, mas há algo por baixo que é quase predatório.

— Esta é uma cidade muito pequena, Srta. Bennett. Não vamos fingir que você não foi vista se esgueirando do lado de fora da casa de Bill e Sonya.

Eu rio um pouco.

— Sim, fui lá, mas isso foi um mal-entendido.

— Foi?

— A coisa toda.

— Sim, mas por que você estava na casa de Sonya Waugh?

Eu dou de ombros.

— Porque meu marido trabalhou naquele caso e eu queria oferecer apoio.

Ele bate os dedos na mesa.

— Por que não dispensamos as mentiras? Você é a esposa do meu xerife, um homem maravilhoso que esta cidade respeita. Eu sou muitas coisas, mas tolo não é uma delas. Sei que está investigando a morte de Bill Waugh e que também foi membro do FBI por um período. Também tenho amigos na agência.

Eu me inclino para trás, mantendo meu rosto impassível.

— Você aprendeu muito sobre mim nos poucos dias que estou aqui.

— Eu fiz o dever de casa que pude. Como você pode imaginar, meu objetivo é proteger esta cidade. Então, por que você está investigando Bill?

Não há nenhuma chance no inferno de eu transmitir qualquer coisa até que ele me diga por que ele quer saber. Uma das táticas que aprendi é ser sempre o último a dizer sim e nunca mostrar a mão primeiro.

O prefeito Stengel já fez isso me dizendo que tem um contato que deu informações sobre mim, mas não tenho ideia se o que ele me contou é tudo o que ele sabe. Além disso, não trabalho mais para o FBI, então não há nada que eles possam ter dito a ele especificamente sobre porque estou aqui, e já tinha pedido a eles que colocassem uma bandeira no nome de Bill.

— O que o contato do FBI disse a você?

— Só que você estava interessada no Sr. Waugh, mas não consigo imaginar por quê.

— Um assassino normalmente merece sua preocupação?

Ele se recosta na cadeira, juntando os dedos à sua frente.

— Ele era mais do que apenas um assassino. Ele era marido e pai. Você não tem empatia?

— Não para homens que atiram em pessoas, batem em suas esposas, filhos e depois fogem, não. Normalmente não os tenho em alta consideração.

— Eu nunca disse alta consideração.

Não, você apenas se preocupa com ele quando não deveria haver nada além de desprezo. Não há motivo para o prefeito se preocupar com isso, a menos que ele não queira que algo seja descoberto.

— Bem, embora não goste que você incomode meus eleitores, quero deixar claro que você deve deixar Sonya e Myles em paz. Eles passaram por um inferno nos últimos meses. As crianças daquele centro juvenil também já passaram por muito e não precisam ser lembradas de alguém sendo assassinado e ainda tentando matar Brielle.

Acho estranho que ele mencione o centro juvenil. Quase como se ele estivesse nervoso com alguém bisbilhotando por lá. O prefeito aprovou o orçamento para financiá-lo e, pelo que soube de outras pessoas na cidade, eles não concordaram no início e isso quase lhe custou o emprego. Então, por que ele concordou em usar os fundos da cidade contra a vontade da cidade?

Talvez ele realmente seja um bom homem e queira proporcionar um ambiente seguro para as crianças daqui. Aprendi que a maioria dos políticos não age pela bondade de seus corações, mas pelo benefício de encher os bolsos. Então, o que o prefeito poderia ganhar ao ter um centro juvenil em sua cidade?

Eu preciso cavar mais nele. Também tenho que abordar isso com cautela, ou vou me encontrar batendo nas paredes se ele começar a espalhar boatos sobre mim.

— Peço desculpas se estou saindo da defensiva. É que tenho muita dificuldade com vítimas. Como você sabe, todo o meu trabalho era salvar vidas, e ver qualquer família sofrer é difícil para mim.

Ele balança a cabeça lentamente.

— É claro. Eu mesmo devo a você um pedido de desculpas. Você não fez nada para justificar minha suspeita. Proteger as pessoas de Rose Canyon é algo com o qual não brinco.

Hora da lisonja.

— No qual você faz um trabalho excepcional. Esta é uma cidade que vale a pena proteger.

O prefeito Stengel sorri.

— Sim, concordo. — Ele se levanta e eu o sigo. — Por favor, deixe-me saber se posso ser de alguma ajuda.

Eu inclino minha cabeça.

— Obrigada, isso é extremamente gentil.

E não será necessário, porque o prefeito acabou de virar uma pessoa de interesse.

Emmett entra no apartamento, joga as chaves na tigela na entrada e suspira quando me vê no sofá.

Fiz o jantar para nós, bem, pedi pizza, e depois me joguei no sofá com um livro.

Meu cérebro está sobrecarregado e preciso deixar tudo marinar.

— Oi, querido, como foi o trabalho? — pergunto, movendo meus olhos de volta para a página.

— Foi bom.

— Tem pizza na cozinha.

— Obrigado.

— Tive um dia interessante — digo a ele quando ele entra na cozinha.

— Como assim?

— Bem, depois que você arruinou meu almoço, fui ao gabinete do prefeito e tive uma boa conversa com ele.

Emmett sai com algumas fatias de pizza em um prato.

— Bom toque com o sanduíche com fritas hoje.

— Eu pensei que você apreciaria isso.

Ele revira os olhos.

— Você sabe, posso comer outras coisas.

— Essa não é a questão…

— Acho que é o ponto, Blakely. Não somos as mesmas pessoas, e só porque como de acordo com os dias da semana não significa que você me conhece.

Eu coloco o livro para baixo e olho para ele.

— Finalmente vamos ter uma conversa significativa sobre nós?

Foram dias na ponta dos pés e estou farta.

Não posso continuar fingindo que não sinto nada por esse homem quando sinto tudo.

— Não. Não estamos, porque não faz sentido.

— Esta poderia ter sido a nossa vida se não fôssemos tão estúpidos, sabe? Você voltando do trabalho comigo aqui, esperando com o jantar. Poderíamos ter tido noites em que acordaria babando em seu peito e dias em que passaríamos juntos como costumávamos fazer.

Ele para de se mover.

— Eu não fugi disso, você fugiu.

Finalmente. Finalmente, ele trouxe isso à tona.

— Sim, corri. Corri, e você sabe por quê?

— Porque você é uma covarde do caralho.

Eu pisco, e meu queixo cai um pouco.

Emmett dá um passo em minha direção.

— Você é uma covarde quando se trata de sentimentos ou apego. Você é a mulher mais corajosa e de tirar o fôlego quando não está preocupada com sua própria segurança. Assisti você correr para a briga como um maldito guerreiro quando pensava que estava ajudando o outro. — Ele avança a cada frase. — Morri mil vezes cada vez que você fez isso, e você nunca considerou que eu estaria diante de seu túmulo se algo acontecesse. Você não se preocupou ou se importou com isso, porque estava com muito medo de ser eu quem você perderia.

— Emmett.

— Não, quando levei um tiro, fiquei apavorado. Não só porque levei um tiro, mas também porque sabia que ia perder você. Eu ia assistir você se afastar, porque você não conseguia lidar com a ideia de perda novamente. Eu entendi isso. Porra, estava preparado para isso, Blake.

Eu me movo para ele desta vez, meu coração doendo com suas palavras.

— Eu não sabia.

Ele zomba.

— Claro que não. Eu não queria que você soubesse. Mas então você apareceu no hospital e não estava fria ou distante. Você estava forte e estava pronta para fazer o que fosse necessário para ajudar. Eu pensei, porra, é isso. Ela finalmente vê que não se trata mais da possibilidade de perda. É sobre viver e perder aquela pessoa porque não tentamos.

— Eu queria tentar!

— Você fugiu no meio da porra da noite, deixando-me no chão. Não me diga que você queria tentar.

— Eu queria! — As lágrimas caem à medida que os anos de dor vêm à tona. — Eu queria isso. Eu queria você! Queria você e eu, mas isso foi assustador *pra* caralho! A última pessoa que amei morreu em meus braços, e então você levou um tiro. Você e eu tivemos... aquela noite foi perfeita. Mesmo em todo o caos, éramos perfeitos. Achei que você fosse igual a mim.

Ele balança a cabeça.

— Como diabos era o mesmo?

— Porque você não me amava. Você e eu tínhamos um acordo, droga, e você o quebrou. Prometemos um ao outro que nunca nos apaixonaríamos. Prometemos que sempre seríamos apenas amigos, e aí você foi e levou um tiro, e fiquei com medo. Percebi que você era mais! Você era mais, e eu não queria mais! — Eu me aproximo, batendo minha mão em seu peito. — Não queria mais, porque era mais para perder.

Emmett me puxa contra ele, e então sua boca esmaga a minha. Meus braços estão presos entre nós, então não importa o quanto eu queira puxá-lo para mais perto, não posso. O beijo desta manhã foi um castigo, mas este é por prazer.

Sua mão serpenteia pelas minhas costas, dedos emaranhados no meu cabelo, e então ele geme. Esse som me destrói. Empurro seu peito e ele me solta. Dou-lhe dois segundos para firmar o pé e depois me jogo em seus braços, como na outra noite. Emmett me pega, minhas pernas o envolvem, minha boca se funde com a dele, e seguro porque sei como é deixar ir.

Não há como sair desta vez.

Ele me beija de volta, despejando os últimos dois anos e meio de inferno nisso. Não é suave ou gentil. Isso é frenético e hostil.

Eu me afasto, segurando seu rosto entre as palmas das mãos.

— De novo não. Não como na outra noite. Não como um milhão de noites atrás. Fale comigo e vamos parar de punir um ao outro.

— Não tinha planos de deixar você depois daquela noite, e nunca deveria ter feito isso na outra noite — ele diz depois de alguns segundos olhando um para o outro.

Eu fecho meus olhos por um momento.

— Eu queria ser forte naquela noite e ficar. Desejei tanto poder me conter.

— E agora? E agora?

— E agora? — pergunto, confusa sobre o que ele está perguntando.

— Você vai sair de novo?

Não. Eu fico, mas só se você quiser.

Essas palavras morrem no meu peito. Não posso dizê-las.

— Você quer que eu fique?

Emmett dá um passo para trás, minhas pernas caindo no chão e meu coração seguindo.

— Não foi isso que perguntei, e até que você possa responder, não direi nada. Você queria falar, mas não pode. Avise-me quando decidir o que realmente quer, Blake. Estou disposto a dar amor, mas você tem que estar disposta a aceitar.

E então ele sai pela porta da frente.

CAPÍTULO QUATORZE

Blakely

Quatro anos e dez meses atrás

— Estou congelando — falo, esfregando minhas mãos para cima e para baixo em meus braços. Meus dentes já estão batendo e a temperatura continua caindo. Passei o dia todo torrando enquanto caminhávamos pelas cidades restritas, mas à noite é como se o ar se transformasse em gelo ao nosso redor.

Emmett puxa um cobertor de sua mochila.

— Venha aqui.

Tento ignorar o pedido e balanço a cabeça, mas o tremor não para, e não me importo mais em parecer fraca. Eu me movo ao lado dele, e ele envolve o cobertor em torno de nós antes de me puxar com força contra o seu lado.

O calor de seu corpo, o fogo e o cobertor pelo menos fazem meus dentes pararem de bater.

— O-obrigada.

— Não posso deixar você morrer de hipotermia. Quem nos salvaria quando fôssemos baleados?

Suspiro e balanço a cabeça.

— Talvez todos vocês devam tentar levar menos tiros então.

— Bom ponto.

Este é o nosso quinto mês juntos aqui. Pensei que todo o meu treinamento tivesse me preparado, mas fui uma idiota ingênua. Nada poderia ter me preparado para isso.

Estou começando a pensar que sou uma idiota e escolhi o emprego errado.

Poderia ser apenas a conversa fria, no entanto.

— Estou feliz que esta noite parece tranquila — ele reflete, olhando para o céu. — Parece um presente.

Ele está certo, e eu quase poderia fingir que não estamos em guerra e sim em um encontro.

— Tenho certeza de que, desde que você ficou sobrecarregado comigo como sua companheira de guarda, não foi um bom presente.

Ele ri baixinho.

— Você pelo menos fala. McDavis não diz duas palavras além de bombardear e correr.

— Ambos são bons conselhos, considerando onde estamos.

— Sim, mas um pouco de conversa não faria mal.

Ele não está errado. Estamos por aqui, sempre pensando e cuidando uns dos outros e de nós mesmos. Não há tempo de inatividade real além de noites como esta.

Temos que ficar agachados por mais três dias, mantendo nossas pegadas invisíveis enquanto esperamos novas ordens. Duas equipes patrulham durante o dia e, à noite, nós nos escondemos nessas cavernas, permitindo apenas um fogo baixo por algumas horas antes de apagá-lo.

— Ok, conte mais sobre você, Emmett Maxwell.

Sua risada ecoa na caverna.

— Não há muito o que contar. Eu sou de uma pequena cidade no Oregon, onde literalmente nada acontece. Entrei no exército porque precisava ajudar a sustentar meu pai, que começou a ter alguns problemas médicos, e parecia divertido.

— Você está se divertindo? — pergunto com uma sobrancelha levantada.

— Você não acha divertido?

— Não exatamente.

Emmett sorri.

— Então você está olhando para isso da maneira errada.

— Por favor, esclareça.

— Estou feliz em… — Emmett se inclina contra a rocha atrás dele, as mãos atrás da cabeça. — Primeiro, vamos acampar, quem não gosta de acampar?

— Isso não é acampar.

— Isso é. Estamos em uma caverna, temos uma fogueira e temos sacos de dormir.

115

Se for esse o caso, então esta é a pior viagem de acampamento que já fiz. Mas acho que se ele quer ver dessa forma, não vou ser a desmancha prazeres dele.

— Pena que não temos marshmallows.

— Então seria uma festa. O exército não permite festas.

— E de que outra forma isso é divertido? — pergunto.

Ele se mexe, abaixando a cabeça para olhar para fora da caverna.

— Olhe ali.

Eu tenho que me contorcer na posição mais estranha para ver o que ele está apontando.

— Humm, o que você está olhando?

— O céu.

— Oh, a alegria disso…

Ele me cutuca.

— Você está seriamente perdendo isso.

— É um céu. Também temos um em casa.

— E essa é a diversão. Imagine que, agora, outra pessoa está olhando para a mesma estrela.

Suspiro e abafo minha risada.

— Ok, *Fievel*.

— Cale-se.

Meu corpo começa a tremer novamente.

— Posso me aconchegar de novo? — peço. Emmett abre o braço e eu o coloco de volta. — Você é como um cobertor elétrico.

— Você tem tanta sorte de não estar vigiando com Jameston.

Eu estremeço.

— Eu morreria de frio antes de me aconchegar a ele.

— Então você gosta de mim? — O tom de provocação de Emmett me impede de negar.

Como mulher no serviço, sempre sinto que devo ser extremamente cautelosa. Tenho que ser legal, mas não muito legal. Tenho que fazer os meninos se sentirem confortáveis, mas nunca flertar, e tenho que ter a habilidade de fazer tudo o que eles podem fazer, mas não ferir seus frágeis egos masculinos.

É um ato de equilíbrio que é exaustivo.

---

1   Personagem principal da franquia de animação *An American Tail*, conhecido por seu espírito corajoso e otimismo.

Com alguns caras aqui, não preciso andar na corda bamba com tanto cuidado. Emmett é um desses caras.

Ele nunca me faz sentir pequena ou estúpida. Ele não dá em cima de mim, o que não tenho certeza se gosto ou não, porque ele é muito gostoso. Quando estamos de guarda ou em campo, ele é protetor, mas não arrogante.

Eu gosto de estar implantada com ele e sua unidade.

— Acho que você é um cara legal.

— Você gosta de mim.

Eu bufo.

— Eu gosto de estar nesta equipe com você.

— Porque você sabe que sou incrível, apenas diga, Blake.

— Você não é.

— Você é uma péssima mentirosa — ele responde.

— Quando eu for para a próxima equipe em algumas semanas, você vai odiar minha partida.

Emmett endurece.

— O que você quer dizer com algumas semanas?

— Disseram-me que provavelmente vou me mudar para uma unidade regular. Que seus comandantes não gostam que uma mulher esteja aqui.

— Isso não está acontecendo.

Eu olho para ele, descobrindo que seu maxilar forte está tenso e seus dentes estão cerrados.

— O que não está?

— Você não vai embora.

— Que bom que você pensa assim…

— Vou fazer uma ligação sobre isso.

Quero sorrir e chorar ao mesmo tempo. Tentei tanto ser inestimável aqui e provar o meu valor. Não há nada que eu não faça para ajudar um desses homens quando eles precisam de mim, e é bom ter a confirmação de que um deles está disposto a fazer o mesmo por mim.

— Você não tem que fazer isso, embora eu aprecie. Faz parte deste trabalho, não é? Ser transferida por aí.

— Essa equipe está junta há muito tempo. Não damos as boas-vindas a qualquer um no redil. Há confiança, e isso vem de nós permanecermos como uma unidade. Você faz parte disso agora, e tirá-la seria como cortar um apêndice. Sei que os outros oficiais sentem o mesmo por você, Bennett. Todos nós confiamos em você e espero que saiba disso.

Estou momentaneamente atordoada.

— Obrigada.

— Eu estou falando sério, e vou consertar isso.

— Bem, você não pode consertar isso, eu nunca vou te deixar. Isso é impossível.

— Não completamente impossível — diz ele com uma risada e me puxa de volta contra ele.

— Como assim?

— Eu poderia me casar com você.

Eu rio e cubro minha boca para evitar que o som ecoe.

— Oh, sim, isso é totalmente um bom plano. — Não há falta de sarcasmo nessa resposta.

— Você perguntou.

— Eu não pensei que você fosse completamente desequilibrado.

Sua risada move seu peito, mas não há som.

— Eu faria isso para impedir que você partisse.

— E imagine todo o dinheiro que ganharíamos.

— Veja, nosso casamento já parece mais atraente. Nós dois teríamos um aumento no salário e ficaríamos juntos, então nossa amizade seria selada para o resto da vida.

Eu ouço a batida de seu coração enquanto permito que essa conversa insana continue.

— Teríamos um grande problema.

— O quê?

— Eu nunca poderia te amar.

— Eu não disse nada sobre amor.

Eu bufo.

— Você se apaixonaria por mim. A maioria das pessoas faz. Eu sou realmente maravilhosa.

— Ok, então a regra número um do nosso casamento é não se apaixonar.

Sento-me, puxando o cobertor comigo.

— E nada de sexo.

— O quê?

— Não podemos fazer sexo. — É realmente sobre autopreservação. — Sexo leva a sentimentos, e isso quebraria a regra número um.

— Sinto que há uma história aí.

— Problemas com o papai. — Não há realmente nada a dizer. Meu pai foi embora. Tenho problemas de confiança e não posso amar um militar, pois tenho certeza de que ele vai embora. Ou enganar... ou morrer. Todos os três são um 'não, obrigada' da minha parte.

— Tenho problemas com a mamãe, então somos uma combinação perfeita.

— Se isso é um pedido de casamento, você está indo muito bem. Estou totalmente impressionada.

Emmett sorri.

— Não há necessidade de impressioná-la, já que não estamos fazendo sexo.

— Homens. Vocês são todos iguais. Você só dá o romance quando está conseguindo outra coisa.

— Isso vale para os dois lados, querida.

Eu balanço minha cabeça.

— Ok, então temos amizade, sem sexo, sem amor, sem romance, dinheiro extra e ficaremos juntos?

— Estou esperando o lado negativo — diz ele.

— Bem, por mais que eu odeie trazer isso à tona, e quanto ao fato de que você vai se casar? Tipo, casado. Você não pode dormir com outras mulheres...

Os olhos de Emmett se estreitam e ele vira a cabeça um pouco.

— Desculpe? Por que diabos não?

— Porque você vai ser um destruidor de lares se fizer isso.

— Não teremos um lar.

— Nós vamos nos casar.

— No papel.

Como explico essa situação fictícia de uma forma que ele entenda?

— Bem, se qualquer um de nós fizer sexo com outra pessoa, teremos problemas com o comando.

Ele zomba.

— Metade da cadeia de comando trai. Próximo.

Eu gostaria que ele estivesse mentindo.

— Bem, ainda assim, o que estamos falando aqui são dez níveis de ilegalidade para os militares. Teríamos que manter as aparências.

Ele esfrega o queixo.

— Ok, você terá que fingir estar apaixonada por mim. Não deve ser difícil.

Eu fico inexpressiva.

— E você será capaz de fingir estar apaixonado por mim?

Emmett dá de ombros.

— Eu me viro.

— Caramba, valeu. Isso nos traz de volta ao sexo.

— Estou esperando uma razão que faça sentido.

Eu mordo meu lábio inferior.

— Eu… não sei. Só que parece errado.

— A menos que sejamos nós que estamos fazendo sexo.

Eu bufo.

— Isso quebra nossas outras regras.

Emmett suspira pesadamente e se recosta na rocha.

— Bem, só há uma coisa a fazer então.

— O que é isso?

— Casar e concordar em dormir apenas um com o outro, ou chegar a algum tipo de acordo que funcione para nós dois.

Eu começo a rir.

— Bem. Podemos discutir mais tarde.

CAPÍTULO QUINZE

Emmet

Presente

— Bom dia, xerife — a Sra. James diz enquanto está na fila do Rosie Beans.

— Bom dia para você também. É bom ver você.

A tia de Holden é a mulher mais doce. Quando seus pais se divorciaram durante seu último ano no ensino médio e decidiram que preferiam ambos deixar a cidade, ela interveio e o acolheu. Graças a Deus, porque nunca pensei que um divórcio pudesse ficar tão feio quanto o deles.

Eles se odiaram depois que sua irmã morreu e usaram Holden como um peão. A Sra. James é a razão pela qual ele conseguiu sair sem estar completamente fodido. Eu também gosto dela porque ela fazia biscoitos para nós e me enviava pacotes.

— Eu estive esperando que você levasse aquela sua esposa para me conhecer. Holden me disse que ela é muito doce.

— Holden nunca foi o melhor juiz de caráter.

Ela zomba.

— Oh, pare com isso. Tenho certeza de que ela é adorável se é casada com você.

— Sabe, estou pensando em trocá-la por alguém mais mundano.

Seu sorriso ilumina o ambiente.

— Você sempre foi um paquerador.

Eu dou de ombros. É a única maneira de escapar de uma conversa com algumas das mulheres da cidade – paquerar.

— Eu falo a verdade.

— Isso é mentira, mas vou deixar passar. Como está sua mãe?

Cada vez que a vejo, ela pergunta, e dou a mesma resposta todas as vezes.

— Não tive a chance de ver como ela está.

Minha mãe decidiu que, aos 62 anos, não queria mais ser casada. Ela entregou os papéis ao meu pai, arrumou suas coisas e foi a última vez que falei com ela. Cerca de três anos atrás, ela ligou, mas eu realmente não estava interessado em ouvir. A única pessoa com quem ela mantém contato é Mama James. Principalmente porque Mama James é a única pessoa gentil demais para ignorá-la.

— Tenho certeza de que você fará isso em breve. — Ela dá um tapinha no meu braço.

— Sim, senhora.

— E seu pai?

— Bom. Vou visitá-lo em breve.

Como um relógio, vou para a casa de repouso todos os domingos. Talvez eu realmente seja previsível.

— Você o deixará saber que perguntei sobre ele.

— Eu vou.

Mesmo que nós dois saibamos que ele não vai se lembrar. Meu pai está nos estágios finais da demência de início precoce. Ele tinha sessenta e poucos anos quando foi diagnosticado, dois meses depois que minha mãe fugiu. Observei, dia após dia, como meu pai se tornava alguém que eu não conhecia. Ele se esquecia de mim, da minha irmã ou de onde morava, mas nunca se esqueceu da minha mãe.

Ele ainda fala dela toda vez que o visito, perguntando se ela está bem e se lembrou de fazer alguma coisa.

É de partir o coração assistir.

Meu pai morou com Hannah em nossa casa de infância aqui. Cerca de cinco anos atrás, ela se mudou para a Pensilvânia e levou meu pai com ela. Ele estava infeliz e sua demência parecia piorar. Assim que descobri que estava recebendo alta, decidimos transferi-lo de volta para o Oregon e colocá-lo em uma instalação que pudesse ajudar com seus cuidados. Desde que voltou, ele está muito melhor.

— Hannah vai voltar para uma visita em breve?

Eu bufo.

— Nós dois sabemos que isso não está acontecendo.

Ela detesta esta cidade e as memórias daqui.

— Nunca descarte o poder do amor, Emmett Maxwell.

— Eu não vou.

— Você leu no jornal sobre aquela garota desaparecida em Portland? — Eu balanço minha cabeça, e ela continua: — Oh, é uma pena. Ela é a quarta nos últimos três meses. Estou surpresa que não tenha passado pela sua mesa, já que não estamos tão longe. Mas agora está nas manchetes.

Sim, também é por isso que Blakely está aqui, uma garota desaparecida.

— O que o artigo dizia?

— Só que todas elas tinham fugido, mas isso é alarmante, porque é como se simplesmente desaparecessem. Uma das meninas desaparecidas é da Califórnia, e seu pai está levantando muita poeira sobre isso. Disse que sua filha ligou, dizendo que conheceu alguém online, e ele estava preocupado.

Minha mente começa a girar. Foi o que Blake disse que aconteceu, que a garota que ela está procurando conheceu Bill em um aplicativo e ninguém mais a viu.

— Obrigado, Sra. James. Vou dar alguns telefonemas e ver o que posso fazer para ajudar.

Ela dá um tapinha na minha mão.

— Você é um homem maravilhoso. Eu sempre te amei como se você fosse meu.

Eu rio.

— Você nos chamou de diabinhos.

— E vocês eram. Vocês quatro juntos eram um tornado dentro de um furacão, mas separadamente, vocês eram todas lindas nuvens fofas que eu amava.

Eu me inclino e beijo sua bochecha.

— Você sempre foi nossa favorita também.

— Emmett, seu pedido chegou — Sommer chama.

— Obrigado novamente. Vou deixar meu pai saber que você perguntou sobre ele.

— Tome cuidado.

— Eu sempre tomo.

Eu ando até o balcão, Sommer me entrega meu café e um dinamarquês com seu sorriso característico.

— Meu número está na sacola, se precisar.

Eu levanto minha xícara de café.

— Obrigado pelo dinamarquês.

— Estou falando sério.

Eu não sei quantas vezes tenho que recusá-la antes que ela entenda a dica.

— Eu aprecio isso, mas sou casado.

— Não por muito tempo — diz ela em voz baixa, mas eu ouço.

— Tchau, Sra. James. Não se meta em problemas na igreja hoje. Não quero ouvir que vocês, senhoras, ficaram muito turbulentas.

Ela ri.

— Farei o meu melhor, mas somos um grupo animado.

As seis idosas da cidade se reúnem na igreja toda semana para tricotar mantas e toucas para os recém-nascidos. Elas bebem café, comem bolo e falam mais merda do que qualquer outra pessoa poderia fazer em uma semana. Se alguém quiser manter algo sagrado, evite as *Six Who Knit*.

Tenho certeza de que minhas núpcias serão o assunto principal da conversa esta semana. Eu vi três das seis esta semana, e todas perguntaram sobre Blakely.

Eu abro a porta e bato em alguém, derramando meu café em mim e na pessoa que encontrei.

— Ah. Merda!

— Estou tão…

Encaro os olhos castanhos escuros de Blakely enquanto ela limpa o café em sua camisa.

— Eu não vi você.

— Não pensei que você iria parar no café — falo enquanto entrego a ela um guardanapo. — Bem, talvez você queira.

Ela ri uma vez.

— Não, estava vindo para encontrar você.

Eu estava cansado de olhar para o teto do meu quarto, então comecei a trabalhar cedo – muito cedo. Eu não a estava evitando tanto quanto realmente não queria vê-la, o que era a mesma coisa, mas melhor dizer de outra maneira.

Sommer vem correndo do balcão.

— Emmett! Oh! Você está bem? — Ela empurra um pano para mim.

— Estou bem. — Entrego o pano para Blake, perguntando: — Você está bem?

Ela está arqueando para trás, tentando manter a camisa fora do peito, enxugando-se enquanto olha para cima.

— Estou bem. Já estive pior. Graças a Deus era café gelado.

Eu sorrio.

— Muito verdadeiro.

Sommer coloca a mão no meu braço.

— Posso pegar outro para você?

— Por que não nos preocupamos com minha esposa primeiro?

Seus olhos se arregalam e ela puxa a mão. Talvez ter Blakely por perto não seja uma coisa tão ruim.

— Agora você quer que eu seja sua esposa?

— É o que você é.

— Eu sou. — Ela joga o pano em mim, e eu o pego antes que atinja meu rosto. — Opa.

Eu poderia torcer o pescoço dela.

— Está brava porque chamei você do que é?

Jesus, ela é irritante *pra* caralho.

— Não, estou brava porque você saiu antes que pudéssemos conversar! Eu precisava pensar. Você sabe que tenho que deixar as coisas fluírem antes de tomar decisões.

— Dá um tempo! Você teve tempo para pensar. Você sabe o que quer e o que não quer.

Ela olha para mim.

— Sim, e por alguma razão idiota *você* é o que eu quero!

CAPÍTULO DEZESSEIS

Blakely

Aí, falei.

Seus olhos azuis se arregalam e seu pomo de Adão balança enquanto ele olha para mim.

Sim, também estou bastante atordoada, mas é a verdade.

Eu o quero.

Sim, tenho medo de perdê-lo, mas não estamos mais no exército. Temos empregos mais seguros e, enquanto ele estiver na polícia, seu risco é baixo. Posso continuar fugindo da verdade – e do amor – ou posso me agarrar com as duas mãos e rezar para que consigamos. Eu o estou escolhendo, e se ele escolher o contrário, bem, não posso controlar isso.

— Emmett? — Sinto muito embaraço quando as pessoas começam a parar e olhar para nós.

— Você quer o quê? — Sua voz é medida.

— Você.

— Eu?

— Quero dizer, eu já disse isso duas vezes agora.

Não tenho certeza de onde vem a confusão.

Ele agarra meu pulso e me puxa para fora da cafeteria. Ele realmente faz muito isso.

— Aonde estamos indo?

— Lá fora, onde ninguém vai ouvir.

Grande chance disso. Aposto meu braço direito que essas pessoas terão suas orelhas pressionadas contra o vidro assim que sairmos.

Quando chegamos aos nossos carros, ele para de frente para mim. Deus, ele é bonito quando está mistificado.

— Explique, Blake, porque eu não durmo o que parece uma semana agora, e...

— Quero você. Quero você. Não sei o quanto preciso ser mais clara.

Ele balança a cabeça.

— Você é tão clara quanto melaço. Você se move tão rápido também. Melhor pergunta, por quê?

Afasto o comentário sarcástico depois de dizer a ele o que quero, e lembro que estamos trabalhando em uma série de problemas de confiança, então não devo ficar muito surpresa.

— Porque sei como é a vida sem você, e eu não quero isso. Desde que cheguei aqui, estou mais feliz, mais contente e mais segura do que desde o dia em que saí pela sua porta. — Eu me movo em direção a ele. — Quero tentar, porque desistir não tem funcionado bem.

Ele levanta sua mão, segurando minha bochecha.

— Tudo o que eu queria era fazer você feliz e mantê-la segura. Quando partiu, sabia que perseguir você só faria com que corresse mais longe.

Ele tem razão. Se ele tivesse me perseguido, eu o teria mantido à distância. Eu não estava pronta, e teria fodido ainda mais porque isso me apavorava.

— Eu não vou mentir, Emmett. Eu estou assustada.

— Do que você tem medo?

Eu olho para ele, estudando os planos de seu rosto, a linha de sua mandíbula e aqueles profundos olhos azuis que me conhecem bem.

— Perder você. Perder você de uma forma que nunca poderia ter de volta. Não posso ter outra bandeira em meu manto, Emmett. Não posso ver outra pessoa que amo ser levada.

Sua outra mão segura meu rosto, forçando-me a manter meu olhar nele.

— Não posso fazer promessas, Blakely. Você sabe disso. Não fazemos promessas que não podemos cumprir, mas posso dizer que farei tudo o que puder para garantir que você nunca se preocupe com isso.

— Você é um policial. Sempre vou me preocupar.

— Mas você apontou que moro em uma cidade onde nada acontece. Você e eu temos que confiar um no outro como fazíamos antes. Nós dois corremos muito mais perigo então, não que não ache que seu trabalho

VENHA ME *Amar*

127

agora seja perigoso, porque eu acho. Como você pode pensar que não me preocupo com você?

Meus lábios se separam, e puxo uma respiração suave. Eu honestamente nunca pensei. Eu era uma médica de combate com uma equipe de lunáticos, é claro que prosperava na emoção e no perigo, mas éramos quem éramos. Agora, não faço nada nem remotamente perigoso.

— Não estou em perigo.

— Você não tem ideia no que está entrando. Você está procurando por uma garota desaparecida que pode estar ligada a alguém que assassinou meu melhor amigo, certo?

— Sim.

— E isso é o equivalente a um contador?

Eu sorrio com isso.

— Ei, eles lidam com a Receita Federal, quem sabe o que está acontecendo em suas cabeças.

— Meu ponto é que não temos garantias. Inferno, Isaac era um professor e treinador do ensino médio, e ele foi morto a tiros neste estacionamento. Ninguém está a salvo de tudo, mas se nunca tentarmos, de que adianta viver?

Eu me levanto na ponta dos pés, pressionando meus lábios nos dele.

— Não quero mais ter medo.

— Então deixe-me amar você.

Nossas cabeças continuam se tocando.

— Eu não vou deixar você desta vez.

Ele me beija então, lenta e docemente, até que ouvimos alguns vaias e gritos do café, quebrando o momento.

Assim que troco de camisa, vou visitar Sonya novamente para ver se ela teve a chance de examinar as coisas de Bill para ver se algo parecia estranho.

Meu telefone toca quando entro no carro. Eu sorrio amplamente quando vejo que é Emmett. Jesus, nem mesmo trinta minutos depois de concordar em namorar como um casal, e sou uma cadelinha apaixonada. Não vou gostar dessa parte de mim.

— Ei. Já sentindo minha falta?

Ele ri uma vez.

— Gostaria que fosse por isso. Onde você está agora?

— Estou entrando no carro para ir para a casa de Sonya. Por quê?

— Vou mandar George buscar você na viatura.

— Por quê?

Emmett solta um suspiro pesado.

— Blake, apenas entre no maldito carro. Você vai querer vir ver isso.

Reviro os olhos.

— Está bem. Vejo você em breve.

Ele desliga, e saio do meu carro alugado e me inclino contra o capô para esperar que minha carruagem me escolte até onde for necessário.

Enquanto estou aqui, um casal sai do prédio. A mulher acena e o cara agarra o braço dela.

— Blakely? — ele me chama, mas o sol está forte e preciso proteger os olhos para ver quem é.

— Ei, Ryan!

— Não pise muito na rua, você pode ser atropelada.

— Engraçadinho — falo com uma risada.

— Esta é Tessa, ela mora aqui... espere, é aqui que você mora?

— Eu só estou ficando aqui, meio que visitando. Eu moro em DC... tecnicamente.

— Quem você está visitando? — Tessa pergunta. — Desculpe, sou um pouco intrometida, mas conheço todo mundo aqui. Meu marido é o zelador, bem, ele meio que é. Ele também tem outro emprego.

Meus olhos se abrem, porque Ryan deu em cima de mim, e agora descubro que ele é casado.

— Você é o zelador aqui? — pergunto, movendo a questão de volta para ele.

— Eu não sou o marido dela — diz ele rapidamente. — Nick é.

— Oh, desculpe, apenas pensei...

Tessa ri.

— De jeito nenhum! Nick, Stephen e Ryan são melhores amigos. Eles cresceram juntos e estão totalmente ligados pelo quadril. Case com um,

você casa com todos, é o que diziam. Ele está aqui porque eu precisava de alguém para verificar minha pressão arterial. Eu estava tendo picos altos e, às vezes, fico nervosa, porque estou grávida de apenas algumas semanas. Estava com tanto medo de que algo estivesse errado, então Nick ligou para Ryan e ele veio, mas vamos dar uma volta e me acalmar.

— Parabéns pelo bebê — eu digo, ainda processando tudo o que ela contou.

— Obrigada. Eu não sou louca, juro. Sou enfermeira, então você pensaria que eu seria capaz de fazer isso sozinha, mas perdi um bebê há seis meses e... estou um pouco apavorada.

O dor em seu olhar e voz são suficientes para causar uma pontada no meu coração gelado.

— Eu sinto muito. Estou feliz que Ryan foi capaz de ajudá-la. Vocês são todos muito sortudos por terem um ao outro.

Tessa acena com a cabeça.

— Eu penso que sim. Mas simplesmente descarreguei totalmente em você! Podemos culpar os hormônios? Juro que foram eles.

Sorrio.

— São sempre os hormônios.

Ryan bufa.

— Ela é sempre assim. Ela divaga sem parar.

Tessa dá de ombros.

— Tanto faz. Você nunca disse, porém, quem você está visitando? — Tessa pergunta.

— Ah, Emmett Maxwell.

— O xerife! Que maravilha! Nós amamos Emmett, e tem sido um grande conforto tê-lo no prédio. Eu não sabia que tinha alguém morando com ele.

— Bem, para ser justa — falo com um sorriso — eu deveria ter ficado no apartamento de Brielle, mas eles meio que nos forçaram a ficar na casa dele.

Os olhos de Ryan se estreitam ligeiramente.

— Pensei que você fosse casada.

— Eu sou. Com Emmett.

A boca de Tessa se abre em um grande O. Ela me encara e dá um gritinho.

— Você é a esposa! Isso é o que eu estava falando antes, Ryan. Diziam que Emmett era casado com uma pessoa muito bonita, e aqui está você! Impressionante... e sua esposa. Uau, que história incrível vocês dois devem ter. Ouvi dizer que você esteve na guerra com ele?

Senhor, essa garota pode falar. Talvez eu devesse ter feito amizade com Tessa no começo. Aposto que ela sabe tudo o que acontece aqui.

— Sim, servimos juntos.

— Mas ele era um Ranger do Exército, certo?

— Ele era. Eu estava ligada a eles como médica de combate.

— Uau! Isso é incrível. E como vocês se casaram? Foi uma daquelas histórias de amor incríveis em que cruzaram os olhos no campo de batalha e simplesmente souberam? Sempre pensei que isso daria uma história romântica.

Ryan ri, colocando as duas mãos nos ombros dela.

— Ok, louca, vamos levá-la para a sombra.

Ela dá um tapa na barriga dele.

— Cale-se.

— Você está divagando sobre merdas que não são da sua conta. Que tal deixá-la falar enquanto você toma um fôlego? — Ryan repreende.

— Tudo bem. Honestamente, nós nos casamos por... bem, não importa. Não foi glamoroso ou romântico, mas apenas nós.

Nada disso é mentira. Não foi planejado e com certeza não somos convencionais, mas eu não trocaria isso por nada.

— Mas você está aqui agora! — Tessa diz com sua voz aumentando um pouco. — Isso é emocionante, e você vai ficar com ele. Sou uma romântica e vou torcer pelo melhor.

— Vou levar qualquer luz do sol e boas vibrações que você esteja disposta a compartilhar. — A viatura da polícia com o policial Holman toca a buzina duas vezes. — Essa é a minha carona. Foi ótimo conhecer você, Tessa, e bom ver você de novo, Ryan.

Abro a porta e sorrio para meu velho amigo.

— Olá, George.

Ele suspira pelo nariz.

— Você tem alguma arma que eu deveria estar ciente?

Eu luto contra a vontade de rir.

— Não, mas se quisesse machucar você, eu não admitiria ter uma arma. Sem mencionar que não há muito mais dano além das minhas mãos. Eu provavelmente poderia matar você com elas.

George recua.

— Talvez você devesse ficar atrás do vidro.

Agora não posso evitar.

— Mas onde estaria a aventura para o nosso passeio de carro superdivertido?

Sento-me no banco da frente antes que ele possa me colocar lá atrás. Duvido que Emmett ficaria feliz com ele se isso acontecesse de qualquer maneira.

Nós dirigimos em silêncio, mas o rádio toca aleatoriamente quando o outro policial faz uma parada no trânsito.

— Dia cheio? — pergunto depois de quinze minutos.

Eu gosto do silêncio, mas isso é doloroso.

— Sim.

— Como você ficou preso a este trabalho?

Ele dá de ombros.

— Tenho sorte, acho.

Podemos ir com isso. É melhor do que uma resposta de uma palavra.

— Falando em sorte, nunca ouvi falar, você é casado?

— Não.

— Pode ser sua falta de habilidades de comunicação — eu digo baixinho. — Tem alguém em quem você está de olho?

George olha para mim com curiosidade.

— Pode ser.

Posso trabalhar com talvez.

— Oh?

— Ela é médica.

Isso pode ser um desafio para ele, mas quem sabe. Talvez George Holman seja um gênio por baixo de tudo isso... bem, não um exterior inteligente.

— Você já a convidou para sair?

— Não.

Ok, não posso fazer isso. Ele está sozinho nessa.

— Para onde estamos indo? Devo deixar alguém saber minha localização?

— Estamos indo para o hospital.

— Emmett está ferido? — pergunto, preocupação me enchendo.

— Não. Por que ele estaria?

— Porque ele ligou e disse que você vinha me buscar e nenhuma outra informação.

George dá de ombros.

— Ele me pediu para vir buscá-la para ele e levá-la ao hospital. Isso é tudo que sei.

— Ok.

Ainda não significa nada. Ele poderia estar ferido e não queria me avisar até que eu chegasse lá, ou talvez não tenha contado a George por uma série de razões. Vou ser um desastre o resto desta viagem.

— Quanto tempo antes de chegarmos lá? — indago.

Ele aponta para um prédio.

— Dois minutos.

Dois minutos posso aguentar.

George pega seu rádio e liga para Emmett, informando-o de sua localização.

A voz profunda de Emmett ecoa na viatura.

— Estarei lá na frente esperando.

Entramos na entrada circular e, com certeza, Emmett está lá, e solto um suspiro profundo. Ele está bem e não em uma cadeira de rodas. Não sei por que ele me trouxe aqui, mas se não é porque ele está ferido, então estou bem com o que quer que seja.

Ele abre minha porta e me ajuda a sair.

— Que doce.

— Não aja tão surpresa.

Eu sorrio.

— Você me deve por esse passeio de carro. Então, por que estou no hospital?

— Depois que saí do café, liguei para o chefe de polícia em Portland. Ele cresceu em Rose Canyon, e com o aumento da conversa sobre várias garotas desaparecidas em sua cidade, quis falar com ele sobre isso e ver o que poderia descobrir. Ele mencionou que eles têm três indigentes agora. Eu queria que você olhasse para elas e visse se alguma delas é sua pessoa desaparecida ou alguém que você reconhece do caso com a agência.

Realmente espero que nenhuma delas seja Keeley. Quero encontrá-la e levá-la para casa para que possa se curar da maneira que puder.

Eu concordo.

Caminhamos até o necrotério e encontramos Holden com a médica legista.

— Estamos em uma chamada de vídeo com a médica legista em Portland — explica Holden. — Mostraremos três fotos e você só precisa nos avisar se reconhecer alguma.

— Entendi.

A primeira garota aparece e, embora eu tenha visto mais cadáveres do que gostaria de admitir, este me faz suspirar. Não é Keeley, mas a garota não tem mais de treze anos, com cabelos loiros e um futuro que foi roubado.

Eu olho para Emmett e balanço minha cabeça.

— Essa não é ela.

— Vou te mostrar a próxima imagem. — A médica legista mostra uma nova foto.

Esta poderia ser Keeley, mas não acho que seja. Ela é magra e tem cabelos escuros, mas seu rosto não tem os mesmos contornos. É difícil quando você está olhando para uma foto, e as fotos que tenho de Keeley têm pelo menos um ano.

— Ela tem uma cicatriz atrás da orelha direita? — pergunto.

— Não.

— Que tal uma tatuagem no tornozelo? A melhor amiga dela disse que as duas fizeram um mês antes de ela desaparecer.

A médica legista faz uma pausa.

— Ela tem. É uma borboleta.

Respiro aliviada.

— Não é ela.

— Ok, aqui está a última foto.

Eu espero, meu corpo ficando tenso, rezando para que não seja ela. Não quero ter que dar essa notícia para a família dela. Não quero que a vida dela acabe e que este caso termine assim.

Ela apresenta a foto na tela, e eu poderia chorar. Tenho que segurar as lágrimas. É ela. O contorno do nariz é igual ao de Keeley, e a marca de nascença sob o olho direito é a mesma. Antes que eu possa perguntar, a legista limpa a garganta.

— Ela tem uma tatuagem de…

— Coração partido.

A médica legista acena com a cabeça com os olhos baixos.

Isso foi o que pensei.

— É ela. O nome dela era Keeley McLain e seus pais são Daniel e Meredith McLain.

Uma mão descansa no meu ombro, e me viro para o peito de Emmett. Não sei por que isso está me atingindo com tanta força, mas meus pulmões estão apertados e uma lágrima cai. Os braços fortes de Emmett me envolvem e me seguram enquanto sinto que vou desmoronar.

Esta não é minha filha ou amiga, mas ela importava. A família dela a amava o suficiente para me contratar quando a polícia descartou a filha deles como fugitiva.

Eu olho para cima.

— Tenho que contar à família dela.

— Eu sei.

Nunca precisei fazer a notificação antes, mas sempre liguei para oferecer qualquer informação adicional à família que pudesse. Muitas vezes eu era a última pessoa que eles viam.

— Xerife — diz a legista em Portland. — Vou enviar o relatório oficial da autópsia, mas quero que todos saibam que a causa da morte foi uma overdose. Há marcas de perfurações ao longo de seus braços e pernas. Não está claro se ela estava fazendo isso ou se outra pessoa estava injetando nela, mas seus relatórios toxicológicos também estarão lá. Fico feliz em responder qualquer coisa para a família também.

— Obrigada — eu respondo a ela.

A tela fica em branco e meu coração afunda. A mão de Emmett se move para o meu pescoço, seu polegar roçando para frente e para trás.

— Eu sinto muito, querida.

Eu também. Sinto muito, este é o final da história de Keeley.

— Quem faria isso? — pergunto, quase distraidamente.

— Não sei, mas vamos descobrir.

CAPÍTULO DEZESSETE

Emmet

Encontro Spencer em seu escritório, lendo algo na tela do computador.

— Você voltou a escrever? — pergunto.

Ele olha para cima, ligeiramente assustado.

— Você poderia se anunciar antes de entrar.

— Qual é a graça de deixar você saber que estou aqui? Além disso, claramente precisa de seus sentidos aguçados se eu consegui assustar você.

Ele me mostra o dedo do meio.

— Meus sentidos estão bastante aguçados.

— Você ouviu sobre as meninas desaparecidas? — pergunto, cortando para o motivo de estar aqui.

— Eu ouvi.

— E?

— E o quê?

De todas as coisas que Spencer é, estúpido não é uma delas. Ele é perspicaz e sua mente está sempre cinco passos à frente de todos os outros. É como um quebra-cabeça em seu cérebro que ninguém mais pode ver até que esteja pronto, e então faça sentido. Ele tem pensamentos sobre isso, sei que ele tem.

— Cara.

Seu sorriso cresce.

— Está bem. Acho que alguém está levando fugitivas. Acho que a mensagem de Bill no final foi sobre isso. Havia algo nas anotações de Brie sobre Myles que nunca considerei, mas me pergunto...

— O quê?

Ele vasculha o arquivo e então aponta.

— Myles disse a Brie que seu pai estava indo ver um amigo em Maryland e ficaria fora alguns dias. Maryland não tinha nenhuma influência na memória de Brielle, mas dependendo de onde ele estava, poderia ter sido a área de DC. Se ele se encontrou com Keeley e outra pessoa lá, seria uma conexão com essas garotas desaparecidas.

— É uma ótima teoria, mas não temos ideia de quem é a outra pessoa com quem ele se encontrou. Além disso, conhecer pessoas não é crime. E o dinheiro? — eu questiono.

— Ele viajava muito, mas trabalhava para a usina de água, que não é exatamente lucrativa e não exige que seus contratados viajem, a menos que haja um desastre natural ou algo parecido.

— Isso é verdade, mas ele não fazia parte da equipe de limpeza? — Lembro-me vagamente dele dizendo isso. — Talvez ele tenha entrado em campo com mais frequência.

— Isso é verdade.

— Eu gostaria que o telefone dele tivesse sido recuperado. Sonya disse que ele o quebrou e jogou pela janela quando deixaram a cidade. Isso responderia muito. Eu pedi uma intimação, mas você sabe que leva semanas para conseguir alguma coisa de volta.

Spencer assente.

— Sem falar no tempo que essa empresa vai demorar para responder. Se tivéssemos o telefone, poderíamos enviá-lo para Mark e fazer com que seus técnicos o verificassem.

— Talvez eu possa enviar George para procurar quaisquer restos, com alguma sorte, podemos encontrar o cartão SIM ou algo recuperável.

Já se passaram meses, então não há como saber se resta alguma coisa ou se pode ser usado, mas vale a pena tentar. Keeley está morta, e se isso estiver ligado ao Bill, tentarei qualquer coisa.

Ele se levanta, vai até o quadro de cortiça e o vira para revelar centenas de informações diferentes que desenterrou quando estava tentando ajudar Brielle a refazer anos de sua vida.

— Se você contar a Brielle sobre isso, vou te matar.

— Você manteve isso?

137

— Nunca tive certeza de que não precisaria dessas informações novamente — explica ele. — Eu o cobri para que ela nunca visse, mas não ia simplesmente deixar tudo isso passar. Não quando ele basicamente nos disse que não havia acabado.

Faz sentido.

— Há algo que valha a pena olhar?

Eu me aproximo, traçando as linhas que ele desenhou que conectavam Isaac, Brie, Bill Waugh, seus colegas de trabalho e outros na cidade.

— Você tem o filho do prefeito aqui?

— Eu odeio aquele garoto — diz Spencer. — Eu o tenho anotado porque ele é um adulto que passa muito tempo no centro juvenil. Quando o escritório dela foi destruído, fazia sentido marcá-lo como um possível suspeito, eu acho.

— Bem, uma das garotas que trabalhava lá registrou um boletim de ocorrência alegando que ele a agrediu, mas ela retirou as acusações um dia depois.

As sobrancelhas de Spencer se erguem.

— O pai dele interveio?

— O que você acha? — eu contesto.

— Sim, o pai dele está sempre pagando a fiança.

— Mas não o irmão dele. — Paul nunca recebe as mesmas vantagens. Ele não é visto como o filho do prefeito.

— Muito verdadeiro. Talvez devêssemos colocar Paul aqui.

— Não custa nada manter nossas opções em aberto.

Spencer escreve o nome de Paul e depois se vira para mim.

— Como foi com a médica legista? Alguma novidade lá?

— Uma das garotas de Portland era o caso de Blakely.

Seus olhos se arregalam.

— Interessante.

— Essa é uma palavra.

— Desculpe, quero dizer, é horrível, mas isso me leva a pensar como uma fugitiva foi da Virgínia para o Oregon? Blakely mencionou que Keeley e Bill tiveram contato por meio de um aplicativo de namoro, mas há mais alguma coisa que a ligue a ele?

— Não que eu saiba, mas liguei para o chefe em Portland para conseguir uma cópia do relatório policial da noite em que ela foi encontrada. Talvez houvesse algo no local ou uma testemunha tenha visto algo.

— E o que tudo isso significa para você? — Spencer pergunta.

— Que vou iniciar uma investigação não oficial para ver se alguém em nossa cidade sabe mais sobre Bill do que pensávamos, ou se está envolvido e perdemos algo maior.

Não tenho certeza do que mais ele pensa que eu faria.

— Bem, amanhã será o momento perfeito.

— Não me lembre.

— Por favor, o festival da cidade é a coisa favorita de todos. Sem mencionar que todo mundo abaixa a guarda com coisas assim. Se houver muitos de nós observando, podemos notar alguma coisa.

É possível, mas não acho que a pessoa envolvida seja burra o suficiente para fazer algo no festival.

— Isso é, se as pessoas conseguirem desviar o foco de Blakely por tempo suficiente para conversarem umas com as outras.

Ele ri.

— Elas são como tubarões, sentem cheiro de sangue na água.

— Bem, não é como se ela não merecesse um pouco disso.

Spencer vira o tabuleiro de volta.

— Elas nos deixam loucos e ainda assim nós as amamos.

— Verdade.

— Então, qual é o seu plano?

— Eu já te disse. — Ele ouve mesmo? — Vamos observar.

— Você é um idiota. Quero dizer com sua esposa que você não quer. Ela está indo para casa? Ficando aqui? Vocês finalmente se beijaram e fizeram as pazes?

Meus amigos são idiotas.

— Não é da sua conta.

Além disso, não faço ideia. Eu a amo, mas não vou me mudar para a Virgínia e não sei se ela quer vir para cá. Há muita merda para resolver, e agora pode não ser a hora de falar sobre nada disso.

No entanto, não posso esquecer o jeito que ela se derreteu contra mim como se soubesse que eu não deixaria nenhum mal acontecer a ela, mesmo que eu tivesse que ir para o inferno para lutar contra o próprio diabo.

— Então, você não tem nenhum plano em relação a Blake?

— Eu não tenho nada para dizer para você.

— Olha — Spencer diz enquanto solta um longo suspiro — passei muito tempo na ponta dos pés em torno dos meus sentimentos por Brie. Eu sabia que a amava, e tinha tanta certeza de que iria estragar tudo, que

não gritei aos quatro ventos como deveria. Não faça isso. Se você a quer, diga a ela e faça o que for preciso para não a perder.

— Essa é a sua *Ted Talk*?

— Sim.

— Foi uma droga — eu minto.

— Bem, acho que Isaac teria lhe dito a mesma coisa. Ele não tinha medo do amor. Ele estava com medo de perder as pessoas que amava, então ele nos avisou. Acho que é aí que o resto de nós está errando.

Eu balanço minha cabeça, perguntando-me quem diabos é esse cara.

— Quando você ficou assim?

— Quando perdi Brielle. Você compartilha esse fardo, Emmett. Você sabe como é perder alguém que você ama, e por que você permitiria isso de novo, não tenho ideia.

— Não pretendo perdê-la.

— Bom. Agora, vá para sua esposa e conserte sua vida.

— E quanto a essa informação?

Spencer sorri.

— Nós cavamos.

Abro a porta do meu apartamento e o cheiro de pizza está no ar. Sorrio, porque essa era a nossa coisa. Pizza e cerveja depois de um longo dia.

— Blake?

— Ei! Estou na cozinha!

— Fazendo pizza? — pergunto.

— Não! Eu pedi. Mas fiz outra coisa...

Agora estou intrigado.

— Eu estarei aí em um minuto. Eu vou me trocar.

— Ok!

Vou para o meu quarto, que está um caos. Esqueci que bagunça essa mulher é. Há roupas jogadas por toda parte, sua bolsa está aberta com coisas penduradas do lado de fora, e quase não quero olhar no banheiro, porque ela está em casa há horas e tenho certeza de que está um desastre.

Jogo meu uniforme no cesto, grato por ter dois dias de folga, e guardo minha arma. Então coloco um short e um moletom sem mangas que tenho desde a faculdade.

Quando vou para a cozinha, ela está lá com um bolo e um sorriso e... nada mais.

Eu pisco, minha boca extremamente seca enquanto observo cada curva e ângulo de seu corpo. Ela é ainda mais bonita do que me lembrava, e eu me lembrei muito ao longo dos anos. Achei que conhecia o corpo dela melhor do que o meu, mas vê-la nua na minha cozinha prova o quanto essa fantasia era um desserviço.

— O que você está fazendo? — consigo colocar as palavras para fora.

— Veja, sinto que fizemos as coisas erradas, sabe? Não tivemos um casamento de verdade, um bolo, uma lua de mel ou nada disso. Nossa versão de namoro era conversar em uma caverna depois de um tiroteio.

Eu sorrio.

— Achei romântico.

— Foi a nossa versão, mas talvez seja aí que erramos. Talvez precisássemos de rosas, tâmaras e bolo. Talvez precisássemos das noites sem tiros?

Eu me aproximo dela, querendo pegar meu bolo e comê-la também. Ela fica parada, observando-me com luxúria nadando naqueles olhos castanhos.

Meu dedo desliza sobre o glacê e o levo até seus lábios, passando-o ao longo da junção deles.

— Há muita coisa que poderíamos fazer com bolo, rosas e champanhe.

Suas sobrancelhas se levantam em questão.

— Oh?

Pego o bolo dela e coloco no balcão antes de passar outro dedo no glacê.

— Muito mais — falo baixo e áspero. Então deslizo meu dedo por seu pescoço, parando bem antes da curva de seu seio.

Eu realmente quero colocar um pouco lá e passar horas lambendo.

— Eu não sabia que você era tão inventivo com a comida.

Meu polegar esfrega contra seus lábios açucarados, e eu aceno.

— Acho que sou mais criativo com você, querida.

— Que planos você tem, marido?

Essa palavra envia uma pulsação pelo meu corpo, parando no meu pau.

Deus, quero tomá-la aqui mesmo, lembrá-la que eu sou, de fato, seu maldito marido, e ela é minha esposa. Ela é minha, e nunca vou deixá-la esquecer isso novamente.

Desta vez, quero torná-lo especial. Não quero desespero ou medo, porque acabei de levar um tiro. Não quero raiva depois que ela apareceu na minha vida sem ser convidada. Eu a quero, vulnerável para mim.

— Primeiro, acho que você tem um pouco de comida em você, devo garantir que não fique pegajoso. — Levo minha boca para seu pescoço primeiro, correndo minha língua por sua pele macia, lambendo a cobertura.

— Você pegou tudo?

— Nem perto disso.

— Eu tenho algum em meus lábios.

— O sabor é bom? — pergunto.

Sua língua sai, sem remover tudo, e ela geme.

— Muito, mas acho que precisa de algo mais.

— O quê? — Realmente espero que a resposta dela seja meu pau.

O sorriso em seus lábios me diz que é exatamente isso. Blake empurra meu peito um pouco, e então, mantendo os olhos em mim, ela cai de joelhos.

— Blake…

— Deixe-me, Emmett. Permita-me, por favor.

Fecho os olhos, soltando o ar pelo nariz. Ela tira o short com facilidade e passa as unhas levemente pelas minhas coxas.

— Você vai ser a minha morte — consigo dizer antes que sua mão envolva meu pau.

— Então espero que você vá depois que eu terminar.

Ela me leva profundamente em sua garganta. Meus joelhos se dobram e eu me apoio no balcão, segurando firme. A cabeça de Blake balança em um ritmo perfeito, movendo-se entre superficial e profundo enquanto ela sente a mudança em meu corpo.

Eu sonhei com sua boca em volta do meu pau tantas vezes, e não foi nada comparado a isso.

Nada.

Sua mão se move junto com sua boca por um tempo, então ela me solta, beijando meu eixo antes de lamber minhas bolas.

— Foda-se, Blake, não aguento mais.

— Oh, mas você deve.

Balanço a cabeça, os dedos tão apertados no balcão que os nós estão brancos.

— Lembre-se de que você é a próxima, amor. Vou cobrir você com glacê — digo, mas ela geme enquanto me chupa fundo de novo e então para.

— Fala se você quer que eu chupe. Caso contrário, presumo que você não esteja gostando.

Olho para o teto, odiando e amando cada momento disso. Focar em qualquer coisa além dela é impossível, mas esse é o jogo que podemos jogar juntos. Nós dois amamos essa parte de quem somos, a maneira como pressionamos um ao outro.

— Depois que você estiver suja, será meu trabalho limpá-la. — Minha voz falha enquanto ela passa a língua pela cabeça. — Vou lamber cada maldito centímetro de sua pele. Vou fazer você gozar na minha língua e depois no meu pau. Vou tomar você de novo e de novo, fazer seu corpo esquecer tudo, menos eu e como você se sente quando estou dentro de você.

Seus movimentos ficam um pouco frenéticos, e cometo o erro de olhar para ela.

Ela é a porra de uma deusa abaixo de mim. Eu empurro o balcão, exigindo que minhas pernas me mantenham de pé para que possa observá-la melhor. Ela se contorce um pouco, e sei que ela precisa de alívio.

— Toque-se, Blake — eu ordeno. Esfrego meu polegar contra sua bochecha. — Mostre-me como você gostaria que eu estivesse aí, entre suas pernas. Mostre-me como você gostaria que eu a tocasse se pudesse agora.

Sua mão afunda em um longo gemido.

— É isso, linda. Toque seu clitóris para mim, imagine minha mão aí. Seria bom?

Seus olhos se fecham, e tomo isso como um sim.

— Coloco pressão ali, bem onde você quer, esfregando até você tremer. — Eu a vejo lutando para recuperar o fôlego. — Vou me mexer porque sua boca é o paraíso. — Ela abre um pouco o maxilar e eu flexiono os quadris. Minha mão está na cabeça dela agora, certificando-me de manter o ângulo. — Estou tão perto, mas não vou gozar assim. Vou adiar, porque quero estar dentro de você quando terminar. Quero fazer todas as coisas que não pude da última vez. — Bombeio novamente, segurando meu autocontrole. — Coloque um dedo dentro, Blake, sinta como você está molhada para mim?

Ela geme, e eu paro.

Não posso continuar.

Eu me afasto e ela engasga. Então estou no chão, empurrando-a contra os ladrilhos frios e me acomodando entre suas coxas abertas.

— Emmett…

— Você precisa de mim, não é?

Ela olha para cima, os olhos castanhos fixos em mim.

— Sim.

— Bom.

Eu poderia brincar com ela, mas não o faço. Estou muito ansioso por isso também. Eu lambo sua boceta, longa e lentamente, saboreando-a e sabendo que nunca será o suficiente. Quero tê-la todos os malditos dias.

Blake tenta se mover, mas eu a seguro onde quero, ouvindo sua respiração acelerada e o que quase soa como soluços. Bato em seu clitóris, mais e mais até que ela tenta apertar minha cabeça com as pernas.

— Porra! Emmett! Não posso… — Ela se senta, as mãos no meu cabelo. — Agora!

Eu não precisava que ela me dissesse, posso sentir seu corpo apertar e já estou dando a ela mais. Eu faço cada segundo valer a pena, amando-a com minha boca até que ela caia no chão.

Levanto minha cabeça lentamente e, em seguida, deslizo pelo seu corpo.

Ela está lutando para respirar enquanto suas pálpebras se abrem. Meu coração está em minhas mãos, pronto para ela pegá-lo. Seus dedos tocam minha bochecha.

— Eu me arrependo de ter saído todos os dias desde que aconteceu. Pensei em você, queria consertar, mas não sabia como. Sinto muito por nos separar, Emmett. Por favor, não quebre meu coração depois desta noite. Não me deixe.

Eu me inclino, pressionando minha testa na dela.

— A única maneira de deixar você é se eu estiver morto e, mesmo assim, acho que encontraria um caminho de volta para você.

Ela ri um pouco, mas sinto a lágrima quente que cai entre nós.

— Eu quero que você faça amor comigo.

Sorrio com isso.

— Eu pretendo.

E então deslizo para dentro dela e dou a ela tudo o que tenho.

CAPÍTULO DEZOITO

Emmet

Eu rolo, esperando encontrar Blakely ao meu lado, mas não há nada além de lençóis frios. Imediatamente, me sento, perguntando-me se ela fugiu de novo.

Apressadamente, coloco meu short e vou olhar, a raiva começando a crescer. Esta mulher precisa de algemas ou de uma cela para evitar que tome decisões precipitadas.

Quando chego ao final do corredor, encontro-a sentada no sofá. Ela não foi embora.

Alívio me inunda, mas leva um segundo para meu coração se acalmar.

Suas pernas estão dobradas sob ela, e seu cabelo está em uma trança solta que cai sobre o ombro. Ela está tomando chá e folheando o caderno que Spencer deu a ela outro dia.

— Você está planejando dormir? — pergunto.

Ela olha para cima com um sorriso.

— Não. Alguém aumentou minha pressão arterial.

— Quem pode ser?

— Você.

Eu ando até ela, sentindo-me bastante orgulhoso de mim mesmo.

— Pensei que você estaria exausta depois de tantos orgasmos. — Eu me jogo ao lado dela, apoiando-me em um cotovelo para ficar mais perto.

Ela balança a cabeça.

— Eu estava, mas você roncava, e tinha esquecido o quão barulhento você é.

— Se bem me lembro, você ronca muito.

— Eu não!

Sim, ela ronca.

— Está bem. Eu te amo independentemente.

Blakely sorri e então muda para beijar meu nariz.

— Eu também te amo independentemente.

Recuso-me a dizer qualquer coisa sobre o fato de ela ter admitido seus sentimentos. Deus sabe que ela pode sair correndo pela porta da frente com suas tendências de fuga.

— Então, você não vai dormir? — pergunto, mantendo meu tom uniforme.

— Não. E você?

— Não — respondo, sem nenhuma intenção de dormir, mas com toda a intenção de levá-la de volta para a cama.

Ela volta para o caderno, examinando a página enquanto eu me deito e descanso minha cabeça em seu colo.

— O que você acha do filho do prefeito?

Agora estou acordado de novo.

— Qual deles?

— Stephen. Acho interessante que, alguns anos atrás, ele estava sendo ameaçado de prisão por uma suposta agressão a uma mulher, e agora ele é um membro íntegro da comunidade?

Esta é a segunda pessoa nas últimas seis horas a mencioná-lo.

Sento-me, puxando suas pernas sobre as minhas.

— Eu não diria íntegro, mas ele nunca foi acusado de nada. A garota desistiu da queixa, então não acho justo presumirmos que ele esteja envolvido. Além disso, agredir e sequestrar garotas não é a mesma coisa.

— Não estou dizendo isso, mas ele é uma das poucas pessoas que Spencer menciona como tendo laços com Bill.

— Eles trabalharam juntos, mas não estavam amarrados.

Blake larga o caderno.

— Esqueça Stephen e Bill. Vamos falar sobre as conexões entre as meninas. — Ela pula para o próximo tópico. — Não acho coincidência que todas as garotas tenham fugido. Elas teriam sido alvos fáceis de abduzir.

— Eu também não acho, mas o fato é que não temos nada substancial que ligue Bill, Stephen, o prefeito ou qualquer outra pessoa a sequestrar e drogar garotas. Tudo o que temos é uma foto de Bill e Keeley que foi tirada pouco antes de ela ser dada como desaparecida. Há também o fato de que ela acabou em Portland, o que pode ser obra de Bill, mas também poderia ser de um milhão de outras pessoas. Portland tem duas outras indigentes, nenhuma das quais tem qualquer ligação óbvia com Bill ou Rose Canyon.

— Ainda!

— Ainda. Mas todo o resto é um monte de suposições e saltos. Até que você tenha algo concreto...

— É isso que é investigar, Emmett. São teorias e sentimentos viscerais. É olhar os ângulos, fazer palpites e ver se há evidências que os sustentem. Você sabe disso.

Eu concordo. Ela está certa. Temos que examinar tudo e qualquer coisa. Entre todos nós, encontraremos algo, e então saberemos em que direção correr. Às vezes, você tem que confiar em seu instinto e rezar para encontrar o que está lá. O que sei é que três garotas estão mortas e uma foi vista pela última vez com Bill. Se há mais do que isso, então vou encontrá-lo.

Eu suspiro pesadamente.

— Nós não vamos resolver isso esta noite, querida. Vamos para a cama e nos preocuparmos com isso de manhã.

— Não consigo dormir — ela admite. — Depois de ter que contar aos pais de Keeley e responder a eles todas as perguntas que pude, só... não sei.

— Eu posso ajudar você a esquecer.

Blake sorri.

— Aposto que você poderia.

— Você quer isso, amor? — pergunto, passando minha mão por sua perna.

— Eu aceito um pouco de esquecimento...

E eu a ajudo a fazer exatamente isso.

Passamos o dia juntos – quase nus, o que funciona para mim. E então meu telefone está explodindo com mensagens sobre o festival, onde e quando devemos nos encontrar, se podem estacionar aqui já que estamos mais perto, blá, blá, blá.

O telefone apita novamente e Blake olha.

— Você tem uma namorada que está chateada porque sua esposa está de volta à cidade?

Eu bufo.

— Não tenho capacidade emocional para outra mulher em minha vida. Você é como quinze versões de loucura, todas reunidas em uma.

Ela olha para mim.

— Você vai pagar por isso.

— Presumi que sim.

— Então, por que seu telefone está enlouquecendo de repente? É trabalho?

Eu balanço minha cabeça.

— É sobre o festival. Holden está vindo para cá, encontraremos Spencer e Brie lá, e toda a cidade está esperando sua chegada.

O queixo de Blakely cai.

— Desculpa, o quê?

— Você não viu os sinais em todos os lugares?

— Eu vi, mas não estava planejando ir.

— Para uma investigadora particular, você é péssima.

Com os braços cruzados, ela franze os lábios. Deus, ela é fofa quando está chateada.

— Eu não falaria sobre isso se fosse você.

— Escute, tínhamos vários anos de filmagens para analisar e descobrir o pai com quem Brielle discutiu. Era uma imagem granulada, então ninguém tinha certeza de que era ela em um ponto. Não vamos agir como se eu tivesse algo para falhar. Tinha um prefeito louco, amigos arrasados e estava um pouco fora do meu jogo.

— Você tinha uma criança desaparecida que teria levado você direto para o assassino.

— Uma criança que não tinha nenhuma conexão com Isaac, uma conexão tênue com Brielle, e que nunca foi dada como desaparecida, porque era verão e sua mãe e seu pai estavam com ela. Sim, uma pista total ali.

Acredite em mim, não estou orgulhoso do fato de não termos pegado o assassino imediatamente. Temos recursos limitados, policiais não treinados e quase não havia evidências no local. Fiz o melhor que pude com o que tinha. Felizmente, Spencer conseguiu alguém para aprimorar digitalmente aquela imagem.

— Eu não estava lá e você está certo, as evidências e os recursos que tinha colocaram você em desvantagem.

Eu libero uma respiração pesada.

— Tentei, mas também fiquei arrasado… toda a cidade estava. Gastamos muita energia seguindo em frente. Pode parecer estranho, mas perder Isaac foi como perder um membro da família. Todo mundo ferido. Todos lutaram. Cancelamos tudo e este festival é o primeiro grande evento desde sua morte.

Tivemos a premiação MOTY, mas até isso foi reduzido. Normalmente havia um grande evento depois, mas eu não queria isso. Então jantamos e só.

— Estou feliz que está tendo isso então. E o que devo esperar deste festival?

— Primeiro, é um festival de cidade pequena, então não vai ter muita coisa. Não fique muito animada com isso. Em segundo lugar, *todos* vão. Não importa o que você esteja fazendo, você mostra sua cara. Então, isso significa que ficará exposta a todos na cidade.

Blake assente.

— Tudo bem. Posso observar as pessoas.

— *No entanto*, você não terá a chance de observar as pessoas, porque prometo, não terá um minuto livre para pensar. Você vai ser o centro do show.

— O que os faz pensar que estarei lá?

— Você é minha esposa — falo como se devesse ser óbvio.

Ela olha fixamente.

— Aguardo maiores explicações.

— Você é a esposa de um policial de uma cidade pequena. Você tem que ir.

— Importa que me casei com você antes de ser o xerife?

— Não.

Eu não invento as regras, apenas as aplico… com todas as habilidades de um açougueiro com uma faca cega com base no olhar que ela está me dando.

— Isso é ridículo.

— Talvez sim, mas funciona para todos os nossos benefícios. Você verá todo mundo, nós os observaremos e você também terá a chance de conversar com pessoas que provavelmente não abordaria.

O único problema é que Blakely realmente não gosta de falar com as pessoas. Ou pessoas realmente.

— Este é o meu futuro, não é?

Eu pego a mão dela na minha.

— O que você quer que seja o nosso futuro?

Os olhos de Blakely se movem para o tapete e espero. Um dos erros que cometi foi não a deixar processar. Ela não toma nenhuma decisão rapidamente, pelo menos não aquelas que realmente importam para ela. Ela tem que pensar, trabalhar nisso e se dar tempo para considerar cada caminho antes de decidir por qual caminho deseja seguir.

— Eu sei que nos quero. Você?

— Sim. Eu sempre nos quis.

Seus olhos castanhos brilham de emoção.

— Não sei como fazemos isso. Onde vivemos? Como nós namoramos estando casados?

— Você gosta de DC?

— Não sei.

— Você quer ficar lá?

Eu a quero comigo nesta pequena cidade, um lugar onde podemos construir uma vida juntos. Por mais que eu desejasse que fosse fácil pegar e ir embora, não é. Tenho que pensar no meu pai e no bem-estar dele também.

— Não é tanto sobre onde vamos morar. É que somos casados, mas nunca permitimos que nossos sentimentos fossem reais. Agora, é como se eu tivesse todos os sentimentos.

Sorrio, deixando de lado a conversa comovente e tentando mantê-la leve.

— Bons?

— E assustadores. Você é meu marido legalmente, mas somos realmente um casal? Você sabe? O sexo é fantástico, então você está ganhando nesse quesito. Eu sei que você me ama, outra decisão inteligente. Tudo isso é bom, mas me preocupo com o mal. Quando brigarmos.

— Nós fazemos as pazes.

Ela leva o dedo aos meus lábios.

— Shh. Estou falando de uma luta real. Nós realmente não brigamos, apenas machucamos o outro, você sabe… sem falar, papéis do divórcio…

— Liguei para o advogado ontem.

— Desculpa, o quê?

— Liguei para meu advogado e disse a ele para revogar o pedido de divórcio ou o que quer que ele tenha que fazer. Eu cancelei… basicamente.

Ela leva um segundo para se recompor antes de falar novamente.

— Você cancelou? Como um plano de seguro que você não precisa mais.

— Exatamente. Tenho que preencher um novo formulário, assinar alguns papéis, mas sim...

— Hum. — Ela se recosta, soltando minha mão da dela.

Isso não está indo como planejado.

— Eu pensei que você ficaria feliz com isso.

— Eu estou — diz ela rapidamente. — Eu só não esperava que você fizesse isso tão rápido. Tipo, estamos juntos há alguns dias e você já decidiu.

Aqui vamos nós. É como lutar ou fugir constantemente com ela.

— Blake, olhe para mim. — Ela olha. — É assustador para mim também. Só não tenho medo de tentar. Não estou preocupado com quando brigarmos, porque brigamos desde o dia em que nos conhecemos... por abrigo, carinho, amizade e confiança. Eu sei quem você é quando você não se conhece. Você e eu, no entanto, vale *a pena* lutar por nós. Não há mais ninguém com quem eu queira ficar chateado.

Uma lágrima cai por sua bochecha.

— Isso foi doce.

— É a verdade. — Eu me inclino e a beijo. — Eu não queria me divorciar porque não queria você. Eu queria me divorciar porque te amava e não conseguia parar. Cada vez que alguém falava sobre sua esposa, isso me fazia odiar onde estávamos. Eu assisti Spencer se apaixonar por Brielle, e isso me matou. Minha melhor amiga, que nunca iria se casar, apaixonou-se de verdade. Isaac e Addy tiveram o amor de suas vidas, e ela o perdeu. Naquela tragédia, vi como o amor pode ferir e também salvar. Eu preciso que a maldita dor pare.

— E parou? — sua voz doce pergunta suavemente.

— Só desde que você voltou.

— Então vamos garantir que nunca mais doa, para nenhum de nós.

Esse é um plano com o qual posso viver.

CAPÍTULO DEZENOVE

Blakely

Inspire profundamente. Expire profundamente.

Eu posso fazer isso.

Eu andei por tiroteios e campos minados. Eu sou a maldita Blakely Bennett-Maxwell.

Oh, Deus, aqui vem de novo.

De jeito nenhum. Estou bem. Eu sou a esposa do xerife e sou durona. Quem se importa que haja uma cidade inteira cheia de pessoas que querem me conhecer e me interrogar? Eu sou legal como um pepino.

—Blake? — Dou um pulo ao ouvir meu nome, mas me viro para encontrar Brielle caminhando em minha direção. — Desculpe! Eu não queria assustar você.

Eu forço um sorriso e expiro.

— Só estou um pouco nervosa.

— Não fique, Addy e eu estaremos com você o tempo todo. — Ela olha para trás. — Onde diabos ela está?

Addison vira a esquina com a filha no carrinho.

— Desculpe! Elodie deixou cair sua bola de futebol favorita e tive que voltar correndo para encontrá-la. Você está ótima, Blake.

Olho para o vestido que estou usando e me torço.

— Obrigada… agradeço por me emprestar — digo a Brie.

Eu não vim com um guarda-roupa completo e, felizmente, somos quase do mesmo tamanho.

— Fica muito melhor em você do que em mim.

— Duvido, mas agradeço.

Brie pisca e se vira para Addison.

— Ela está nervosa.

— Claro que está. Não é fácil ser uma estranha aqui.

Eu concordo.

— Você pode dizer isso.

— Todo mundo é muito legal. Eles farão suas perguntas idiotas, e Brie e eu faremos o possível para intervir. O pior virá com as fofoqueiras.

Eu pisco com isso.

— Desculpe, o quê?

Brielle ri.

— São seis velhas que literalmente tricotam na igreja e falam mais merda do que você jamais poderia imaginar. Elas sabem de tudo e não amam nada mais do que fofoca.

— Uau, uma gangue de tricô.

Addison descansa a mão no meu ombro.

— Você vai ficar bem. Prometo. Onde está Emmett?

— Ele deveria estar de folga, mas acabou precisando ficar de plantão. George pediu sua ajuda, e foi uma boa coisa ele ter ido, porque houve um problema em uma das tendas, algo sobre invasão e um banco não autorizado. Ele me instruiu a esperar aqui por vocês, Spencer e Holden.

— Eles devem estar aqui em breve — explica Brie. — Eles vandalizaram a vaga de estacionamento do MOTY.

— O quê? — pergunto.

Ela revira os olhos.

— MOTY é o prêmio Homem do Ano, que por acaso é de Emmett este ano. Spencer e Holden são idiotas e colocaram uma fita adesiva e uma lona sobre ela ontem à noite. Então os idiotas foram e puxaram a barraca do Sr. Scanlon para invadir o espaço do Sr. Pennington, que se odeiam, e estão terminando sua pintura em homenagem a Emmett.

Ah, ele vai adorar isso.

— É seguro presumir que não é uma bela pintura?

Addy bufa.

— Nem mesmo uma pequena chance disso. Quando Isaac foi indicado, Spencer e Emmett pintaram uma foto em tamanho real dele usando uma sunga em sua garagem.

153

— Então, isso é uma coisa com eles?

Brielle suspira.

— Eles farão de tudo para embaraçar o outro.

Parecem militares.

— Bem, espero que seja algo bom que tenham feito para Emmett então. Sou a favor de uma boa pegadinha.

— Tenho certeza que é. Eu não queria fazer parte disso — diz Brie, olhando para trás. — Bem, não sei onde eles estão, mas quanto mais cedo chegarmos lá, mais cedo isso vai acabar.

— Então vamos fazer o melhor possível.

Entramos no festival e estou maravilhada. As ruas estão repletas de tendas de vendedores, todas as lojas têm bandeiras penduradas e, no outro extremo, há uma roda-gigante e alguns outros brinquedos. Enquanto caminhamos um pouco mais, o cheiro de biscoitos frescos me atinge e me deixa com água na boca.

Várias pessoas me param, conversando, explicando quem são. Sou virada para a esquerda e depois para a direita e depois para a esquerda. Onde diabos está o grupo?

Outro homem se apresenta, contando tudo sobre sua filha que quer entrar para o exército. Concordo com a cabeça, não lembrando o nome de ninguém e tentando me concentrar.

Quando tenho um breve alívio, procuro por Brielle, Holden, Addy ou Spencer e não vejo ninguém.

Então ouço alguém gritar.

— Tenha cuidado! — Um garoto corre no meio da multidão com uma garotinha atrás dele.

Eu me movo rapidamente, enquanto uma mulher agarra meu braço.

— Cuidado.

Minha cabeça gira.

— Eu sinto muito.

— Não se preocupe, só não queria que alguém atropelasse você — ela diz com um sorriso. — Eu sou Debra e você, oh, deve ser Blakely!

Aqui vamos nós.

— Sim, eu sou Blake. É um prazer conhecê-la.

— Ah, o prazer é todo meu. Conheço seu marido desde que ele era um garotinho. Eu fui a professora dele na primeira série.

— E ela é uma das maiores fofoqueiras desta cidade — diz Addison com um enorme sorriso no rosto. — É bom ver você, Sra. H.

— Minha linda menina, senti sua falta. — Debra pega o rosto de Addison em suas mãos. — Não fique mais longe.

— Estou aqui agora, e isso é alguma coisa.

— O que é alguma coisa? — Holden pergunta enquanto ele se aproxima. — Que sou o solteiro mais cobiçado de Rose Canyon?

Brielle ri.

— Você é o único que sobrou! Olá, Sra. H.

— Olá, querida. Se eu não soubesse, pensaria que vocês estão tentando me impedir de falar com Blakely.

Isso é exatamente o que eles estão fazendo e tem funcionado maravilhosamente bem.

— Nunca — diz Holden, segurando o peito. — Você me feriu.

— Debra, você é necessária na mesa de tortas. — Uma adorável mulher mais velha diz enquanto caminha em nossa direção.

— Meus netos não têm uma célula cerebral entre os dois. — Debra se afasta, acenando com a mão enquanto abre caminho no meio da multidão.

A outra mulher se vira para mim.

— Você não é apenas a mulher mais bonita que já vi? — Ela pega minha mão. Ainda não conheci ninguém cruel ou desonesto. No que pareceu uma questão de cinco minutos, conheci todos os que moram aqui.

— Obrigada.

— Holden — ela olha para ele — seja um bom menino, por favor.

— Ah, claro. — Ele dá um passo à frente. — Blakely, esta é minha linda, maravilhosa, fabulosa e bondosa tia, Mama James.

A idosa se aproxima, pegando minha outra mão.

— Eu sou a mãe substituta de todas essas crianças, e agora sou sua desde que você é casada com nosso Emmett, bem, se você me aceitar.

Tento não deixar essa simples frase perfurar meu coração, mas penetra.

155

Eu perdi minha mãe. Ela morreu de coração partido depois de Dylan. Já era órfã, perdida sem um pai para conversar ou pedir conselhos. Tem sido tão difícil, e esta mulher acabou de me oferecer algo que ela não precisava.

Ela solta uma mão, descansando-a no lado da minha bochecha.

— Não chore, doce menina. Juro que sou legal.

Eu rio.

— Perdi minha mãe alguns anos atrás, e você simplesmente… você me fez sentir como se eu não estivesse sozinha.

Seu sorriso poderia aquecer o mais frio dos lugares. Ela passa o braço no meu e começa a andar.

— Você não está sozinha. Você tem Emmett, o que significa que você tem toda uma comunidade de vizinhos intrometidos que vão importuná-la sobre bebês e quando você vai fazer algo que não tem intenção de fazer.

— Parece… assustador.

— Ah, é. Não dê a ninguém uma polegada aqui, além de mim.

Holden zomba.

— Especialmente não para ela. Ela é a chefe do comitê de velhas que incomodam.

— Isso é um comitê oficial? — pergunto. — Gosto de importunar e, embora não seja velha, ficaria feliz em me inserir.

Sua risada leve é quase musical.

— Acho que seremos melhores amigas, Blakely Maxwell.

Pela primeira vez, não tenho vontade de corrigir alguém quando assume que adotei o sobrenome de Emmett. Então, deixo Mama James dizer isso sem protestar.

Assim que Mama James e eu começamos a conversar, a cidade recua, o que é tão estranho quanto divertido. É como se eles tivessem medo dela, o que parece completamente improvável, ou apenas a respeitem o suficiente para não se intrometer, o que é muito mais provável.

Holden inclina a cabeça entre as nossas.

— Ela é como um repelente. É por isso que a mantenho tão saudável. Se algo acontecer com ela, os abutres descerão.

— Cala a boca, Holden James. Vou começar a avisar a cidade que você está interessado em uma esposa. Então veremos que tipo de repelente eu sou.

Eu a amo. É oficial. Ela é minha pessoa favorita – além de Emmett – nesta cidade.

— Você sempre pode fazer isso apenas por diversão.

— Se ele continuar assim, eu posso.

Alguém acena para Mama James, e ela dá um tapinha no meu braço.

— Preciso cumprimentar alguém. Seu marido está a apenas alguns metros de distância, olhando para você como um cego vendo o sol pela primeira vez.

Eu olho para Emmett, que está encostado em um poste de luz, braços cruzados sobre o peito largo, vestindo seu uniforme marrom nada lisonjeiro, embora ele o use com perfeição. Eu sorrio. Ele sorri de volta e então aponta o dedo para mim.

Juro, estamos tendo um momento total de *Dirty Dancing*, e estou aqui para isso. Bem, menos a própria dança suja ou carregar uma melancia.

Algumas pessoas tentam se aproximar de mim, mas Emmett vem em minha direção e eles recuam.

— Oi.

— Oi — eu respondo.

— Você está deslumbrante.

Eu dou de ombros. Brielle me fez usar um vestido verde claro com costas quase nuas e decote coração. É suave, discreto e ainda um pouco ousado. A única outra vez que Emmett me viu em um vestido foi quando ele foi comigo para os funerais consecutivos de Dylan e minha mãe.

Nem mesmo no dia do nosso casamento.

Nós dois usamos nossos uniformes.

— Estou totalmente fora do meu habitat.

— Nós dois estamos.

— Pelo menos você está de uniforme — eu o lembro. — Não tenho certeza de como isto está fora do seu habitat.

— Mais no sentido de que tenho que confiar em outras pessoas para mantê-la segura.

Eu balanço minha cabeça.

— Tolo Emmett, sou perfeitamente capaz de fazer isso sozinha.

— Talvez, mas sempre vou pular na frente de uma bala por você.

— Vamos torcer para que nunca chegue a isso.

No entanto, essa é a coisa mais doce e, considerando nossas origens, realmente significa muito.

— Você notou alguém aqui que não aparece normalmente? — pergunto, olhando ao redor.

— Não tenho me concentrado.

157

Meus ombros caem, e tenho que me conter para não gritar com ele.

— O que quer dizer com você não tem se concentrado? — falo entre dentes enquanto sorrio para alguém que acena.

— Tenho estado muito ocupado assistindo... outras coisas.

— Como o quê? Tem um maluco na sua cidade.

— Estou ciente disso. Ela é uma lunática, com certeza.

Eu olho para ele, pegando o significado.

— Então, o que roubou sua atenção tão completamente que você não está fazendo o que deveria estar fazendo?

— Você.

— O quê?

— Você. Você é o que está me mantendo distraído. Suas pernas longas, corpo magro e seios perfeitos que estão subindo o suficiente para eu ver. Não consigo tirar os olhos de você.

Minha ira se foi agora.

— Xerife, você está me fazendo corar.

Ele ri.

— Agora, eu sei que isso não é verdade.

— Bem. Eu não ruborizo. Ainda assim, isso é doce. — Olho para trás e vejo George com a Dra. Dehring. Ela está segurando o braço dele enquanto ele a guia pela multidão. — Uau, isso é alguma coisa.

Emmett olha por cima do meu ombro.

— Ele tem uma queda por ela desde que ela se mudou para cá.

Eu sorrio.

— Isso é tão fofo. Eu não sabia que era ela.

— Ela substituiu o Dr. Girardo, que é amigo de Holden, logo depois que a memória de Brielle voltou. Brie realmente gosta dela, disse que ela é muito gentil e paciente.

Não sei por que, mas isso me deixa feliz.

— George definitivamente poderia fazer pior do que isso. Ela continua sorrindo para ele.

— Estou com ciúme. — Emmett vira meu queixo em sua direção. — Eu gostaria de poder andar com você e deixar o mundo ver como estou feliz por estarmos juntos. Eu desfilaria com você, deixaria todo mundo olhar e invejar que de alguma forma eu consegui a garota.

Eu me inclino, minha mão descansando em seu peito.

— Você é muito doce, xerife. Eu também gostaria, mas você está trabalhando e nós não podemos.

— Não, nós não podemos.

— Mas… — Eu dou a ele um sorriso atrevido. — Você *poderia* me beijar. Bem aqui. Bem na frente da cidade. Você poderia…

Ele não perde mais um segundo antes de seus braços estarem em volta de mim e seus lábios nos meus. As pessoas batem palmas e vaiam enquanto ele me beija, beijando com tanta emoção que talvez eu nunca mais seja a mesma.

CAPÍTULO VINTE

Emmet

Depois que a multidão diminui, eu a coloco no lugar e sorrio.

— Orgulhoso de si mesmo, hein? — ela pergunta.

— Estou sim.

Blakely balança a cabeça com uma risada.

— Você é um idiota. Agora que você provou seu ponto, por que não voltamos a observar as pessoas?

Devemos, é que continuo a encontrá-la no meio da multidão. Como se ela estivesse andando sozinha pelas ruas e eu não conseguisse desviar o olhar.

— Eu sei. Odeio ter que trabalhar esta noite e não poder levar você por aí.

— Tudo bem. É como me dar a chance de ver como será morar aqui, afinal você não vai ficar comigo o tempo todo depois que eu me mudar para cá. Isso seria estranho.

Um lento sorriso surge em meus lábios porque, enquanto nós meio que discutimos isso, nós realmente não chegamos a nenhuma decisão.

— Você está falando sério sobre realmente se mudar para cá?

— Claro que estou.

— Por quê?

— Porque eu te amo, Emmett. Passei anos negando isso, tentando fazer com que fosse diferente, mas aqui estou, completa e totalmente apaixonada por sua bunda estúpida.

Foda-se, esta mulher me possui.

— Você disse isso antes.

— Eu sei, mas você não pareceu reagir.

— Você tem o hábito de correr quando se levanta em seus sentimentos — eu a lembro. — Estava dando a você uma chance de decidir se foi um deslize.

— Não foi. Eu te amo.

— Bom.

— Você acha, hein?

— Considerando que somos casados, eu diria que é um bom passo na direção certa.

Blakely ri.

— Concordo.

Eu levo um segundo para olhar em volta, procurando por alguém nos observando ou tentando não nos ver, mas todo mundo está conversando, comendo nossas famosas Vieiras Bang-Bang e curtindo o festival.

Todos, menos uma pessoa.

Stephen Stengel está na mesa de piquenique, mas ele está sentado de lado, aparentemente observando a multidão, mas ele *nunca* olha na minha direção.

— O que você vê? — Blakely pergunta, sem virar a cabeça.

Eu sorrio para ela.

— Alguém está nos observando.

— Esse parece ser o tema da noite.

— Sim, mas ele é o único que faz questão de parecer que não está olhando — eu explico.

— Quem é?

— Pegue seu telefone e envie uma mensagem de texto para o grupo, mas não desvie o olhar de mim.

Blakely acena com a cabeça.

— O que eu digo?

— Diga a eles para olharem para a mesa de piquenique à esquerda de onde estou olhando. Vamos caminhar para ver se alguém nos segue.

Quero ver se Stephen fica parado ou se estou imaginando. Pode ser que Blakely pareça obcecada por ele e isso tenha se espalhado para mim, mas há algo estranho na maneira como ele está olhando ao redor.

Ela envia a mensagem e coloca o telefone na bolsa.

— Ok, vamos caminhar, e você pode me dizer para quem não estou olhando.

— Stephen Stengel, mas ele não fez nada de errado. Só quero ver se ele nos rastreia.

— E se ele fizer isso?

Eu empurro para trás o cabelo que caiu em seus olhos.

— Então ele vai para o topo da nossa lista.

— E você vai me dizer que estou certa e você errado.

Claro que é com isso que ela mais se importa.

— Que tal eu te amar e planejar passar o resto da minha vida deixando você estar certa mesmo quando estiver errada?

Blakely ri baixinho.

— Perfeito, mas estou sempre certa.

Eu me mexo e ela abre um pouco os olhos.

— Que horas são?

— Não faço ideia, mas o sol está alto.

Ela geme.

— Durma. Preciso disso.

Eu rio e me inclino para trás para pegar meu telefone. São onze da manhã, e depois de chegarmos em casa e fazermos sexo incrível, devemos ter desmaiado no sofá. Não que eu me importe, mas também esqueci de ligar o alarme, o que significa que tenho cerca de uma hora antes de sair para visitar meu pai na casa de repouso.

Blakely sabia um pouco do que tinha passado em relação ao meu pai, mas muita coisa aconteceu nos últimos dois anos e meio.

— Eu quero levar você a um lugar — eu digo, não tenho certeza se isso é uma boa ideia, mas se ele está tendo um bom dia, então quero que ele a conheça.

— Envolve pessoas mortas?

Ela é louca.

— Não, mas envolve alguém que eu amo muito.

Os olhos de Blakely se abrem e ela congela.

— O quê?

— Meu pai.

Instantaneamente ela relaxa.

— Oh. Sinto muito. Claro… espere, pensei que seu pai estava morando com sua irmã?

— Ele se mudou para cá cerca de três meses depois que cheguei aqui. Eu o visito todos os domingos e gostaria muito que você fosse comigo.

Seu sorriso suave faz algo para o meu coração.

— Eu adoraria. O que vamos dizer a ele?

— Que somos casados.

— Nós somos. Eu adoraria conhecê-lo.

Eu a beijo rapidamente.

— Bom. Prepare-se e vamos sair.

Nós nos vestimos, vamos para o carro e começamos a dirigir para ver meu pai. Leva apenas cerca de trinta minutos, mas quanto mais nos aproximamos, mais preocupado fico.

Ele pode estar completamente fora de si hoje e não saber quem eu sou ou onde ele está. Bato meus dedos no painel, tentando descobrir como vou lidar com isso, se for o caso. A mão de Blakely se move para minha coxa.

— Fale comigo.

Eu olho para ela e libero uma respiração profunda. É Blakely, e antes de ela me abandonar, não havia nada que não tivesse dito a ela. Mesmo que ela diga que quer isso, uma parte de mim teme que ela mude de ideia. Não tenho certeza de quanto de mim estou disposto a arriscar.

Como se ela pudesse ver minha mente, ela aperta minha perna.

— Eu sei que falhei com você, Em. Decepcionei você, mas… estou aqui e não vou a lugar nenhum.

Entrelaço nossos dedos.

— É parcialmente isso, a outra parte é que realmente não sei por onde começar. A condição de meu pai piorou rapidamente. É impossível saber no que estamos entrando e não posso prepará-la para isso.

— Eu sou médica.

— Estou ciente disso, mas ainda é difícil de explicar.

Ela aperta minha mão levemente.

— Tente.

Suspiro, virando à direita na rodovia que nos levará até a casa.

— Alguns dias ele é o homem de quem me lembro. Ele sorri quando chego lá, sabe meu nome e pode ter uma espécie de conversa. No entanto, não importa o quão consciente ele seja, nunca é totalmente ele mesmo. Ele sempre acredita que ele e minha mãe ainda estão juntos.

— Você a viu desde que ela partiu? — Blake pergunta hesitante.

— Não, e não tenho planos para isso.

— Sua irmã tem?

Eu olho.

— Não.

— Ok.

Aquela mulher foi embora e não deu a mínima para nenhum de nós, não tenho vontade de ver ou falar com ela.

— Não importa que tipo de dia seu pai esteja tendo, estou feliz por você estar compartilhando isso comigo. Significa muito, e estou animada para conhecê-lo. É uma espécie de coisa normal que estamos fazendo.

— Não há nada normal sobre nós, querida.

— Isso é verdade, mas pelo menos estamos tentando.

Ela está certa. Estamos tentando, e isso é mais do que eu jamais pensei que faríamos.

CAPÍTULO VINTE E UM

Blakely

Emmett e eu caminhamos pela casa de mãos dadas. É um lugar bonito que fica perto de um penhasco com vistas espetaculares e uma área externa que oferece algo para todos. O interior é imaculado e cada pessoa por quem passamos está sorrindo.

— Boa tarde, Emmett.

— Nita, esta é minha esposa, Blakely.

Seus olhos castanhos escuros se arregalam.

— Esposa? Não sabia que você era casado.

Eu ri.

— Eu sou o segredo sujo dele. Prazer em conhecê-la, Nita.

Ela estende a mão para mim.

— É maravilhoso conhecê-la. Estou um pouco chocada, só isso. Quando vocês dois se conheceram?

— Estávamos juntos no exército — explico. — Estamos casados há alguns anos.

Seu queixo cai.

— Uau. Ok. Bem, é um bom dia para o Sr. Maxwell hoje. Ele está de bom humor e perguntou quando o filho chegaria.

É como se eu pudesse sentir a tensão drenar do corpo de Emmett. Ele sorri amplamente e aperta minha mão um pouco.

— Excelente. Ele está lá fora ou no quarto?

— Ele deve estar na sala de recreação.

— Obrigado, Nita.

— A qualquer hora, Emmett.

Enquanto caminhamos pelo corredor, eu olho para ele.

— Ele sabe alguma coisa sobre mim?

Emmett para por um segundo.

— Eu conto ao meu pai tudo sobre mim e a vida da minha irmã. Ele pode não se lembrar, mas eu falava sobre você toda semana.

Meu coração bate forte e respiro fundo.

— O quê?

— Toda vez que eu vinha, falava sobre você, Blake. Nem sempre foi bom, mas mencionei seu nome para ele tantas vezes que não duvido que ele saiba. Meu pai é a única pessoa nesta cidade que sabia que éramos casados porque eu sabia que ele nunca se lembraria.

— Por que você contaria a ele?

Por alguma razão, sua resposta a esta pergunta é importante. Se fosse porque ele me odiava, então entendo, mas se fosse mais... importa.

— Porque acho que um dia eu queria que essa fosse a nossa realidade. Eu queria trazer você até aqui como minha esposa, e se esse dia chegasse, precisava que ele soubesse seu nome ou pelo menos o tivesse ouvido antes.

Meus dedos acariciam a barba por fazer em sua bochecha.

— Eu não mereço você, Emmett.

— Eu acho que você está errada. Acho que somos exatamente o que o outro merece. Vamos, quero que você conheça meu pai.

Tudo dentro de mim está desmoronando. As verdades que eu defendia, nas quais confiava e precisava para poder viver estão se desintegrando ao meu redor. Eu queria me proteger do amor porque era a única maneira de sobreviver. Se cedesse, eu me afogaria.

Não é afogamento, no entanto.

Estou respirando.

Tenho tanto medo, porque nunca mais quero voltar a ser como era.

Entramos na sala e imediatamente sinto uma sensação de calma. O cômodo é de um branco quente com cortinas transparentes ondulando ao vento leve, dando uma sensação de espaço aberto e limpo. O ar salgado é quente e acolhedor. A luz do sol entra pelas janelas do chão ao teto e você não pode deixar de sorrir.

Se eu estivesse morando aqui, esta seria a sala da qual nunca gostaria de sair, e está claro por que tantas pessoas estão aqui. Na grande mesa à direita, uma mulher monta um quebra-cabeça, balançando-se para a frente e para trás enquanto tenta encaixar as peças. Um homem de cabelos grisalhos está sentado perto da janela, apenas observando as ondas baterem nas rochas abaixo. No canto, está rolando um jogo de Bingo, e os moradores gritam números e riem.

Ele sacode meu braço levemente, e olho para o outro canto, onde um homem com cabelo grisalho está em uma cadeira de balanço com um livro na mão. Seus óculos estão colocados na ponte de seu nariz, e mesmo que nunca tenha conhecido o pai de Emmett, eu o reconheceria instantaneamente.

Eu sorrio para Emmett.

— Sabemos como você vai ficar com o tempo.

— Vamos esperar que seja apenas na aparência.

— Eu cuido de você, não importa o que aconteça — prometo, e então me arrependo de ter dito isso. A mãe dele não ficou nem voltou depois que descobriu que Hank estava doente, e não gosto do paralelo.

— Espero que sim.

— Vamos dizer oi.

A apreensão enche seus olhos, mas ele caminha e eu o sigo.

— Oi, pai.

O homem olha para cima, tirando os óculos, revelando os mesmos olhos azuis que eu amo.

— Emmett. Você está atrasado hoje. Eu estava apenas fazendo algumas leituras para evitar consultar meu relógio.

Emmett sorri.

— Desculpe por isso. Eu deveria ter pedido a Nita para ajustar seu alarme. — Seu pai resmunga por não precisar de um alarme, e Emmett pigarreia. — Gostaria que você conhecesse alguém.

Ele olha para mim como se tivesse acabado de perceber que eu estava aqui, e seus olhos se arregalam.

— Bem, olá.

— Oi, Sr. Maxwell.

— E quem pode ser você?

— Eu sou Blakely Bennett. Eu...

— Você esteve na guerra com Emmett — seu pai diz, e eu aceno.

— Estive.

Ele olha para Emmett.

167

— Você se casou com ela, filho? — Emmett ri.

— Eu me casei.

— Bom. Uma garota tão bonita não duraria muito nos meus dias. Se ela também for esperta, você não teria chance se esperasse.

Eu o amo. Ele agora é meu novo Maxwell favorito.

— Eu diria que Emmett é muito inteligente, porque ele ouviu você.

O pai estufa um pouco o peito.

— Eu conheço as mulheres, minha menina. Vocês são todas criaturas esquivas que levam os homens ao limite, mas não podemos deixar de querer pular se isso as deixar felizes.

— E quanto aos homens que nos forçam ao limite?

O sorriso caloroso pinta seus lábios.

— Essa é a nossa única defesa.

Emmett bufa, mas eu o ignoro.

— Posso me sentar com você?

Ele agarra a cadeira ao lado dele, puxando-a para perto.

— Emmett, vá pegar uma limonada e biscoitos velhos enquanto passo algum tempo com minha nova filha.

— Eu não vou deixar vocês sozinhos, vocês dois são problemas. — Seu pai acena com a mão.

— Oh, por favor. Vou esquecer o que conversamos amanhã, deixe-me entregá-la com as histórias de sua juventude desperdiçada enquanto estão aqui. — Ele bate em sua cabeça e então o enxota.

Emmett suspira pesadamente, mas se inclina para beijar minha bochecha.

— Comporte-se, sei todos os meus truques graças a ele.

Eu sorrio, olhando para uma versão mais jovem do homem ao meu lado.

— Ainda bem que estamos casados então.

Ele beija meus lábios.

— Coisa muito boa.

Quando ele sai, meu sogro dá um tapinha na minha mão.

— Eu rezei por você, mocinha.

— Eu?

— Não me lembro de tudo, mas Emmett falou de você. Ele me disse que tinha uma esposa que amava, mas achava que não daria certo.

— Isso foi minha culpa — eu digo. — Fugi dele.

— Todos nós fugimos do amor. É assustador. É por isso que minha esposa foi embora.

Eu engulo um som de surpresa, porque Emmett disse que seu pai sempre fala de sua esposa como se eles ainda estivessem juntos. Não quero causar nenhum desconforto a ele, então faço o possível para permitir que a conversa flua como se ele não tivesse problemas com sua memória.

— Quando ela foi embora?

Ele olha pela janela.

— Não tenho certeza, mas sei que meu coração doeu por um tempo.

— Sinto muito, Sr. Maxwell.

Ele recua um pouco, franzindo o nariz.

— Nada disso. Você me chama de Hank ou pai.

Eu sorrio.

— Eu não tive pai.

— Você tem agora, mesmo que eu não me lembre, será verdade em meu coração.

— E estará no meu.

Ele pega minha mão.

— Conte-me como você voltou, preciso de uma história feliz.

Eu faço o que ele pede e dou a ele a versão adulta de como voltei para Emmett e como não tenho planos de ir embora.

— Aonde estamos indo? — pergunto, odiando que ele não vai me dizer.

— Deus, você é horrível quando fica no escuro.

Reviro os olhos.

— Sem merda.

— É divertido ver você ficar irritada.

Eu bato em sua orelha, e ele estremece.

— Ai! Merda, isso dói.

— Bebê grande.

— Eu sou o bebê? Você acabou de me sacudir.

Eu dou de ombros.

— Seu pai disse que eu deveria mantê-lo na linha, estou seguindo ordens.

Emmett ri.

— Ele diria isso.

Eu me inclino para trás no assento, virando a cabeça para observá-lo.

— Dias como hoje são poucos e distantes entre si?

— Dias como hoje são unicórnios cagando marshmallows. Meu pai nunca foi assim. Não sei se é o novo medicamento para o qual ele foi aprovado ou o quê.

— Ele sabe muito mais do que você pensa. Ele falou da sua mãe...

Emmett entra em um estacionamento e para o carro, mas não solta o volante. Suas mãos estão apertadas com força enquanto ele limpa a garganta.

— O que ele disse?

— Que ele sabe que ela se foi. Ele estava relatando isso para mim.

Sua cabeça se vira para mim, os olhos brilhando de raiva.

— Você não é nada como ela. Nada! Ela é uma cadela egoísta que deixou meu pai quando ele precisava dela mais do que tudo. Ele estava desmoronando, lidando com suas lacunas de memória, e ela era uma constante para ele.

Por mais que eu queira poder argumentar que não sou nada disso, sou exatamente como ela.

— Por favor, deixe-me saber exatamente onde você vê a diferença. Deixei-o logo depois de ter feito uma cirurgia para reparar uma ferida de bala. Você sabe, quando você precisava de mim. Oh, depois que fizemos sexo pela primeira vez. Você já estava quebrado e escapei para voltar à guerra.

— Você voltou ao trabalho, Blake. Eu sabia que você estava indo embora. Sabia que você estava em licença familiar de emergência de duas semanas e tinha que voltar. Ninguém se importa com o cônjuge no serviço militar.

Porque sinto a necessidade de me difamar quando ele não pensa assim, nunca vou entender, mas preciso que tudo isso venha à tona. Acho que nós dois temos.

— E se ela foi embora pelos mesmos motivos?

— A última vez que verifiquei, ela não era uma médica de combate.

— Não, mas não saí porque era. Saí porque estava apavorada. Tive tanto medo de perder você, de ter que fazer seu enterro e seguir em um mundo sem você, que criei uma versão mais segura onde meu coração estava a salvo da dor. Não estou desculpando ou dizendo que é por isso que ela se foi, mas posso imaginar por um segundo.

— Não — Emmett adverte, seus dedos ficando brancos. — Não tente a desculpar.

— Eu não estou. Eu só estou dando a você um outro lado. Você disse que sua mãe amava seu pai, que eles se casaram depois do colégio, certo?

Sua mandíbula aperta.

— Sim.

— Então, aqui está sua mãe, apaixonada por seu pai, e ela está vendo o homem que ela ama ir embora. A cada dia ele se lembra cada vez menos...

Emmett se vira para mim.

— Blakely, se fôssemos nós, e você estivesse me deixando um pouco a cada dia, eu odiaria isso. Tipo... nem sei como descrevê-lo. E me mataria ver você se deteriorar, mas preferiria ter cada minuto bom, cada sorriso quando você me reconhecesse, cada beijo e abraço, do que ir embora por sentir pavor do ruim. Ela não é uma mártir. Ela não é a vítima. Embora entenda o que você está dizendo, você não me deixou assim. Não tínhamos cinquenta anos atrás de nós, filhos, netos e um lar. Você saiu porque estava com medo e voltou. Ela nunca o fez.

Pego suas mãos nas minhas.

— Eu não estou dizendo nenhuma dessas coisas por ela. Só me pergunto se ela estava com medo.

— Talvez ela estivesse, mas não se importou o suficiente para deixar qualquer um de nós saber.

Meu peito está apertado, e quero tanto chorar por ela, por Hank, por Emmett e todos nessa família. Eu não a conheço, então posso estar totalmente errada sobre suas intenções, mas não posso deixar de me perguntar se ela queria perdê-lo em seus termos.

Eu nunca poderia fazer essa escolha agora. Não do jeito que me sinto sobre Emmett agora. Quase me matou quando fiz isso antes. Mesmo que isso me machucasse, ficaria ao seu lado e seria o ponto fixo em seu mar de incertezas.

— Eu te amo, Emmett. Eu te amo e sinto muito que as pessoas em quem você mais confiava no mundo tenham ido embora.

— Você e eu éramos duas pessoas quebradas naquela noite precisando um do outro. Você foi embora porque eu apavorei a parte de você que nos considerava algo diferente. E, novamente, o importante é que está aqui agora... e você não precisa ter medo.

Eu me aproximo, nossos narizes apenas se tocando.

— Tenho medo de perder você agora que sei do meu amor.

— Você não vai me perder, Blake. Agora não. Nunca.

CAPÍTULO VINTE E DOIS

Emmet

Seguimos por uma entrada muito longa levando a uma casa escondida na floresta.

— Ótimo, você está totalmente planejando me matar e me deixar aqui! — diz Blake.

— Sim. A segunda parte do nosso encontro é a morte e o enterro.

— Você é tão romântico.

Eu bufo.

— Apenas cale a boca e esteja preparada para uma surpresa.

— Até agora, você tem sido realmente péssimo em lembrar com quem se casou.

— Oh, eu me lembro, muito bem — falo com um sorriso.

Blake bufa e cruza os braços.

— Quanto tempo mais, querido?

A casa aparece um momento depois.

— Agora. — Coloco o carro no estacionamento e saio do veículo.

— Essa propriedade é sua?

Eu balanço minha cabeça.

— Não.

— Você conhece o dono, ou estamos invadindo?

— A propriedade é de Christine e Paige, um casal adorável que conheço há muito tempo.

Blake acena com a cabeça lentamente.

— Ok, vocês são bons amigos?

— Christine costumava ser a xerife. Quando ela se aposentou, fui nomeado.

Estamos aqui por vários motivos, mas quero deixar um pouco em segredo o segundo, que Christine concordou em me ajudar.

— Então, estamos aqui para fins investigativos?

Eu concordo.

— Sim, por exemplo.

O rosto de Blakely se ilumina.

— Agora isso é um encontro!

Só minha esposa pensaria que investigar assassinatos e conversar com alguém que talvez tivesse informações é um encontro.

— Claro, vamos chamá-lo assim.

Christine e Paige saem de casa com sorrisos calorosos.

— Olá, xerife Maxwell. Gosto de ver você por estes bosques.

— Chris, é um prazer vê-la, como sempre. Paige, você está linda.

— Observe que ele não disse que eu estava bonita — diz Christine com um acesso de raiva.

— Oh, ele sabe a quem bajular — diz Paige, caminhando em nossa direção. — E você deve ser a esposa dele.

Blake vem para ficar ao meu lado.

— Eu sou Blakely, mas Blake está bem.

Christine segue atrás de sua esposa.

— É um prazer absoluto conhecê-la, Blake. Eu sou Chris, e esta é Paige. Nós conhecemos Emmett desde que ele era um adolescente sabe-tudo que deveria estar na parte de trás do meu carro com mais frequência do que nunca.

Blake sorri.

— Bem, Emmett quase me prendeu, e acho isso um crime, então devemos retribuir com o mesmo tratamento — ela explica, lançando-me um olhar de desaprovação.

— Ele é um tolo.

— Todos nós podemos concordar com isso — eu digo a todas. — No entanto, estamos aqui para descobrir o que você pode nos dizer sobre o prefeito e o que você pode saber sobre as meninas desaparecidas.

Chris esfrega a nuca.

— Eu não sei muito. Estou fora do circuito há um ano.

Paige revira os olhos.

— Mentirosa.

— Eu não estou mentindo, mulher. Eu não *sei* de nada.

— Mas você tem suspeitas — falo. Sei que sim, porque quando liguei para ela, ela me disse que essa era uma conversa deixada para o mato.

Então, aqui estamos nós, na floresta.

Blakely se move para ela, sua voz suave quando diz:

— Eu estava trabalhando no caso de uma garota desaparecida. Ela tinha dezesseis anos, cabelo castanho escuro, olhos verdes e um sorriso que iluminaria uma sala. A última pessoa conhecida a ter contato com ela era de Rose Canyon.

Christine olha para mim.

— Quem?

— Bill Waugh.

— Ele se mudou depois do ensino médio.

Eu concordo.

— E ele voltou há pouco tempo com uma esposa e um filho.

— Sim, ouvi sobre isso. Como eu disse, estou aqui na floresta há algum tempo. Tento me manter longe de Rose Canyon.

— Alguém mencionou que você conversou não oficialmente com Sonya sobre deixar Bill e a encorajou a entrar com uma ordem de restrição — Blake fala.

Ela se vira para Blake.

— O que isso tem a ver com o preço dos ovos?

Os olhos de Blakely se estreitam.

— O quê?

Paige ri.

— Por que você acha que isso significa algo maior?

— Porque três garotas apareceram mortas em Portland, e quando Bill se matou, ele avisou Spencer que alguém estava vindo. Acho que Bill tinha medo de quem quer que ele estivesse trabalhando junto. Acho que há alguém em uma posição de poder que o aterrorizou o suficiente para se matar para evitar a ira dele. Há algumas pessoas que investiguei — ela diz, olhando para mim. — Primeiro foi Emmett.

Bem, isso é interessante.

— Como assim?

— Desculpe, querido, mas você está em uma posição de poder. Tive que descartar você antes mesmo de entrar no avião.

— Tão feliz por ter passado no teste.

Ela dá de ombros.

— O segundo foi o vereador Colgan.

Com isso, Christine começa a rir.

— Ele não conseguiria encontrar direções em uma rua de mão única. Colgan é muitas coisas, mas inteligente não é uma delas. Ele só é o vereador porque ele e Stengel se conhecem há muito tempo.

— Sim, é por isso que o considerei — explica Blake. — Acho que a terceira é a mais plausível. O prefeito ou o filho dele.

Paige e Christine compartilham um olhar.

— Stephen é… — Christine balança a cabeça. — Bem, ele é alguém que não entendo. Sempre fui cautelosa com ele. Ele tem olhos loucos, se é que você me entende. Não sei, nunca poderia explicar isso. Houve algumas reclamações sobre ele ao longo dos anos, mas nada foi fundamentado.

— Como o quê? — pergunto.

Quando perguntei a Christine se poderíamos nos encontrar e conversar, ela relutou no início, mas acabou concordando. Sua expressão sugere que ela gostaria muito de nunca ter atendido minha ligação.

— Eu sei que você quer ficar fora disso, mas realmente gostaria da sua ajuda.

Christine suspira.

— Veja, eu era justa com todos, não importava raça, gênero, quem amavam ou o que vestiam. Eu não me importava se você era da cidade ou migrou. Só queria que as pessoas estivessem seguras. Certa vez, ouvi rumores de que o prefeito estava pagando pessoas para fazer algo ilegal.

— O que era? — Blake pergunta antes que eu possa.

— Descobri que ele traficava drogas através do filho. Stephen começou a trabalhar para o esquadrão de resgate e colocava as drogas na ambulância e as conduzia pela cidade em chamadas falsas. — Christine encontra meu olhar e não o desvia. — Então, examinei a reivindicação, observando os dois da melhor maneira possível. Soube a data em que iria transportar essas drogas e esperei, observei-o sair com as luzes acesas e o segui. Emmett, revistei aquela maldita ambulância. Passei horas verificando cada centímetro. Eu tinha certeza de que iria encontrá-las. Ninguém sabia que eu estava indo. Ninguém tinha a menor ideia do que eu estava procurando. Fiz isso quatro vezes e nunca houve nada. — Ela se concentra novamente em Blakely. — Mas nunca esqueci como ele parecia apavorado. Se você tem um pressentimento, não desista disso.

VENHA ME *Amar*

175

— Obrigada, Chris.

Ela acena com a cabeça uma vez.

— Agora, vocês dois não ouviram porra nenhuma de mim, entenderam?

— É claro.

Paige pega a mão de Christine e a aperta.

— Agora, você está pronta para a parte dois desta visita?

Os olhos de Blakely se movem ao redor.

— O que é a parte dois?

O sorriso de Paige cresce.

— Querida, você tem um marido incrível, é tudo o que vou dizer sobre isso.

CAPÍTULO VINTE E TRÊS

Blakely

— Um cãozinho! Você está me dando um cachorrinho! — Seguro a pequena bola de pelos em meus braços enquanto ela se mexe de excitação, lambendo meu rosto quando chega perto o suficiente.

— Escolha o que você quiser.

Eu quero todos eles. Todos os bebezinhos que estão aqui porque são todos muito fofos. O que eu tinha pula do meu colo e mais dois tomam seu lugar.

— Emmett! Não podemos ter um cachorrinho.

— Por que não?

Eu aconchego o próximo, beijando sua cabeça, e rio enquanto outro tenta subir pelas minhas costas.

— Porque nós não podemos ter um cachorro, lembra?

Ele se agacha, pegando o que estava nas minhas costas e colocando-o contra o peito.

— Não podíamos antes, mas este é um novo nós, e estamos pegando um cachorro e tudo o mais que quisermos.

Sorrio, lutando contra a vontade de chorar. Somos uma nova versão de nós, e... bem, diabos, podemos *ter* um cachorro. Nenhum de nós vive mais uma vida militar, somos ambos adultos, casados, e vou ficar aqui. Não há razão para não termos um cachorro.

Larguei o cachorrinho que estava no meu colo e apenas observei esse homem incrivelmente sexy, todo músculos e força, segurando esse cachorrinho *Labradoodle* como se fosse a coisa mais preciosa. Ela pesa cerca de dez quilos e é cor de chocolate com uma listrinha branca no nariz. Seu pelo é ondulado e macio como seda.

Se eu não o amava antes, com certeza amaria agora.

Quem resiste a um cara gostoso com um cachorrinho? Ninguém. É como a versão do universo de erva de gato para mulheres.

— Acho que devemos pegar esta — digo, acariciando sua cabeça enquanto ela se deita nos braços de Emmett.

— Você acha?

Eu concordo.

— Ela gosta de você.

— Como todas as mulheres.

Christine bufa.

— Nem todas, docinho.

Eu rio e depois cubro com uma tosse.

Emmett ri.

— Bem, estou certo.

— Esta sim, não é? — Eu acaricio sua cabecinha novamente, suas pálpebras abaixando quando ela encontra segurança em seus braços.

Sim, você está segura com ele, doce menina.

— Você quer esta? — Emmett pergunta.

— Sim, ela é perfeita.

Paige se aproxima e remove a coleira do pescoço.

— Eu sempre disse que a maioria das pessoas vem aqui para escolher um cachorro, mas muitas vezes o cachorro os escolhe. É realmente um momento especial entre vocês.

Emmett sorri.

— Você tem todas as coisas para ela?

— Sim, pegamos tudo.

— O que você quer dizer? — pergunto.

— Achei que estaríamos saindo daqui com um cachorrinho, então pedi a Chris e Paige para comprar todos os suprimentos de que precisaríamos.

Christine chama de volta da outra sala.

— Premium.

— Sim, é quase uma extorsão.

— Acho que vale cada centavo — eu digo, beijando seu nariz. — Como devemos chamá-la?

— Eu não tenho ideia — diz Emmett.

Eu penso nisso por um segundo e descarto qualquer coisa relacionada a militares. Nenhum de nós precisa desse lembrete. Além disso, esse amor fofo não é algo que eu queira associar à guerra.

Não, quero que o nome dela me faça sorrir. Para ser sobre nós e o que suportamos como casal.

— Nos casamos em maio — observo.

— Você quer chamá-la de May?

— Não, só estou pensando.

Paige traz a caixa de viagem e a coloca no chão.

— É domingo, certo?

— Sim.

— Cheguei aqui há uma semana no domingo — digo em voz alta, minha mente trabalhando.

— Você me deixou em um domingo também.

— Obrigado por esse lembrete. Nós nos casamos em um domingo — eu o lembro de uma coisa mais feliz.

— Nós fizemos.

— Todas as coisas importantes, e pegá-la, aconteceram no domingo. Acho que é assim que devemos chamá-la.

Seu sorriso é largo e há muito calor em seus olhos.

— Sunday.

— Domingos são bons dias.

Ele se inclina para perto de mim e me beija suavemente.

— Cada dia que estivermos juntos será um bom dia, Blake. Não apenas domingo.

A única coisa que nenhum de nós realmente considerou foi que realmente não sabemos como cuidar de um cachorro.

Então, passamos duas horas com Paige e Chris, ouvindo atentamente enquanto elas nos davam suas melhores dicas e, em seguida, a hora de voltar para casa pesquisando qualquer outra coisa.

Vamos estragar tudo, mas tudo bem, porque temos um cachorro que amamos.

Emmett teve que ir limpar a vaga de estacionamento vandalizada que seus dois melhores amigos deixaram após a terceira reclamação sobre a pintura do pênis no centro da cidade, então somos só eu e Sunday por um tempo. Tenho um cronograma muito claro escrito e estou pronta para arrasar como uma mãe de cachorro.

— Venha, Sunday, hora das necessidades — eu a encorajo enquanto estamos do lado de fora do apartamento. Ontem à noite, nosso bebê dormiu ao nosso lado na cama. Ela passou a maior parte do tempo no peito de Emmett, mas em um ponto, acordei e a encontrei cara a cara comigo. Eu já a amo tanto.

Esta manhã, ela engoliu seu café da manhã, brincamos e nos aconchegamos, e então ela desmaiou por cerca de uma hora. Ela só teve um acidente, mas provavelmente porque Emmett e eu a levamos para sair a cada duas horas como um relógio.

Sunday caminha pela grama, cheirando tudo antes de finalmente fazer xixi.

— Sim! Boa menina, Sunday! Sim!

Ela olha para mim como se eu fosse uma pessoa maluca, o que é razoável, já que estou gritando sobre ela fazer xixi, e então dou a ela uma guloseima quando ela volta para mim.

— Boa menina, sim, você faz as necessidades lá fora.

— Gostaria de ganhar uma guloseima cada vez que faço isso — uma voz profunda diz atrás de mim.

Eu pulo um pouco, e então me viro para encarar o homem. Ele parece familiar, mas não tenho ideia do porquê.

— Desculpe, já nos conhecemos?

Ele é alto, atarracado e tem um cavanhaque que não chega a se conectar nas laterais. Não consigo identificar o que nele faz com que pareça que nos conhecemos.

— Acho que não tive o prazer. Sou Stephen Stengel e você deve ser a esposa do xerife.

E aí está. O filho do prefeito. Deixei um largo sorriso puxar meus lábios e relaxei minha postura em algo casual e despretensioso antes de dizer:

— Oh! Ei! É um prazer conhecê-lo.

— Da mesma maneira.

— Você mora aqui também? Emmett nunca mencionou quem eram todos os vizinhos.

Ele balança a cabeça.

— Não, estou aqui para ver Tessa e Nick.

— Tessa é tão doce. Eu a conheci outro dia.

— Ela é a melhor. Porque ela está com Nick, nunca vou entender.

Eu sorrio.

— Não é sempre assim? Uma pessoa do casal não merece a outra, mas de alguma forma, o destino permite isso.

Stephen sorri.

— Você é uma romântica.

Não sou, mas dou de ombros.

— Eu culpo meu coração tolo.

— Foi isso que trouxe você a Rose Canyon?

— Parcialmente.

Sunday começa a pular aos meus pés, exigindo atenção, e Stephen se agacha.

— Olá, pequenina. Você é adorável.

— Esta é Sunday, ela é meu novo bebê.

— Eu amo cachorros. Perdi o meu há cerca de dois anos — explica.

— Eu sinto muito.

Eu a pego, colocando-a em meu braço, e ele se levanta.

— Ele viveu uma vida boa, isso é o que importa. Então, você está planejando ficar muito tempo aqui?

— Vou ficar o máximo que puder.

Stephen olha para o segundo andar e depois para trás.

— Bom. Tenho certeza de que nos encontraremos novamente. Meu pai disse que você esteve no escritório dele há alguns dias e que é uma mulher muito esperta. Isso é um grande elogio dele.

Interessante seu pai me citar.

— Você e seu pai são próximos?

Ele zomba.

— Não. Jantamos toda semana porque minha mãe exige. Eu não sou exatamente um político, e isso irrita seus nervos.

Eu preciso chegar em algum nível com ele. Eu decido que o ponto de vista do pai pode ser o melhor.

181

— Os pecados de nossos pais, certo?

— Você e seu pai não se dão bem?

Eu balanço minha cabeça.

— Meu pai era almirante da marinha. Ele deixou minha mãe logo depois que meu irmão nasceu. Nós nunca mais nos vimos depois disso.

— Eu posso entender, meu pai tem uma amante por quase vinte anos.

Meus olhos se arregalam com isso.

— Eu… uau.

Stephen ri.

— A cidade.

— Dã. Desculpe, eu deveria ter adivinhado isso. — Embora, não duvidaria se houvesse mais do que isso. — Se você não está seguindo os passos dele, o que você faz? — pergunto, já sabendo a resposta enquanto começamos a caminhar em direção à entrada do prédio.

— Sou bombeiro e paramédico.

— Muito admirável e também meio que como seu pai.

Suas sobrancelhas abaixam.

— Como assim?

— Ainda no serviço público.

Stephen sorri.

— Sim, mas na verdade ajudo as pessoas onde ele está para viver.

Não tenho tanta certeza se acredito nisso, mas inclino a cabeça.

— Aqui está.

Ele abre a porta para mim e eu sorrio.

— Obrigada.

— É claro.

Tessa mora no andar embaixo de Emmett, então Stephen me segue até a escada.

— Então, você cresceu com Tessa e Nick?

— Sim. Nick, Ryan e eu somos amigos desde sempre.

Não posso deixar de me perguntar se eles estão todos conectados então. Se eles são amigos tão próximos, todos devem saber que Stephen e Bill passaram um tempo juntos.

Eu forço um sorriso.

— Isso é incrível. Mais ou menos como Emmett, Holden, Isaac e Spencer eram. Vocês todos parecem adorar isso aqui.

Ele ri.

— Mais como esta cidade mantém os residentes como reféns.

— É como Hotel Califórnia? — pergunto, e ele puxa a cabeça para trás em confusão. Jesus, agora entreguei a idade. — Sabe, os Eagles? Você pode visitar quando quiser, mas nunca pode sair? — Sua confusão não desaparece, então acrescento: — É uma música.

Ele balança a cabeça.

— Nunca ouvi falar.

— É um clássico. Por favor, baixe-o em seu telefone e ouça. Minha mãe adorava e ouvíamos constantemente.

— Eu farei isso.

Chegamos ao primeiro patamar e paramos porque ele precisa ir para a direita e eu preciso subir as escadas.

— Foi realmente um prazer falar com você.

Ele sorri.

— Você também, e obrigado por me deixar conhecer Sunday.

— Ela é meio que perfeita, hein?

— Ela é. — Stephen esfrega a cabeça enquanto ela cochila em meus braços. — Bem, Blakely Bennett, devo deixar você voltar para o seu dia. Tenho certeza de que verei você por aí.

— Você com certeza vai. Tenha um ótimo dia.

Eu me viro e subo as escadas, sentindo como se ele estivesse me observando o tempo todo. Quando chego ao apartamento, coloco Sunday em sua cama e releio as anotações que tenho sobre Stephen.

CAPÍTULO VINTE E QUATRO

Emmet

— Outra garota? — pergunto a Holden enquanto ele se senta em seu escritório.

— O mesmo que as outras meninas. Mesma idade, sem identificação, a causa oficial da morte está listada como overdose. Ela era jovem, bonita e foi denunciada como uma fugitiva. Felizmente, eles conseguiram encontrar a família dela, mas as outras duas ainda não foram identificadas. Está seguindo um padrão e, ou temos um assassino em série, o que eu não acho, ou essas garotas estão sendo drogadas para obedecer e, em seguida, seus corpos são despejados no caso de uma overdose.

Coço a cabeça e suspiro.

— Deixamos isso passar antes? Isso está acontecendo em nosso quintal e nenhum de nós percebeu?

— Tenho certeza de que acontece mais do que qualquer um de nós gostaria de considerar, mas algo pode ter mudado.

— Sim, Bill se matou. Essa é a mudança. Vamos supor por um minuto que as teorias de Blake e Spencer estão certas, e Bill estava traficando garotas. Se o trabalho dele era trazer as garotas para cá, a maneira mais fácil de fazer isso seria drogá-las para que obedecessem. Com ele morto, há um problema na corrente, então talvez seu substituto seja descuidado.

Holden olha pela janela.

— Mas a amiga de Keeley disse que ela já estava usando drogas.

— Não temos ideia de quais. Faz sentido que as mantenham drogadas para que não saibam onde estão. Se Bill estava fornecendo, injetando ou apenas monitorando-as enquanto estavam sob seus cuidados, agora isso acabou.

— É uma teoria sólida, mas não nos ajuda a descobrir quem é o cara novo ou mesmo se existe um cara novo. — Holden se inclina para trás, batendo os dedos nas pernas, que é o que ele faz quando está pensando. — Ok, vamos detalhar o que sabemos sobre Bill. Ele deixou a cidade logo após o colegial?

— Sim. Ele foi para Wyoming por um tempo, trabalhou para uma empresa de água lá e conheceu Sonya.

— E depois?

— Ele voltou para Rose Canyon com Sonya e seu filho. Ele não era muito sociável, pelo menos não do jeito que eu me lembro. Sabemos que ele trabalhou para a estação de tratamento de água por pelo menos dois anos, mas depois disso não consigo encontrar histórico de trabalho. Sonya disse que ele estava sempre mudando de emprego, e ele disse a ela que estava viajando para treinamento.

— Ele era próximo de Nick na escola. Ele foi visto com Stephen. Não é um grande salto pensar que eles podem ter conversado ocasionalmente.

Nick e Tessa moram no meu prédio, mas eu não morava no apartamento antes do assassinato de Isaac, então não posso dizer se Bill os visitou. Posso dizer, porém, que nunca vi Bill e Nick saindo juntos na cidade. Nick é um cara legal, e Tessa é provavelmente a pessoa mais legal do mundo, então tenho dificuldade em acreditar que eles estão envolvidos. Além disso, pelo que sabemos, a amizade deles caiu na merda.

— Ainda assim, ele era principalmente um solitário, o que faz sentido se ele estava envolvido em qualquer merda que está acontecendo aqui. Com quanto mais pessoas ele andasse, maiores seriam as chances de alguém começar a fazer perguntas que ele não gostaria de responder.

— Você sente que estamos vivendo em algum filme fodido agora? Porque esta é Rose Canyon, onde nada acontece e, de repente, alguém na cidade está ligado a pelo menos duas mortes... possivelmente mais que ainda não sabemos. Só estou dizendo que tudo isso é um pouco louco, e posso arrumar minhas coisas, pegar Mama James e voltar para Califórnia, onde, aparentemente, merda é normal.

Reviro os olhos.

— Sim, muito normal. Além disso, sua tia vai chutar seu traseiro antes que você a arraste para fora desta cidade.

185

— É verdade, mas o que quero dizer é que há algo estranho acontecendo e não gosto disso.

— Spencer também não vai. — Holden ri.

— Não me diga, ele vai ter a Guarda Nacional protegendo Brielle quando contarmos isso a ele.

— Exatamente. Estou feliz que Addy não vai voltar por um tempo também. Talvez eu possa convencê-la a ficar um pouco mais na Pensilvânia. Você sabe que geralmente não sou alarmista, mas me pergunto se deveríamos considerar chamar os amigos dele de volta à cidade.

Quando a segurança de Brielle ficou em perigo, Spencer chamou uma equipe de ex-SEALs de elite. Passei muito tempo com eles, ajudando a garantir que Brie estivesse segura. Eles são excelentes em proteção, e Quinn Miller foi fundamental para ajudar Spencer quando Brie foi uma idiota, pensando ser ela mesma um SEAL.

Como ex-Ranger, gostei de tê-los na cidade como uma segunda camada.

— Você quer chamar os caras da Cole Security aqui?

— Duvido que possamos pagar seus preços, mas talvez eles nos façam um bom desconto, já que são amigos de Spencer. Blakely está exigindo justiça para Keeley, e ela não vai desistir até saber o que aconteceu com ela. É tão sutil quanto uma bala quando se apaixona por alguma coisa. Sua segurança não significa nada se ela acredita que é o melhor curso de ação.

— E você acha que pode convencê-la a ter um destacamento de proteção?

Nem uma maldita chance.

— Não, mas posso convencê-la a trabalhar com eles como uma equipe de investigação.

Holden balança a cabeça.

— Boa sorte, meu amigo.

Vou precisar.

No caminho de volta para a estação, meu telefone toca.

— Xerife Maxwell — respondo.

— Xerife, aqui é o detetive Scott em Portland, como você está?

— Eu estou indo bem, e você?

— Também. — Ele faz uma pausa. — Eu estaria melhor se estivesse ligando com boas notícias, mas infelizmente não estou. Estou entrando em contato porque preciso da sua ajuda.

— Claro, o que posso fazer?

O detetive Scott suspira pesadamente.

— Eu sei que você está ciente da indigente que chegou ao escritório do nosso legista na mesma hora que Keeley McLain.

— Sim, estou.

— Uma das meninas foi identificada e, depois que notificamos seus pais, eles nos deram permissão para vasculhar seus pertences em busca de pistas. Não havia nada físico ali, mas a família dela nos deu permissão para limpar o laptop dela. Parece que ela estava usando um aplicativo para falar com alguém que estava localizado em Rose Canyon.

Meu coração para por um segundo.

— Quem?

Eu ouço as páginas se movendo.

— Oh, aqui está, um Bill Waugh. No entanto, quando verifiquei o nome dele em nosso banco de dados, descobri que ele faleceu. Entrei em contato com o webmaster do site, que exigiu um mandado antes de retirar os registros da conta, mas ele disse que a conta em questão esteve ativa várias vezes nas últimas semanas. A última conversa foi há dois dias.

Sim, Bill está morto, e agora isso confirma algumas de minhas suspeitas. Explico a situação envolvendo a morte de Bill, o caso de Blakely e algumas de nossas teorias. O detetive Scott escuta, fazendo algumas perguntas, e então nós dois ficamos em silêncio.

É muito para absorver, e há muito mais perguntas do que respostas.

— Se o seu palpite estiver certo, isso exigirá uma investigação conjunta, além de solicitar o FBI. Vou falar com meu tenente e, dependendo de sua aprovação, gostaria de ir a Rose Canyon e examinar isso no final da semana, para termos o máximo de informações possíveis.

— Absolutamente. Minha esposa é a investigadora particular que descobriu a conexão de Keeley e Bill Waugh, então pode ser benéfico permitir que ela participe da reunião.

— Eu não me oporia a isso, desde que ela se lembre de que é uma civil e possa aderir à cadeia de comando neste caso. — Boa sorte tentando fazer isso acontecer. Blakely tem tanta probabilidade de cancelar sua busca quanto eu de criar asas.

— Parece bom — digo e então desligo.

Minha mente gira com a informação que ele me deu. Tudo o que Blakely tem dito pode ser verdade. Se a conta caiu dois dias atrás, logo após o festival, então eles podem estar se escondendo, porque sabem que estamos atrás deles.

Eu paro na estação e imediatamente disco um número que eu esperava não precisar, a menos que fosse para convidar a pessoa para tomar uma cerveja comigo.

— Emmett Maxwell, como estão as coisas nessa pequena cidade dos Estados Unidos? — Mark Dixon pergunta, e eu o imagino sorrindo.

— Tem havido uma série de meninas desaparecidas na área. Uma delas trouxe alguém que eu amo para a mistura.

— O que diabos está acontecendo aí em cima? — Sua voz não é mais leve. — Brielle e Spencer estão em perigo?

— Acho que, até certo ponto, todos nós estamos. Minha esposa estava investigando uma das garotas desaparecidas e encontrou uma ligação entre a garota e Bill Waugh que sugeria que ele foi uma das últimas pessoas a ter contato com ela antes de ela desaparecer. Não tenho ideia se ou o que vamos descobrir, e gostaria de ter certeza de que há outro par de olhos aqui em cima, se puder.

— Espere, você disse esposa.

— Nós nos casamos antes de nossa última missão.

Mark ri.

— Ahh, um daqueles casamentos. Estou tão feliz por nunca ter feito essa merda.

— Bem, fiz, e eu a amo, e ela está aqui.

— E você quer que a gente vá até aí? — ele pergunta.

Estaciono o carro, mas não me mexo para sair.

— Somos uma estação de três pessoas e acho que há pessoas acima de mim envolvidas. Eu sei que é um grande pedido. Eu sei que vocês são incrivelmente ocupados e caros, mas estou preocupado com as pessoas desta cidade, minha esposa e meus amigos, e preciso de pessoas em quem confio.

A linha fica em silêncio por um minuto.

— Não tenho certeza de quanto tempo posso flutuar, mas acho que podemos dispensar alguns caras. Eu sei que Quinn vai querer ir, porque está incomodado desde que saímos porque sentiu que algo estava errado. Provavelmente enviarei Liam, que é novo no time, mas em quem eu confiaria para proteger minha própria filha. Talvez Jackson possa enviar um de seus caras da Califórnia. Não será um ajuste perfeito, mas são eles que gostaria de ter ao meu lado. É com quem eu iria para a guerra.

— Obrigado, Mark, porque é exatamente assim que parece… algum tipo de batalha.

Entro na delegacia para obter quaisquer relatórios disponíveis, bem como faço uma busca por garotas desaparecidas que correspondam às descrições da indigente. Procuro garotas entre dezesseis e vinte e um anos, fugitivas, estatura média e causa da morte por overdose.

Quando os resultados pulam, sinto-me mal. Há tantas que é esmagador. Eu ajusto os parâmetros de pesquisa para os últimos três anos e na área de Portland.

É quando meu coração para. Há pelo menos duas dúzias de garotas, todas com aparência semelhante, mas as datas em que foram relatadas como desaparecidas são espaçadas o suficiente para que você tenha que procurar ativamente por uma conexão para vê-las. Acrescente que está acontecendo em uma cidade grande com um departamento de polícia com poucos funcionários e você encontrará uma sombra para os criminosos operarem.

Se algo assim acontecesse em Rose Canyon, nunca passaria despercebido.

Aqui, a vida deveria ser mais fácil.

Ainda assim, há uma chance de alguém aqui estar envolvido.

Vou até o antigo arquivo, que está cheio de casos que ainda não inserimos no sistema, e começo a folhear arquivos e relatórios.

— Quero que você pare de investigar essas meninas desaparecidas — diz o prefeito sem entrar totalmente em meu escritório.

— Desculpa, o quê?

— Não se faça de bobo comigo, filho. Recebi uma ligação do prefeito de Portland. Ele queria saber qual era o interesse de Rose Canyon nesses casos. Você pode imaginar minha surpresa, pois não sabia que *tínhamos* interesse.

Fecho a gaveta do arquivo e me inclino contra ela.

— Eu não sabia que o prefeito teria problemas comigo ajudando a investigar adolescentes desaparecidas.

Parece loucura que uma hora atrás eu estava falando com o detetive, e a possibilidade de compartilharmos informações chegou aos nossos dois prefeitos.

— É isso que você está fazendo? Ajudando os detetives de Portland ou usando os recursos da cidade para ajudar sua namorada?

— Esposa — corrijo, injetando frieza em minha voz. — E não, não é isso que estou fazendo. Para um homem que parece ter informações, acho que você já deve saber que Blakely encerrou o caso. O que estou fazendo é o que qualquer bom xerife faria nesta situação, que é cooperar com outros distritos em um esforço para proteger os civis.

O prefeito Stengel dá um passo à frente.

— Você tem obrigações para com esta cidade. E quanto aos problemas que estamos tendo?

— Que problemas?

O fato de que ele está questionando minha lealdade para com as pessoas aqui me irrita, mas vou fazer o meu melhor para manter a calma.

— Exatamente, Emmett. Você nem sabe o que está acontecendo. E a Sra. Murphy, que teve seu carro arrombado? Você fez Holman trabalhar naquele caso, e todos nós sabemos como ele é hábil. Então recebi uma queixa de destruição de propriedade no Rosie Beans. Mais uma vez, Holman foi o oficial que lidou com isso. Desde que sua *esposa* apareceu, você não respondeu a um único incidente. No entanto, você de alguma forma tem tempo para lidar com casos de pessoas desaparecidas a quase duas horas de distância? Absolutamente não. Não permitirei que você negligencie as grandes pessoas desta cidade.

— E por que você está investindo nisso?

Ele se irrita.

— Porque esta é a minha cidade! Sou o prefeito! Sou eu quem tem que garantir que todos aqui façam o seu trabalho. É por isso. Por que você está *me* questionando?

Porque ele está parecendo extremamente suspeito.

No entanto, mantenho meu ar de calma. Como a cidade não tem polícia própria, sei que o prefeito pode me transferir. Sou contratado pelo município, principalmente porque sou daqui e fui solicitado. O prefeito e o conselho da cidade detêm o poder sobre eu ficar ou outro xerife entrar.

— Peço desculpas — eu digo, e ele muda de volta.

— O quê? — Observo a raiva esvair dele em um segundo.

— Peço desculpas por fazer você sentir que estou negligenciando esta cidade, mas garanto que minha primeira prioridade sempre foi e sempre será proteger o povo de Rose Canyon. Então, embora minhas intenções nunca tenham sido abandonar esse dever, se é que o fiz, agradeço que você tenha me informado sobre isso.

A postura do prefeito muda para uma de quase alegria. Ele pensa que me pegou, e sorrio por dentro. Bom.

— Eu pensei que você iria lutar comigo sobre isso.

Eu suspiro, virando-me para parecer que estou escondendo minha vergonha.

— Não, você provavelmente está certo. Tenho me distraído com a presença de Blakely aqui. — Eu giro rapidamente. — Mas eu a amo, sabe? Só quero que isso funcione.

Há duas coisas que esse prefeito ama: esta cidade e sua esposa. Ele está com Polly desde os 22 anos. Ele defende o casamento acima de tudo. Seus valores familiares são o que o elegeu.

— Entendo isso. Eu o aplaudo por levar seus votos a sério. Não é todo dia que você vê um homem lutando por seu casamento. Muitas vezes, as pessoas simplesmente desistem, então é admirável que você esteja dando a ela o que ela precisa. — O sorriso do prefeito parece genuíno, e então ele balança a cabeça. — É por isso que estou lhe dizendo para deixar Portland lidar com seus próprios casos. Concentre-se nesta cidade para que você possa dar a ela um lugar seguro para viver onde ela não estará em perigo. Entende?

Oh, entendo que você não quer que eu fique fuçando por aí e apenas fez uma ameaça velada para me fazer parar.

Eu olho para baixo e aceno.

— Entendo.

E vou fazer o oposto do que ele pediu, mas vou me certificar de esconder muito melhor e proteger minha esposa de outra maneira.

Blakely se lança sobre mim no segundo em que entro pela porta.

— Você sabia que Nick e Tessa são amigos de Stephen?

— Olá para você também.

Ela revira os olhos e pega Sunday.

— Oi. Ouça, eu estava lá fora com Sunday mais cedo e Stephen veio até mim.

— Stephen Stengel?

— Sim. Ele estava visitando Nick.

Eu dou de ombros.

— Eles são amigos.

— Sim, mas ele é a nossa pista.

— Não, você não tem uma pista. — Eu pego o cachorro de seus braços e beijo o topo de sua cabeça. — Você sentiu falta do papai? Você sentiu? Porque tenho certeza de que sua mamãe está indo sem parar, já que ela é uma louca e não sabe como deixar as coisas acontecerem — digo a minha doce cachorrinha.

Ela lambe meu nariz e eu sorrio. Eu me viro para Blake.

— Não ganho um beijo seu?

O gemido que vem de seu peito não faz nada pelo meu ego.

— Bem. — Ela me dá um selinho nos lábios. — Agora, podemos falar sobre Stephen?

— Não.

— Emmett!

— Blakely…

— Eu juro por Deus! Você é tão irritante. Emmett, escute, Stephen esteve aqui. Ele esteve aqui e falou sobre seu pai e os pecados do pai. Bem, acho que eu disse isso, mas ele concordou. Então fiquei olhando pela janela por horas.

— Você fez o que? — pergunto, mantendo meu tom nivelado, mas as emoções já estão começando a se formar. Ela precisa ficar longe de Stephen, do prefeito, do conselho municipal, de todos. Deus, talvez eu possa enviar a bunda dela de volta para DC por um tempo.

Essa ideia tem algum mérito.

— Eu fiquei olhando. Obviamente. Você sabia que ele dirige um Mercedes? Como um bombeiro e paramédico tem tanto dinheiro?

Eu bufo.

— O pai dele é o prefeito, Blake. Não vamos fingir que ele não tem dinheiro.

— Ponto justo, mas ainda assim. Foi válido.

— Você está exagerando — eu aviso.

— Talvez eu esteja, mas você não quer saber o que aconteceu com aquelas garotas? Como você continua com sua vida como se nada tivesse acontecido?

Balanço a cabeça, coloco Sunday de lado e libero uma respiração medida.

— Se você acha que eu não me importo, então você não me conhece.

— Eu não quis dizer isso dessa maneira.

— Você disse isso. Eu me importo, mas elas não foram mortas na minha cidade. Não temos nada ligando ninguém a esta cidade além de uma conexão com Bill Waugh, que está morto. Não posso sair por aí procurando o filho do prefeito porque ele já trabalhou com Bill. — Eu ando até ela, pegando suas mãos nas minhas. — Podemos nos concentrar em nós? Podemos talvez, só desta vez, ter um pouco do que precisamos?

— Você sabe que eu quero isso também — diz ela rapidamente. — Quero compensar todo o tempo que perdemos, mas também preciso fazer meu trabalho.

— Você fez seu trabalho quando encontrou Keeley. Não, não era o resultado que nenhum de nós esperava, mas você resolveu seu caso.

Ela olha para baixo, e sei que isso está pesando sobre ela. Se ela soubesse que Portland tinha outra indigente que combinava com o perfil, isso a tornaria implacável. O prefeito de Portland está fazendo o que pode para enterrar a história até que saibamos mais, mas as notícias e a mídia social acabarão descobrindo.

Preciso que ela volte para casa por uma semana ou duas no máximo.

— Sinto que falhei.

Inclinando seu queixo para cima, olho para aqueles olhos castanhos cheios de tristeza.

— Você não falhou, baby. Você fez tudo o que pôde e deu o fechamento aos pais de Keeley. Ouça, talvez você deva passar a semana em DC, arrumar suas coisas e ir ver a família dela. Você quer ficar aqui, vamos fazer com que você não pague aluguel em um lugar onde não vai morar.

— Você quer que eu me mude? Tipo, desistir do meu lugar?

— Você quer a guarda compartilhada de Sunday?

Ela balança a cabeça.

— Não, mas... só não quero ir muito rápido.

Eu rio.

— Então nunca deveríamos ter nos casado.

— Isso foi diferente.

— Eu sei, mas amo você, Blake. Quero nossa vida juntos e não quero ter um relacionamento a distância, você quer?

— Não, claro que não. Eu sei que quero ficar aqui. Só não tinha certeza se você estava pronto para eu me mudar para o outro lado do país.

Levanto minha mão para o rosto dela.

— Não quero pedaços. Não quero você lá e eu aqui. Eu iria, porra, eu me mudaria para qualquer lugar por você, se fosse isso que você queria.

— Não. Não, você precisa estar aqui com seu pai.

Estou feliz por não ter que explicar isso a ela. Meu pai não aguentaria a mudança de lugar de novo, e realmente não quero deixá-lo.

— Então volte para DC e embale o que puder. Encontre alguém para sublocar sua casa ou qualquer outra coisa, e então vou até lá e ajudo você a se mudar.

Blakely morde o lábio inferior.

— Eu só trouxe roupas suficientes para alguns dias. Estou usando minha roupa do primeiro dia pela segunda vez.

Esfrego meu polegar em sua bochecha enquanto tento esconder o alívio que me atinge como uma onda.

— Apenas uma semana e então podemos ter o para sempre.

Seus braços me envolvem enquanto descanso meu queixo em sua cabeça. Foi preciso ela voltar aqui para virar meu mundo de cabeça para baixo, e nunca estive tão feliz com isso. Agora, tenho uma semana para consertar tudo e rezar para que ela não seja pega no meio.

CAPÍTULO VINTE E CINCO

Blakely

O voo de volta para casa foi péssimo. Chorei ao me despedir de Sunday, que vai passar um tempo com Brielle quando Emmett tiver que trabalhar. E, claro, eu estava triste por deixar Emmett.

É uma loucura que é aqui que minha vida está agora. Apenas algumas semanas atrás, estava pensando em como falar com ele novamente. Agora, estamos felizes e juntos. Queremos que esse casamento dê certo, e queremos isso pelos motivos certos.

É engraçado como as coisas funcionam.

Meu motorista me leva pelo percurso turístico de DC, descendo a Constituição e passando pelo bom e velho Abe, o lago de reflexão e o memorial da Segunda Guerra Mundial. O Monumento a Washington é depois disso e então todos os museus.

— Você já viu o Capitólio? — ele pergunta, seu forte sotaque de Nova Iorque.

— Eu sou daqui.

Ele parece um pouco desanimado.

— Oh. Eu não sabia.

— Tudo bem. Estou me mudando para a Costa Oeste em breve e acho que, de qualquer maneira, consideramos esses monumentos como garantidos morando aqui. Foi bom poder vê-los.

— É muito verdade. Sou de Nova Iorque e nunca fui à Estátua da

Liberdade ou ao Empire State Building. Eu me arrependo disso. Mas fui ao World Trade Center. Meu pai trabalhava lá.

Eu concordo.

— Imagino que tenha sido difícil para você no dia 11 de setembro?

O som que ele faz é uma espécie de risada, mas sei que não há humor nisso.

— Isso é um eufemismo. Saí três anos depois. Eu não poderia continuar lá, sabe? Eu via o horizonte e não conseguia lidar com isso. Perdi quatro amigos meus e alguns vizinhos naquele dia, e não sei... isso quebrou meu espírito.

— Sinto muito. Mudou a vida de muitas pessoas de maneiras que nem sempre pensamos. — Isso mudou a minha. É por isso que entrei para o exército. Eu precisava servir meu país, porque me lembrava de tudo. O medo, o patriotismo e a forma como o mundo doía. Eu queria ajudar a todos a se curarem. Então, depois que terminei a escola de enfermagem, eu me alistei.

Mal sabia que uma única escolha alteraria tudo, e eu nunca usaria essas habilidades depois de sair.

— É, é o que é, né? Quero dizer, fazemos nossas escolhas e seguimos em frente. Eu vim para cá e fiz uma boa vida para mim, então não posso reclamar. Diferente dos bagels. Posso reclamar sobre os bagels. Além disso, mataria alguém colocar uma delicatessen decente ou um restaurante italiano em algum lugar aqui?

Eu rio um pouco.

— Estive em Nova Iorque por algumas semanas durante um exercício de treinamento e posso atestar os bagels.

Ele se vira em seu assento enquanto estamos parados em um sinal vermelho.

— Eu sou Tony. Prazer em conhecê-la.

— Blakely, prazer em conhecê-lo também.

— Você está bem se sabe alguma coisa sobre bagels. A maioria dos moradores acha que a porcaria daqui é ótima. É uma merda. Na verdade, pedi ao meu primo que me enviasse bagels do Brooklyn.

A maneira como seu sotaque se forma em torno das palavras me leva de volta à quando eu estava lá, e sorrio.

— Essa é uma ótima ideia.

— Bem, não estou comendo o papelão aqui. De onde você é originalmente?

— Minha mãe era de Nova Orleans e meu pai era de Nebraska. Ele era militar, então nos mudamos muito quando eu era criança, mas nos estabelecemos em Norfolk. Ele foi designado para lá e, quando meus pais se divorciaram, minha mãe ficou lá porque era mais fácil.

— Deve ter sido difícil…

Realmente não foi. Papai foi embora quando eu tinha seis anos, então não me lembro bem da parte da mudança, mas me lembro da porta giratória constante das crianças na minha escola quando as famílias se mudavam ou chegavam. Eu fazia uma amiga e, um ou dois anos depois, ela partia. Essa parte foi uma droga. Eu era uma pirralha militar sem a realocação.

— Foi e não foi. Eu adorava onde morávamos e minha mãe fazia o melhor que podia.

Ele vira à direita na minha rua.

— Estamos quase lá.

Eu olho para os prédios altos, encontrando meu apartamento, que é o andar superior de uma casa geminada que fica entre dois prédios do governo. Parece tão deslocado no coração da cidade.

Nós paramos e dou uma olhada em tudo, nada parece diferente, a luz ainda está acesa nos fundos da casa, então nem sempre está escuro como breu.

— Obrigada, Tony — digo enquanto saio do carro e adiciono uma boa gorjeta ao meu aplicativo.

— Cuide-se, Blakely.

— Você também.

Pego minha bolsa, subo os degraus e deslizo minha chave na fechadura antes de olhar para trás por cima do ombro. No momento, tudo parece bem e nada está me incomodando, então entro.

Meu vizinho no primeiro andar tem recolhido minha correspondência, então paro lá para pegar o grande maço de contas e besteiras.

Vou para o meu apartamento no próximo andar, pronta para entrar para que possa conversar por vídeo com Emmett e ver Sunday. A correspondência é jogada sobre a mesa, minha bolsa é jogada no sofá e, assim que estou tirando meus sapatos, uma mão me envolve por trás, cobrindo minha boca.

CAPÍTULO VINTE E SEIS

Emmet

— Você com um cachorro é um espetáculo a ser visto — reflete Holden enquanto persigo Sunday pela sala de estar, tentando fazer com que ela me devolva a meia que tem na boca.

— Cale-se.

Spencer ri.

— Cara, pare de persegui-la. Ela acha que é um jogo. Você tem que pelo menos *tentar* ser mais esperto que o cachorro.

Eu pego a meia enquanto ela passa e então a seguro.

— Ah! — grito em triunfo. — Desde que Blake saiu esta manhã, ela tem estado uma maníaca.

— Dizem que os cachorros puxam aos seus donos, então é justo que ela seja mais parecida com você agora que a sensata que se foi — Holden diz com uma risada.

Eu odeio meus amigos alguns dias.

— O fato de você achar que Blakely é sensata mostra que você não sabe nada sobre ela.

— Como está Blake? — Spencer pergunta.

— Ainda não tive notícias dela. Ela devia ter pousado cerca de uma hora atrás. Ela disse que ligaria assim que estivesse instalada. — Dou de ombros, coloco Sunday em seu cercado e me sento à mesa.

Esta é a minha melhor tentativa de atuação. A verdade é que não sou apático com nada disso. Estou com um aperto no estômago desde que ela foi embora. Eu me sinto como um idiota por mentir para tirá-la da cidade, e sinto falta dela. Faz apenas seis horas e sinto que meu coração está faltando.

Não sei como consegui seguir com minha vida da última vez que ela partiu. Eu sei que ela estará de volta desta vez, mas isso ainda está me deixando louco.

— Ela vai ligar — Holden tenta me tranquilizar. — As mulheres sempre amaram você por algum motivo estranho.

— São os músculos — Spencer o informa. — As garotas gostam de músculos.

— Você acha? Sempre pensei que era a altura dele.

Spencer e Holden olham para mim.

— Agora vai ser a cadela. Nenhuma mulher resiste a um homem com um cachorrinho ou um bebê.

Holden acena com a cabeça.

— Sério. Estou pensando em comprar um para mim.

— Um bebê ou um cachorrinho? — pergunto.

— Ambos. Talvez então eu seja um ímã para garotas como Emmett. — Seu sarcasmo está pingando em cada sílaba. — Abro a boca, mas ele levanta a mão. — Se você disser uma palavra sobre a porra da minha ex-esposa, vou te matar.

— Você poderia tentar — eu o provoco.

Holden provavelmente poderia me matar sem deixar evidências para trás, mas isso não significa que eu não poderia fazer o mesmo com ele, apenas de outras formas mais violentas.

— De qualquer forma. Embora possamos terminar em uma discussão de duas horas sobre quem poderia matar quem mais facilmente, vamos revisar as informações que temos até agora e descobrir qual é a próxima jogada — diz Spencer, mostrando toda a papelada que a Cole Security deu a ele, sobre Stephen e o prefeito.

Durante a hora seguinte, examinamos tudo, mostrando um ao outro um documento que parece relevante. Trabalhamos como uma equipe, cada um vendo as coisas de diferentes ângulos e discutindo-as longamente antes de classificá-las em uma das três pilhas – inúteis, possivelmente inúteis e valiosas.

Pego uma foto de Bill e Stephen que foi tirada fora do centro juvenil cerca de três meses antes do assassinato de Isaac.

— Bem, aqui está a prova de que Stephen e Bill se conheciam, mas não

temos nada que o ligue às garotas desaparecidas, além de um boato sobre ele traficar drogas que foi investigado e não revelou nada. Nem sequer é suficiente para abrir um arquivo de caso sobre ele, muito menos trazê-lo para interrogatório. — Largo a foto e empurro o último papel para o lado. — Preciso de algo que seja irrefutável.

— Nós não vamos conseguir isso, Emmett. Temos recursos limitados e estamos trabalhando fora de qualquer caso real. A morte de Keeley é um caso de Portland, e ainda estou esperando os relatórios do legista que eles prometeram enviar. Você sempre pode ligar para o detetive e mandar enviar antes de sua reunião, se ele estiver disposto a compartilhar — sugere Holden.

— Eu já fiz. Estou esperando por eles.

Spencer se inclina para trás.

— Temos certeza de que Stephen está envolvido?

— Blake tem... ou, pelo menos, ela acha que há o suficiente para suspeitar dele. Estou mais inclinado a acreditar que o prefeito é quem está comandando o show, e ele envolveu o filho. Especialmente depois de sua visita ameaçadora.

Eles ficam sentados com o queixo caído enquanto eu os informo sobre sua exigência de parar de investigar os casos de Portland.

Spencer esfrega o queixo.

— Sim, não tenho palavras para essa besteira. O que Chris disse?

— Não liguei para ela. Ela me deu o que ela se sentiu confortável, e não quero forçar.

— Sinto que ela está dizendo mais por não dizer nada, para ser honesto — observa Spencer.

Eu concordaria com ele.

Eu olho para o relógio e depois para o meu telefone. Insiro o número do voo dela e vejo que pousou há duas horas. Por que diabos ela não me ligou?

— O que é? — Holden pergunta.

— Ainda não tive notícias de Blake, e o voo dela pousou horas atrás.

— Você acha que ela adormeceu ou algo assim?

Claro, isso é possível, mas não é da personalidade dela não me enviar pelo menos uma mensagem para avisar que pousou com segurança.

— Vou ligar para ela.

Eles acenam com a cabeça e caminho para o outro lado da sala. Seu telefone toca várias vezes antes de cair na caixa postal.

— Blake, sou eu. Não ouvi falar de você e queria verificar, ligue quando receber isso ou apenas envie-me uma mensagem de texto. Eu te amo.

Eu desligo e volto para onde meus amigos estão, um buraco se formando em meu estômago.

— Ela atendeu?

Eu balanço minha cabeça.

Spencer coloca a mão no meu ombro.

— Ela vai ligar.

— Se fosse Brie, você estaria tão bem com isso? — pergunto.

— Não.

— Certo. Não consigo explicar, mas não está caindo bem.

Holden olha para Spencer.

— Você conhece alguém em DC?

Spencer já está com o telefone na mão, fazendo uma ligação.

— Ei, Charlie, é Spencer. — Ele faz uma pausa e seus lábios se contraem nos cantos. — Sim, ouvi dizer que alguns de seus amigos estão vindo. — Ele ri. — Eu gostaria que fosse esse o caso, mas você sabe, merdas malucas acontecem em cidades pequenas porque ninguém pensa que acontecerá. — O que quer que ela diga o faz bufar. — Escute, você tem alguém em DC que possa verificar uma amiga? Ela está meio enredada em algumas coisas que estão acontecendo aqui, mas acabou de voar para a cidade e não conseguimos fazer contato com ela. — Ele acena para mim. — Perfeito. Eu não sabia que você estava aí. — Outra pausa. — Na verdade, é a esposa de Emmett.

Posso ouvi-la gritar pelo telefone.

Spencer ri e me entrega o telefone. Oh, bom.

— Ei, Charlie.

— Você é casado? — ela quase grita.

— Sim, eu me casei há alguns anos. Coisa militar.

Ela ri baixinho.

— Aparentemente, você tem sentimentos.

— Tenho.

— Isso é doce. É por isso que você ligou para Mark para que eles fossem até aí? Ele disse algo sobre a segurança das pessoas que todos vocês amam.

— Sim — respondo.

— Ok, escute, estou perto do National Mall, mas posso chegar até ela rapidamente. Apenas me mande uma mensagem com o endereço, e vou parar e pedir que ela ligue para você.

— Obrigada.

— Sem problemas.

Entrego o telefone de volta para Spencer e, em seguida, envio uma mensagem para ela do meu telefone.

Spencer dá um tapinha nas minhas costas.

— Tenho certeza de que ela está bem. Ela é uma mulher inteligente que passou pelo mesmo treinamento que você.

— Eu sei. Apenas… gostaria que ela tivesse ligado, só isso.

— Charlie vai checá-la, então por que não voltamos a descobrir tudo isso? Assim que o fizermos, ela pode voltar e tudo ficará bem.

Eu forço um sorriso. Ele tem razão.

— Vou sair com Sunday para ela não mijar em casa.

— Xiii — diz Holden, movendo a cadeira em frente a ele. — Você pode estar muito atrasado nisso.

— Merda. — Pego a cachorrinha e sua coleira e vou em direção à porta. — Limpe isso para mim, vou levá-la para baixo.

Holden começa a murmurar um protesto, mas já estou saindo pela porta. Assim que desço, verifico meu telefone em busca de qualquer coisa de Charlie ou Blakely, mas se passaram menos de dois minutos, então Charlie provavelmente nem saiu do estacionamento ainda.

Sunday caminha pelo gramado, farejando tudo o que consegue alcançar.

— Ei, Emmett!

Eu me viro para ver Tessa caminhando em direção ao prédio.

— Olá, como vai?

— Bom. Ouvi dizer que você tem um novo cachorrinho! Isso é tão emocionante. Eu conheci Blakely, e ela é simplesmente adorável. Eu a amo. Com a Brielle indo embora, é bom ter uma garota da nossa idade morando no prédio — ela diz rapidamente sem deixar cair seu enorme sorriso.

— Estou muito feliz por ela e Spencer. E agora você! É tão bom ver as pessoas felizes e casadas.

Tessa é uma daquelas pessoas que conseguem ter uma conversa inteira sem que mais ninguém precise estar presente. Ela divaga, e a melhor maneira de superar isso é deixá-la se cansar.

— Você é casada e feliz, alguma dica?

Ela junta as mãos à sua frente.

— Poxa! Eu teria que pensar nisso. Nick provavelmente seria capaz de lhe dar uma resposta melhor, já que aprendeu a lidar comigo. Todos nós sabemos que sou bastante difícil.

— Eu não diria isso. — É mais como um bocado.

— Isso é doce. Nick está fora da cidade em um fim de semana para meninos com Stephen e Ryan, então vou avisá-lo que você precisa de um conselho quando ele voltar.

— Ah, para onde eles foram?

— Eles foram para o Arizona, eu acho... ou talvez fosse Virgínia. Um daqueles estados com um 'a' no final. Juro, eles conversam e eu simplesmente esqueço. Eles têm feito muito mais viagens ultimamente, sempre em torno de um jogo de beisebol. Nick tem o sonho de visitar todos os estádios dos Estados Unidos e, assim, eles assistem aos jogos quando podem.

Tenho que me esforçar muito para não surtar quando ela diz Virgínia. Se Stephen está lá, não posso nem me permitir ir lá.

— Para qual jogo eles disseram que iriam?

— Alguns. Eles meio que viajam por três dias de cada vez. Acho que foi Virgínia! Eles estavam indo para DC e depois para Baltimore para ver um jogo. Tenho certeza de que eles também falaram sobre turismo.

Meu coração está na minha garganta, toda a facilidade que eu estava tentando sentir com Charlie indo embora se esvaiu.

— Tessa, preciso...

As palavras morrem quando vejo Holden e Spencer saindo correndo do prédio.

— Ela está morta? — pergunto, olhando para a preocupação em seus olhos.

Holden balança a cabeça.

— Não, mas ela sumiu e havia sinais de luta.

CAPÍTULO VINTE E SETE

Blakely

— Você sempre tem que ser tão dramático? — pergunto a Chase, meu contato no FBI. — Você não poderia simplesmente ligar e dizer 'Ei, tenho algumas novidades'?

Ele dá de ombros.

— Se pudesse arriscar um contato com você, eu o faria.

— Bem, você me deve uma luminária nova. — Antes que eu percebesse que era ele, peguei-a da mesa lateral e joguei nele. Ele teve bom senso para se mover antes que ela o atingisse. Uma pena. Eu gostaria de causar-lhe ferimentos depois que ele me assustou *pra* caralho.

Estamos caminhando pelo National Mall, onde são poucas as chances de alguém nos notar. Está escuro, mas ainda há turistas circulando em cada monumento.

— É você quem vai ficar me devendo, raio de sol.

— E por que isto?

— Porque encontrei algo ligando Bill a outra pessoa.

— Suponho que seja bastante importante, considerando que você não quis me dar essa informação por telefone?

Ele balança a cabeça, olhando ao redor.

— Tenho trabalhado com uma força-tarefa conjunta encarregada de investigar o aumento de adolescentes desaparecidas. Agora, normalmente não é algo que as pessoas notam, é quase como se o público não se importasse, a menos que sejam arrancadas de suas casas. Mas o escritório do FBI de Portland recebeu um pedido para examinar um relatório para ver se era um caso que iríamos adotar.

— Então estou feliz por ter enviado o relatório para você.

Chase pediu que compartilhasse qualquer coisa que encontrasse, então eu o fiz. Mesmo se ele não fosse um amigo, teria feito isso, já que não compartilhar informações como essa só mata mais pessoas. Todos nós sabemos que isso é maior do que qualquer pessoa ou equipe pode rastrear sozinha, e não tenho os recursos que o FBI tem.

— Espere, você disse quatro.

— Sim, aquela que foi encontrada há um dia ou mais. Fui notificado pelo escritório do FBI em Portland.

— Quando eles intervieram?

Chase dá de ombros.

— Ainda não tenho certeza se é oficial. Eles não têm provas suficientes para torná-lo um caso federal, já que a maioria dessas meninas são consideradas fugitivas, e não há lei que impeça um menor de cruzar as fronteiras do estado por conta própria.

Odeio burocracia.

— Então, qual é o consenso?

— Sua teoria sobre Bill Waugh estar em contato foi verdadeira para Keeley e agora duas outras garotas — Chase diz, colocando a mão nas minhas costas para me conduzir pela trilha sinuosa até o Monumento a Washington. — Ainda não temos um mandado, mas o webmaster afirma que não pode fornecer transcrições do aplicativo remotamente, o que é besteira. Nesse ínterim, pesquisei mais sobre o prefeito, mas nada se destacou e ele não parece estar ganhando nada financeiramente. Ele não é pobre, mas está totalmente hipotecado.

— E o filho dele?

Chase balança a cabeça.

— Também não consegui encontrar um link lá, mas ouça, deixando tudo isso de lado, você deve saber que fui alertado de que Stephen também voou para DC hoje.

Eu balanço minha cabeça em estado de choque.

— Tem certeza?

— O voo dele pousou seis horas antes do seu.

Meu queixo cai aberto.

VENHA ME *Amar*

— E você acha que estou em perigo?

— Acho que você chutou um ninho de vespas quando saiu e alguém está chateado.

Uma mulher atrás de nós ri.

— Se o seu marido não é a vespa que vai picar você primeiro.

Eu me viro rapidamente para encontrar uma mulher alta com cabelo preto emoldurando seu rosto como um rio escuro sorrindo. Suas mãos estão levantadas quando ela para.

— Eu venho em paz. Meu nome é Charisma Dixon, pode me chamar de Charlie. Sou amiga do seu marido, Emmett.

— Como você sabe que ele é meu marido?

— Ele ficou preocupado quando você não ligou, então me pediu para ir ao seu apartamento e ver como você estava. Quando encontrei a luminária quebrada — viro-me para encarar Chase — fiz o que faço e encontrei você.

— Como você nos rastreou? — Chase pergunta.

— Por favor, o FBI não é conhecido por sua habilidade de ser furtivo. — Charisma se volta para mim. — E não demorei muito, considerando que minha agência está sempre de olho.

Isso é... apavorante.

— Você é um pouco assustadora — observa Chase, ecoando meus pensamentos.

— Você não tem ideia. Vou enfiar a mão no bolso e pegar meu telefone.

Meus olhos se estreitam um pouco.

— Por que você está me dizendo isso?

— Não tenho ideia se algum de vocês está armado. Só estou sendo cautelosa. Não tenho vontade de levar um tiro de novo.

Novamente? Quem diabos é essa garota?

Ela extrai seu telefone antes de estendê-lo para mim.

— Ligue para Emmett. O número dele é o último discado, então aperte para chamar novamente. Ele provavelmente está louco agora.

Emmett e eu tínhamos um código quando implantamos. Uma forma de deixar o outro saber que estávamos bem e que o outro deveria seguir em frente.

Eu balanço minha cabeça com sua oferta.

— Você o chama.

— Eu? Confie em mim, ele quer falar com você — Charlie diz, o telefone ainda estendido.

— Ligue para ele e faça uma pergunta.

Ela sorri como se soubesse por que estou perguntando isso.

— Qual é a pergunta?

— Ele quer construir um boneco de neve?

Charlie ri e faz a ligação antes de colocá-la no viva-voz.

— Charlie? Você a encontrou? Ela está segura? Estou dirigindo para o aeroporto, estou enlouquecendo! — A voz de Emmett está cheia de preocupação.

Ela levanta uma sobrancelha perfeitamente arqueada para mim.

— Eu a tenho aqui. Ela está totalmente segura.

— Blake? — ele me chama, mas balanço a cabeça e levanto o queixo.

Charlie revira os olhos, mas seu sorriso é largo.

— Ela está preocupada que isso seja um truque, Emmett. Então, você quer...

— Eu odeio a neve. Odeio o frio — ele responde tão rapidamente que ela tem que franzir os lábios para não rir.

— Emmett! — falo, pegando o telefone e tirando a chamada do viva--voz. — Estou bem. Era um amigo muito ansioso que estava preocupado.

— Jesus Cristo — diz ele, com a voz trêmula. — Eu estava tão preocupado. Você não ligou.

— Entrei no Uber e acabei conversando com o motorista. Meu telefone estava em 1% e precisava dele para entrar no meu apartamento. Pensei em conectá-lo e ligar para você, mas... de qualquer forma. Estou bem.

Ele suspira pesadamente.

— Ouça, você precisa voltar.

— Por que Stephen está aqui? — pergunto.

— Como diabos você sabe disso?

— Meu amigo ansioso demais está cuidando de mim.

— Sim. É por isso. Eu não posso chegar até você até amanhã. Os voos...

Eu o paro ali.

— Por que você viria aqui? Desculpe por não ter ligado, mas estou bem, prometo.

— Blake — diz ele, transmitindo seu descontentamento nessa única sílaba.

— Ouça, posso cuidar de mim mesma e, claramente, você tem amigos assustadores aqui. — Olho para Charlie, que dá de ombros.

— Se Stephen estiver envolvido e algo acontecer...

Essa primeira palavra é o que me faz parar.

Se.

Quem quer que esteja envolvido nisso é inteligente, e seria incrivelmente estúpido vir a DC e me prejudicar. A primeira pessoa que Emmett olharia é Stephen, já que ele está aqui.

— Blake — diz Emmett — não posso perder você de novo.

— Vou ficar em outro lugar esta noite e amanhã começarei a arrumar minhas coisas para poder voltar para casa. Prometo, ficarei extremamente vigilante, mas os pais de Keeley estão me esperando amanhã à tarde, e tenho que seguir em frente.

Eu deveria ter voltado e me encontrado com eles pessoalmente para contar sobre Keeley, mas estou aqui agora e é algo que tenho que fazer. Não estou quebrando minha palavra.

— Tudo bem.

Ando um pouco mais longe de Chase e Charlie.

— Emmett, sei que nós dois sentimos que há algo errado com Stephen e o prefeito, mas são apenas palpites. E se tudo o que eles forem for uma distração para nos impedir de olhar na direção certa? Fico pensando em quando estávamos no deserto e nada era o que parecia, sabe? Muito disso era fumaça e espelhos. Eu tenho tanta certeza de que é ele, mas agora estou me perguntando se é assim que foi *feito* para parecer.

— Eu sei o que você está dizendo, mas todas as evidências apontam para uma direção.

Ele provavelmente está certo, mas, novamente, parece errado.

— Talvez seja porque estou longe de Rose Canyon e tenho tempo para pensar. Não sei, mas acho que você precisa procurar outras pessoas com conexões com Portland. Sabe, são sempre as pessoas que menos esperamos.

Emmett fica em silêncio por um minuto.

— Então, quem é a última pessoa que você esperaria?

— Outro além de você?

Ele ri.

— Além de mim.

Penso em todas as pessoas que conheci e que teriam menos probabilidade de ser alguém envolvido. Alguém que não seja muito velho ou tenha poder. Alguém que se misturaria porque, quando você se mistura, ninguém olha para você com muita força. Os tranquilos ou amigáveis. As pessoas que você acha incríveis e perfeitas. Realmente, só há um nome que vem à mente.

— Tessa.

Estou em DC há seis dias e estou farta. Já deu. A cidade, o barulho, o fluxo interminável de pessoas discutindo. É apenas... porcaria.

Como amei tanto este lugar uma vez está além de mim.

Agora, anseio pelo Oregon. Pelo silêncio, o ar fresco da montanha e a brisa salgada do oceano.

Charlie e eu almoçamos juntas para discutir quaisquer novidades que ela tivesse encontrado. Ela ficou na área, vigiando-me até ter a confirmação de que Stephen e seus amigos partiram, o que eles fizeram.

Eu me encontrei com os pais de Keeley há quatro dias, chorei por horas, e agora estou terminando de fazer as malas para que eu possa guardar minhas porcarias antes que Emmett e eu mudemos ou vendamos tudo.

Seu nome aparece no meu telefone, e sorrio enquanto passo o dedo, amando seu lindo rosto.

— Ei — atendo, sentindo falta dele muito mais do que deveria.

— Ei, você.

Eu mordo meu lábio inferior, caindo na cama.

— Sente minha falta?

— Toneladas.

Ele está sentado em sua viatura, do lado de fora do nosso apartamento, de uniforme e com a cabeça apoiada no assento.

— Você parece cansado.

— Parece que estou pronto para receber você em casa, então não preciso me preocupar. Além disso, Sunday cagou no tapete ontem à noite e destruiu um cobertor.

Eu rio.

— É realmente por isso que você sente minha falta.

— Inferno, sim, você torna essa cachorra menos demoníaca.

— Mas ela passou o dia todo com Brielle, certo?

Ele concorda.

— Sim, graças a Deus tenho uma folga.

— Sabe, talvez realmente não devêssemos ter nenhum ser vivo contando conosco. — Eu rio, mas só é engraçado porque é a realidade.

— Eu confiei em você por anos, Blake, e você não me decepcionou.

Meu coração palpita e tenho que segurar um suspiro audível. Sério, não vou ser essa garota. Não vou sorrir com suas doces palavras.

Mas então suspiro, como uma tola.

— Você está me transformando em uma garota que nunca pensei que existisse.

— Alguém com um coração?

Franzo os lábios e balanço a cabeça.

— Isso foi rude.

— Sinto muito.

— Você sentirá quando eu finalmente chegar em casa.

O rádio dele faz um som, e Emmett levanta um dedo para me silenciar enquanto ele escuta e então diz:

— Copiado.

— Tudo certo?

— Oh, é apenas mais um dia chato aqui em Rose Canyon.

— Você encontrou alguma coisa desde que eu saí?

Ele lambe os lábios.

— Não sei. Eu gostaria de poder explicar, mas... não posso. A equipe da Cole Security chega aqui amanhã, e não posso dizer o quanto será um alívio para mim e Spencer que você e Brielle terão proteção extra.

— Você se lembra que sou uma médica de combate, certo? — Entendo que ele quer me proteger, mas não sou uma donzela em perigo.

— Você se lembra que não faz nem uma semana que alguém invadiu seu apartamento e pegou você, certo? Não estou dizendo que você não pode se cuidar, mas nem todos podem estar em alerta o tempo todo. Além disso, não coloquei quinze guardas para você, são dois caras que podem ficar de olho quando nós não podemos.

— E ele era do FBI, um amigo, e não era uma ameaça. Se realmente fosse alguém tentando me matar, eles não estariam andando por DC agora.

— Tudo bem, mas ainda perdi a cabeça.

Justo. Posso imaginar que foi difícil para ele não saber o que aconteceu até receber a confirmação de Charlie de que eu estava bem.

— Bem, felizmente essa não é a nossa realidade. O que é, é que precisamos encontrar respostas. Você vai ter alguém me seguindo pelo resto da minha vida?

— Se eu tiver que fazer.

Eu balanço minha cabeça.

— Esta será uma discussão a ser continuada.

— Eu imaginei isso.

Apoio-me no travesseiro, desejando estar em seus braços.

— Como está seu pai?

Emmett disse que teve um dia muito ruim ontem. Na verdade, eles chamaram Emmett até as instalações para ver se ele poderia acalmá-lo. Eu odeio estar tão longe e não poder ajudar. Não que eu pudesse ter feito muito, mas poderia ter estado lá por Emmett.

— A enfermeira disse que ele está melhor hoje. Ele ainda estava desorientado, mas não beligerante.

— Ele já ficou assim antes?

— Não, nunca ao ponto de ter que autorizar a sedação. Meu pai nunca foi um homem violento. Ele nunca bateu na minha irmã ou em mim, e nunca gritou que eu me lembre. Era sempre aquela decepção implícita. Ele era um mestre naquele olhar, sabe? O rosto que dizia: 'Filho... você deveria fazer melhor e a culpa é minha melhor arma.'

Eu rio um pouco.

— Minha mãe era de gritar. Deus, ela ficava tão brava comigo e com meu irmão. Lembro-me de quando era adolescente ficar tagarelando com ela, e ela gritava e ia embora. Se ela não tivesse feito isso, acho que teria me dado um soco.

— Você? Um pé no saco?

— Imagine isso. De qualquer forma, fico feliz que ele esteja melhor hoje.

Emmett acena com a cabeça.

— Eu também. Vocês dois são importantes para mim, mais do que tudo.

— Tenho certeza de que Hannah aprecia isso.

— Por favor, Hannah está muito feliz em fingir que esta cidade não existe... ou meu pai, aliás.

Acho que a fuga da mãe de Emmett machucou Hannah de maneiras que ela não consegue explicar. Aquela cidade guarda todas essas memórias para ela, e é mais fácil ficar longe do que lidar com elas. Entendo isso melhor do que a maioria. Eu sou a rainha da evitação.

Por mais que eu queira sugerir isso, sei que isso não é algo em que deveria me envolver.

— Bem, quero voltar.

Seu sorriso atinge seus olhos, e o azul neles se aprofunda.

— Eu quero você em meus braços, Blakely. Quero sentir você, beijar e abraçar para saber que está segura. Eu me sinto tão vazio sem você.

Se um coração pode se unir a outro, simplesmente aconteceu.

— Emmett...

Há uma batida na janela de Emmett, e ele bufa.

— Um segundo.

Ele inclina a câmera em direção ao peito, mas posso ouvir a janela sendo aberta, e então há um *estrondo* que congela cada gota de sangue em meu corpo. Eu conheço esse som. Já vivi esse som tantas vezes.

— Emmett! — grito quando o telefone cai de sua mão, e não consigo ver nada como se fosse o assento do carro ou o assoalho. — Emmett! Oh, meu Deus!

Estou fora da cama, correndo como se pudesse ir a qualquer lugar. Isso foi um tiro. Ele foi baleado. Pode ser. Eu nem sei.

Meu coração está batendo forte quando começo a gritar mais alto.

— Emmett. Por favor! Por favor, diga alguma coisa!

Não há nada. Nenhuma resposta.

Começo a tremer quando a adrenalina e o medo ameaçam tomar o controle completamente, e tenho que me esforçar para não entrar em pânico. Ele precisa de ajuda. Eu preciso fazer alguma coisa.

Porra. Estou do outro lado do país.

Pense, Blakely. Pense.

Eu forço minha respiração a se acalmar e coloco em outro número porque não quero desligar.

Lágrimas caem, borrando minha visão e escorrendo pelo meu rosto sem controle.

— Emmett — chamo mais e mais. — Por favor, não posso perder você.

A outra pessoa atende.

— Blake?

— Spencer! Você tem que chegar até Emmett. Ele foi baleado. Por favor. Você tem que encontrá-lo.

— Onde você está?

— Estou em DC. Estávamos em uma chamada de vídeo. Eu ouvi o tiro, e a tela está preta. Ele não está me respondendo e estava fora do nosso apartamento!

Spencer está gritando, estou prestes a chorar e posso ouvir Brielle ao fundo. Ele grita várias ordens, mas quando volta para a linha, sua voz está calma.

— O que você viu?

— Nada. Estávamos conversando e então alguém bateu na janela... e depois o som. Deus, o som. Ele estava em sua viatura. Ele estava sentado lá, mas não sei onde ele estava. Não tem jeito... — Eu começo a chorar mais forte. — Emmett — chamo novamente, implorando para ele responder.

— Eles estão a caminho dele agora, Blake, eles estão a dois minutos. Eu vou também.

— O que eu faço? — pergunto. — Eu preciso dele!

— Eu sei. Ligo para você assim que souber de alguma coisa.

Eu afundo no chão, olhando para a tela em branco que não se moveu. Minha mente evoca todas as coisas que poderiam estar acontecendo com ele, nenhuma das quais é boa.

— Emmett — chamo repetidamente até minha voz ficar rouca. Cada segundo de silêncio construindo algo pesado o suficiente para quebrar meu coração.

Depois, há sirenes. São suaves no início, mas ficam cada vez mais altas conforme a ajuda chega até ele, e começo a rezar.

Por favor, não o tire de mim.

Por favor, não me faça ficar viúva.

Por favor. Eu não posso lidar com isso.

— Ele está aqui! — alguém grita. — Pegue a maca!

O telefone é levantado, meu coração batendo enquanto espero para ver alguma coisa, mas então a linha fica muda.

CAPÍTULO VINTE E OITO

Blakely

Ninguém me diz nada. Spencer não está respondendo. Holden está no hospital e não pode atender minhas ligações.

Brielle pelo menos ligou para dizer que ainda não tinha notícias de ninguém e para obter as informações do meu voo.

Não há mais voos hoje, mas estou no primeiro da manhã. Horas que tenho que ficar sentada aqui, olhando para as paredes e ouvindo aquele tiro de novo e de novo.

Ouvindo as sirenes soarem ao fundo e, quando eles chegaram, alguém gritando a ordem para pegar uma maca.

Porque ele não conseguia se mover sozinho.

As lágrimas voltam.

Há uma batida na porta e eu me forço a me mover. Quando abro, Charlie está lá.

— Eu sei que não somos o que você chamaria de amigas, mas já estive onde você está agora, então pensei que você poderia usar alguém para apenas... beber junto. — Ela levanta uma garrafa de vinho e eu aceno.

— Você precisa de um copo? — pergunto.

Ela torce a parte de cima.

— Você?

— Não.

— Idem. Vamos beber como universitários. Afinal, quem precisa perder tempo pegando um copo?

Sentamos no sofá, com os pés em cima da mesa, e passamos a garrafa de vinho de uma para a outra.

— Gostaria que fosse vodca — digo distraidamente.

— Eu estava preocupada que você ficasse muito bêbada para voar pela manhã. Esta era a aposta mais segura.

Eu inclino minha cabeça para trás, minha mandíbula tremendo.

— Eu gostaria de estar entorpecida.

Ela descansa a mão na minha.

— O entorpecimento virá. Você tem que sentir tudo para deixá-lo ir. Você sabe disso.

Eu não quero sentir. Não quero deixar nada passar.

— Por que eles não me contaram nada?

— Talvez não haja nada para contar. Se ele estiver em cirurgia, não saberemos nada até ele sair. Nenhuma informação é melhor do que uma informação falsa de qualquer maneira.

Eu me viro para ela.

— Eu preciso de algo! Estou do outro lado do maldito país, completamente no escuro. Só preciso saber se meu marido está vivo ou morto.

— Entendo. Eu gostaria de poder lhe dar a resposta. Posso dizer que Liam estará aqui em cerca de duas horas. Ele será seu novo guarda-costas e, embora você não queira, isso é uma pena. Mark já o estava enviando para Rose Canyon para protegê-la de qualquer maneira.

Meu peito arfa e não tenho forças para lutar contra ela. Bem. Dê-me um guarda-costas. Dê-me dez contanto que você me dê Emmett também.

— Se ele morrer...

— O quê?

Sento-me, sentindo-me sobrecarregada.

— Então nada importa, Charlie! Nada! Ele é tudo que eu tenho! Perdi todos na minha vida. Meu pai, minha mãe, meu irmão, os homens que eu deveria salvar, não terei mais nada... — Eu começo a soluçar. — Tudo o que tenho é um cachorrinho que ele me deu, porque não queria mais que eu ficasse sozinha. — As lágrimas caem com tanta força que não consigo mais enxergar. — Deus, é como se ele soubesse que eu ficaria sozinha no mundo.

— Não sou muito de abraçar, mas vem cá. — Seus braços estão estendidos, e eu me inclino para ela. Ela está certa. Ela é desajeitada e claramente desconfortável, mas não me importo.

Todo o tempo que passei afastando Emmett para que eu não me

215

sentisse assim. O tempo perdido que nunca poderei recuperar porque estava com tanto medo disso.

Sento-me depois de um minuto e tomo um longo gole de vinho enquanto olho para as caixas. Minha casa está toda lotada, minhas prateleiras e minhas paredes estão vazias.

— Achei que finalmente teria o casamento com que sonhava. Deixei minhas paredes caírem e me permiti ser vulnerável.

Charlie pega a garrafa e suspira.

— Eu já fiz isso. É realmente uma merda. Zero em dez estrelas na merda da vulnerabilidade. No entanto, se eu nunca tivesse feito isso, não teria meus filhos. Por mais loucos que sejam, eles são a melhor coisa que já me aconteceu. Se eu perdesse Mark hoje, seria uma dor inimaginável, mas estou melhor pelo tempo que tivemos. Pode dizer o mesmo?

Penso nos anos que tivemos. Talvez não como um casal verdadeiramente casado, mas foi algo nosso. Comemos pizza no chão, assistindo a horríveis filmes militares. Rindo de nós mesmos enquanto tentávamos juntar os móveis. Quando meu irmão morreu, Emmett foi minha rocha, e eu não teria sobrevivido a nada disso se não fosse por ele.

Todas as noites em que estivemos juntos no deserto, conversando sobre as malditas estrelas.

Eu não trocaria um segundo disso.

— Posso, mas não estou pronta para que isso seja o fim.

— Eu sei. Então, esperamos.

Eu alcanço a garrafa.

— E bebemos.

Devo ter adormecido porque quando abro os olhos, o céu agora está preto. Charlie está andando pelo meu apartamento e falando com alguém ao telefone.

— Nada ainda? — Ela está em silêncio novamente. — Ok. Bem,

mantenha-me informada. Vou ficar com ela. Estou observando a área e, até agora, está tudo quieto. — Ela faz uma pausa. — Eu sei, Mark. Sou sempre cuidadosa, ainda mais quando sei que há perigo. — Sua risada enche a sala. — Sim, você é a pessoa mais perigosa que já enfrentei. Sim, sim, você me derrubou. Idiota. — Eu ouço sua voz mudar para mais um sussurro. — Liam está aqui, sim, ele vai acompanhá-la no avião. Estarei em casa amanhã e então poderemos discutir a informação que você está escondendo de mim. — Ela faz uma pausa e depois zomba. — Sou uma espiã, Mark. Sei quando você está mentindo. Tenho que ir. Eu te amo.

Ela solta um longo suspiro e se senta à mesa. Quero me levantar e perguntar que informação ela acha que ele está escondendo, mas estou cansada demais. Tudo parece pesado. O peso do desconhecido, o buraco em meu estômago, meus membros e meu coração. Tudo isso posso perguntar a ela em alguns minutos. Deixo o peso tomar conta de mim e volto a dormir, onde não há nada além de escuridão.

Eu ouço Charlie se movendo e depois no telefone novamente.

— Olá? Ótimo. Sim, deixe-me acordá-la.

Sento-me, instantaneamente alerta e rezando para que isso seja notícia.

— É Emmett?

Seus lábios se abrem e sua mandíbula se move, mas não há palavras. No entanto, sua mão está estendida, e considero isso um sinal.

Ele está vivo e pode falar.

Praticamente corro para o telefone.

— Emmett? Você está bem?

Ouço algo, só que não é sua voz.

— É Brie — ela engasga um pouco. — Eu não sei como... dizer isso...

Eu balanço minha cabeça, sem vontade de ouvir as palavras.

— Não. — Não pode estar acontecendo. — Pare.

— Blake, sinto muito. Eu... então, sinto muito. Ele se foi.

— Não — sufoco a palavra. — Não, ele não pode. Não. Ele não. Você está mentindo. — Eu caio de joelhos, mal me apoiando com uma mão no chão frio enquanto a dor corta meu peito.

— Eles só vieram nos contar. Eles... eles apenas disseram que ele se foi.

Meu peito está tão apertado que não consigo inspirar nem expirar. Eu pensei que conhecia o luto antes. Achei que tinha sentido a maior dor quando Dylan morreu em meus braços.

Eu estava errada.

Estava tão errada.

Isso é dor. É uma agonia que não tem fim. É como se alguém tivesse me cortado e eu não consigo respirar.

— Por favor! — Eu soluço quando o telefone cai no chão. — De novo não. Ele não! Não! Deveria ser eu. Não posso fazer isso de novo. — Bato minhas mãos no chão, raiva e devastação me dominando. — Deveria ser eu! Por que não pode ser eu? Por que tem que ser ele?

Eu quero morrer. E nunca mais sentir dor. Não posso viver com isso. Não posso perder outra pessoa. Não Emmett. Não o amor da minha vida.

Eu choro mais forte, implorando para que Deus faça tudo isso ser um pesadelo, mas não é, é real e é um pesadelo vivo.

Charlie está aqui, seus braços em volta de mim.

— Respire, Blake.

Eu me forço a fazer isso, ofegante. Tento vê-la através da minha visão turva, meu olhar aguado tornando isso impossível.

— Ele se foi.

— Eu sei. Sinto muito.

Meu estômago revira e corro para o banheiro, onde perco o que quer que esteja dentro dele. Tudo ao meu redor está desmoronando. Emmett não pode estar morto. Ele não pode. Eu preciso dele.

Charlie está segurando meu cabelo para trás enquanto meu corpo rejeita o que meu coração sabe.

— Calma. Você tem que se acalmar.

Cada respiração dói, e afundo de volta na minha bunda.

— Não consigo ficar calma quando tudo que amo se foi.

Ela me dá um pouco de água e tomo um pequeno gole. Cada parte do meu coração se despedaça quando ouço as palavras de Brielle novamente... ele se foi.

Foi-se o homem amoroso que me fez sorrir. Foi-se o protetor que andaria na frente de uma bala para me salvar. Foi-se o filho amoroso que penteava o cabelo do pai, achando que eu não estava olhando. O homem que me deu um cachorrinho porque queria que tivéssemos o que nunca pensamos que teríamos.

Recuo até que estou descansando contra a parede. Preciso de algo sólido para me sustentar porque não tenho mais nada dentro de mim.

— Ele se foi. Ele não deveria ter ido embora. Estávamos apenas começando de novo. Nós estávamos felizes. Nós pegamos um cachorrinho e tudo seria normal. — Cada palavra parece outro corte na minha alma. — Eu fiz isso.

Suas mãos se movem para cima e para baixo.

— Não, você não fez isso.

— Eu fiz. Fui até ele. Eu trouxe isso à tona. Empurrei e empurrei, porque queria respostas. Pesquisei os segredos da cidade e ele foi morto.

Charlie balança a cabeça.

— Não. Ouça-me, você não fez isso. Você não matou seu marido. Ele era policial e estava fazendo seu trabalho. Ninguém sabe quem atirou nele ou por quê. Pode ter sido aleatório, pelo que sabemos.

Não, não foi aleatório. Tudo aconteceu por minha causa. Minha necessidade de obter justiça para uma garota que eu não conhecia me custou o amor da minha vida.

— Como posso acreditar nisso? Eu apareci lá, fazendo perguntas e claramente chateei quem está fazendo isso.

— Você não é responsável pelas decisões que os outros tomam. Sei que é difícil de ouvir e aceitar, mas você não puxou o gatilho. Você não fez nada para colocar isso em movimento. Spencer não ia deixar isso passar. Ele tinha Quinn, que trabalha para meu marido, e alguns... amigos... olhando para ele. Pode não ter nada a ver com você.

Não posso ouvir isso agora. Não posso aceitar isso. É demais.

— Eu não sei o que fazer. Não sei se devo ligar para a irmã dele... vou ter que contar ao pai dele.

Ela esfrega minhas costas.

— Vamos levar você de volta lá, e então você pode descobrir tudo isso.

Isso só me faz chorar mais, porque quando eu chegar lá, nada será o mesmo.

O voo foi longo e dormi bastante. Liam explicou o plano para o que faríamos assim que pousássemos, e estava honestamente exausta demais para dar a mínima para o que ele disse, então me desconectei.

Aparentemente, eles não descobriram nada. Nenhuma pista. Stephen estava viajando com Ryan e Nick para um jogo no Texas depois de DC, então estão descartados, e o prefeito também tem um álibi sólido. Não que eu ache que o prefeito tenha coragem de matar alguém a sangue frio.

Entramos no terminal principal e Holden está parado ali, de braços cruzados, esperando. Assim que ele me vê, ele se aproxima.

Sua boca se forma em uma linha apertada.

— Ei.

— Oi.

Ele estende a mão para a minha bolsa.

— Deixe-me levar isso para você.

Concordo com a cabeça, empurrando a mala em sua direção.

— Obrigada.

— É claro.

— Alguém contou à irmã dele? — pergunto.

— Ela está fora do país com a família. Também não falei com Hank.

Isso é provavelmente o melhor de qualquer maneira. Hank vai precisar de um grupo nosso, e nem tenho certeza se ele vai se lembrar de algum de nós.

— Você estava lá? No Hospital?

Holden balança a cabeça.

— Eu estava em casa. Eu tinha trabalhado um turno de doze horas, mas voltei assim que Spencer me ligou. Não havia nada que eu pudesse fazer naquele momento.

— Eu estive lá. — Minha voz não soa como a minha. Estou apenas triste e não consigo reunir energia suficiente.

Liam vem atrás de mim, puxando duas malas com ele. Ele coloca uma em suas rodas e estende a mão para Holden.

— Liam Dempsey. Faço parte da equipe da Cole Security. Você é Holden, certo?

Holden aperta sua mão.

— Eu sou. Quinn já está instalado no apartamento com a outra equipe.

Não tenho certeza do que isso significa.

— Que outra equipe?

Holden e Liam compartilham um olhar.

— Blake, Emmett preparou algumas coisas enquanto você estava fora esta semana. Ele tinha toda a intenção de falar com você sobre isso quando você voltasse, mas… — Seus olhos se desviam de mim, e ele pigarreia algumas vezes antes de se virar. — Você não está segura aqui.

— O quê?

— Você não vai voltar para o apartamento dele ou para Rose Canyon.

Meu coração bate mais forte e dou um passo para trás.

— O que você quer dizer com não vou ficar aqui? Tenho que ir ver meu marido. Tenho que enterrá-lo e você está dizendo que não posso?

Liam fala desta vez.

— Você e eu vamos fazer parecer que estamos indo para lá e, então, vamos nos separar. Holden vai pegar nosso carro e seguir para Rose Canyon enquanto vamos para outro lugar.

— Não.

Não vou fazer isso. Não vou fugir. Não vou abandonar Emmett, esteja ele morto ou não.

— Você vai.

— Quem disse? Eu tenho que fazer o que é certo. E isso é cuidar de Hank, Sunday e tudo mais. Tenho que planejar a porra de um funeral, não fazer o que você está falando.

Holden agarra meus ombros.

— Eu sei que você está sofrendo. Sei que você quer ir para Emmett, mas você não pode. Ele te amava tanto que montou todo esse plano para protegê-la se algo acontecesse com ele. Emmett está morto, e estarei no chão ao lado dele antes de deixar qualquer coisa acontecer com você. Não vou quebrar uma promessa feita a ele, nem mesmo agora.

As informações continuam chegando.

Agora tenho que fugir? Agora preciso me esconder? Sou uma maldita veterana de combate e não fiz essa promessa. Ele não pode ditar o que eu faço, não importa o que Emmett queria.

— Preciso ver meu marido.

— Isso não está acontecendo — diz Liam, sua voz severa.

— Você não está no comando de mim. — Bato o pé com os punhos cerrados. Não aguento mais isso. Preciso ir até ele.

— Na verdade, meio que estou.

Olho para ele.

— Eu nem te conheço.

— Não, mas não sou o cara mau aqui. Você tem que ficar sob custódia protetora até que possamos pegar a pessoa por trás disso.

O aperto no meu peito fica mais forte. Não é para ser assim. Nada disso.

— Eu tenho que vê-lo. Tenho que dizer adeus a ele. Você entende que acabei de perder meu marido e você está me pedindo para deixá-lo no necrotério?

Holden se move em minha direção.

— Ninguém vai deixar nada acontecer com o corpo de Emmett. Você vai se despedir dele.

— Nem sei os detalhes. — Parece que eu o estou perdendo de novo.

— O que você quer saber? — Holden pergunta.

— Tudo. Não sei de nada. Tudo o que me disseram é que ele foi baleado. Não sei… como ou o que aconteceu. Ele sentiu dor por muito tempo? — As lágrimas caem e os olhos de Holden nadam com elas também.

— Isto é difícil. Perder Emmett logo após Isaac. Estou… estou lutando e nem pensei em falar com você sobre isso porque estou atordoado. Sinto muito, Blake.

— Não culpo ninguém. Eu só quero saber.

Holden acena com a cabeça e pega minha mão, puxando-me em direção a um banco.

— Ele não sofreu. O cirurgião fez o possível, mas não conseguiu reparar o dano. A bala atingiu uma artéria e foi… foi rápido.

Eu fungo e olho para minhas mãos.

— Obrigado por me dizer. Não sei o que dizer. Sei que vocês estão sofrendo, e não tenho tanta certeza de que posso fazer isso sozinha. Eu não quero fazer isso.

— Assim que for seguro para você voltar, não há nada que todos nós gostaríamos mais do que estar lá para você. Tudo o que estou pedindo a você é que siga os planos que ele estabeleceu, caso algo acontecesse com ele.

Eu me viro para Liam, que está ao nosso lado.

— Não posso fazer isso sozinha. Não posso ficar enfiada em alguma cabana com meus pensamentos enquanto o assassino dele vagueia livremente.

— Blake, você tem que pensar sobre isso do que teria sido a perspectiva dele — Liam tenta raciocinar comigo. — Eu amo minha esposa e filhos mais do que tudo neste mundo. Se eu soubesse que havia risco de vida para eles e não fosse capaz de protegê-los, faria a mesma coisa que Emmett fez. Eu confiaria nas pessoas que mais confio em minha vida para garantir que Natalie e meus filhos estivessem seguros até que a ameaça passasse. Preciso que ela confie que é o movimento certo, porque não há nada mais importante para mim do que eles.

— Você estaria morto, e ela estaria quebrada. Ela não se importaria mais com o que você precisava, porque você a deixou. — Enquanto digo as palavras, posso sentir minha raiva aumentando. — Emmett foi morto, e estou aqui. Portanto, não me ensine o que ele quer, porque não me importa o que ele quer. Ele não está aqui. Eu estou... e não estou... — Não consigo fazer as palavras saírem e me forço a parar por um momento. — Eu quero meu marido. Quero a vida que ele prometeu. Não entendo isso. E não vou me esconder.

— Então você vai proteger algo tão importante para ele quanto você? — Holden pergunta suavemente.

— O que é?

— O pai dele. Porque vocês dois são alvos.

CAPÍTULO VINTE E NOVE

Blakely

Ajudo Hank a entrar na casa onde ficaremos sabe-se lá quanto tempo. Estamos na fronteira de Washington e Oregon, nos arredores de uma cidade onde ninguém nos conhece.

— Obrigado, querida. Meus ossos estão cansados ultimamente. Foi uma longa viagem.

Eu forço um sorriso.

— Você precisa de mais alguma coisa?

Não que eu tenha alguma ideia do que temos aqui. Cheguei dez minutos antes de Hank, apenas o tempo suficiente para dar uma olhada na casa.

É uma casa pitoresca de três quartos cercada por bosques. Definitivamente tem uma sensação de cabana com acabamento em madeira em todos os lugares e paredes brancas. Há cortinas em todas as janelas que fui instruída a deixar fechadas o tempo todo. Só temos permissão para acessar a floresta na propriedade se estivermos acompanhados por Liam ou um Federal.

Agora só tenho contato com os três US Marshals que estão fazendo vigilância, Holden, Liam e Charlie, que ligaram duas vezes no carro para explicar por que eu tinha que fazer isso.

Sim, minha morte seria trágica.

Não tenho mãe, pai, irmão, marido, amigos… trabalho. Estou ganhando no jogo da vida.

Sunday pula na minha perna enquanto meus pensamentos seguem outro caminho deprimente, e suspiro. Eu a tenho. A última coisa de mim e Emmett.

Eu a puxo em meus braços, beijando o topo de sua cabeça.

— Entendo por que as pessoas amam tanto os animais.

Hank entra na sala.

— E qual é o nome desse pequenino?

— Esta é Sunday.

Porque tudo de bom acontece no domingo. As lágrimas vêm sem aviso, porque essa afirmação não é mais verdadeira. Emmett foi morto em um domingo.

— Oh, não chore — diz Hank, preocupação gravada em sua voz. — Filhotes de cachorro não são motivo de choro.

Eu rio disso.

— Não, eles não são.

— Mas algo deixou você chateada.

Eu não descobri como dizer a ele que Emmett foi morto. Parece tão cruel fazê-lo e, ao mesmo tempo, pior ainda reter a informação.

— Por que não nos sentamos? — Eu sugiro, e Hank puxa a cadeira ao meu lado. Sento-me e ele faz o mesmo. — Hank, você sabe quem eu sou?

Ele olha para mim, os olhos estreitados um pouco.

— Já nos encontramos antes.

— Nós nos encontramos. Não muito tempo atrás.

— Não sou bom com nomes.

Sorrio.

— Eu sou Blakely.

Algo se acende em seus olhos.

— Você conhece meu filho Emmett?

Eu não vou chorar. Eu não vou chorar.

— Sim, conheci.

Aquela palavra. Esse tempo não está certo em meus lábios. Eu o conheço. Eu o amo.

— Ele é um bom menino, sabe? Ele vem me ver o tempo todo, fala sem parar, mas gosto que ele venha. Ele passa muito tempo reclamando de uma garota, o nome dela soa como o seu.

Isso é porque eu sou a garota.

— Ela deve ser especial se ele fala sobre ela.

Sunday pula em seu colo e ele sorri.

— Ela é. Ele está no exército.

— Eu também estava.

— Com Emmett?

Eu empurro o ar do meu peito.

— Sim, nós nos conhecemos lá.

— Ele é muito corajoso, meu filho.

— Eu sei. Ele tinha essa habilidade incrível de me fazer sentir segura, mesmo quando nossas vidas estavam em perigo.

Hank sorri.

— Ele sempre foi assim. Quando sua irmã estava chateada, ele entrava, dizia alguma coisa e a sala se acomodava. Conte-me uma história sobre ele no exército.

Tenho tantas que quero compartilhar, mas sei o que mais quero compartilhar. Provavelmente foi quando me apaixonei por ele, só que não sabia.

— Estávamos no que deveria ser uma missão de rotina para prender o chefe de uma quadrilha terrorista operando nesta vila no meio do nada no deserto. A informação era válida, o plano era entrar, agarrá-lo e sair num pulo.

— Mas não foi assim? — Hank pergunta.

— Nem mesmo perto. Na verdade, a coisa toda foi por água abaixo quase imediatamente. Emmett estava liderando a equipe que iria invadir. Eles chegaram na cidade sem serem notados, mas cerca de dois minutos antes de a equipe entrar, duas bombas explodiram, todos começaram a atirar e toda a missão foi para o inferno. Fiz tudo o que pude, mas as lesões continuaram vindo.

Ele estende a mão, apertando suavemente, e me sinto confortada por um momento. Está claro de onde Emmett aprendeu suas habilidades calmantes. Eu continuo.

— Todos recuaram e fomos para o chão, tentando me dar tempo para avaliar os ferimentos enquanto Emmett formava um novo plano, já que o elemento surpresa havia acabado. Naquela noite, eu não estava bem.

Eu estava muito longe disso. Foi a primeira vez que realmente pensei que ia morrer, e a primeira vez que não sabia por onde começar. Eram tantos os ferimentos que parecia impossível tratar todos eles.

De alguma forma, fui capaz de me segurar até que a última pessoa fosse enfaixada, que por acaso foi Emmett.

Ele esperou até que todos fossem cuidados e então me segurou enquanto eu chorava.

Limpo minha bochecha e sorrio para Hank.

— Emmett é quem me recompôs. Ele me deixou chorar em seus braços e depois conversamos por horas sobre nada e ainda assim tudo. Então ele me fez jogar um jogo estúpido. — Eu sorrio com a memória por um segundo.

— Que jogo?

Eu me inclino para trás e deixo a memória tomar conta de mim.

— *Você só come um pedaço de granola se nunca fez isso.*

— *Esta é a pior versão de 'Eu Nunca'* — *resmunguei.* — *Estou morrendo de fome.*

Emmett pegou a bolsa entre nós e a jogou no ar e bem fora do meu alcance.

— *Então vamos esperar que você não seja um degenerado.*

— *Eu entrei no exército... não posso ser tão ruim.*

Ele levantou uma sobrancelha, olhando para mim como se eu fosse louca.

— *Eles deixam qualquer um entrar, eles não têm padrões.* — *Eu ri.*

— *Tanto faz, vamos brincar para que eu possa comer alguma coisa.*

Não consegui pensar em comida durante a maior parte do dia. Havia tanto sangue em minhas mãos que pensei que teria que lavá-las por dias para tirá-lo da pele. No entanto, Emmett me acalmou, e agora eu queria comer, só que ele estava segurando isso de mim com seu jogo estranho.

— *Nunca matei aula.*

— *Por favor, como você não fez isso?*

— *Não estou comendo, estou?* — *ele provocou.*

Ele perdeu o ponto deste jogo.

— *Você só deve formular se nunca o fez.*

— *Acho que essa regra é uma merda, então estou inventando minhas próprias regras.*

Isso foi ótimo, mas ele precisava compartilhar essas regras.

— *Que diabos você está fazendo então?* — *perguntei com exasperação.*

Emmett levou alguns segundos enquanto olhava ao redor para o acampamento que fizemos. Levou algum tempo para encontrar um lugar seguro para nos reagruparmos. Quando o fizemos, Emmett, dois outros oficiais e eu passamos horas trabalhando no que poderia ter dado errado e qual era o status de cada membro da equipe. A maioria dos ferimentos foi leve, mas havia dois que me preocupavam o suficiente para solicitar a extração. Aqueles que foram considerados estáveis ficaram para terminar a missão.

— Ok, você faz a declaração de algo que não fez, e se a outra pessoa também não fez, então você come. Se a pessoa tiver feito, mas você mentiu, ela pode comer. Depois que a outra pessoa pega a sacola, ela controla as perguntas. Sem mentir ou vou engolir cada migalha neste saco, e você não vai ganhar nada.

— Como isso é justo? Você sabe coisas que nenhum de nós fez. Nunca vou conseguir comer nesse ritmo.

— Bem, tenho o saco de granola e este é o meu jogo. Você está com medo de jogar?

— Você sabe que nós moramos juntos, e vou cortar você enquanto dorme — ameacei.

— Eu vou aproveitar minhas chances.

Eu bufei.

— Bem. Já que suas regras estão completamente erradas, espero que você estrague tudo. — Era realmente a única chance que tinha.

— Nunca fiquei com minha esposa.

— Odeio você. — Nós dois sabíamos que nunca tínhamos ficado um com o outro.

Ele sorriu enquanto colocava um pouco da granola em sua boca.

— Nunca fiz sexo alucinante com minha esposa.

— Considerando que somos casados um com o outro e não fizemos, você sabe a resposta.

— Este jogo é divertido — Emmett disse com presunção.

— Ah, claro, é uma delícia.

— Quer um pouco? — Ele estendeu a sacola aberta para mim, mas quando coloquei a mão dentro, ele a pegou de volta.

— Você é um idiota.

Ele encolheu os ombros.

— Você tem que merecer essa granola. Ok, eu nunca... comi sushi.

— Ah! — Eu finalmente tive um. Emmett tinha medo de sushi. Ele me contou uma vez sobre como a ideia o enojava. — Eu como sushi o tempo todo, e você nunca, porque disse que achava que ainda estava vivo e iria te matar.

Emmett entregou o saco de granola, e imediatamente coloquei um pouco na minha boca, sorrindo enquanto o observava.

— É bom, certo?

— É uma granola muito boa — concordei.

Mas, realmente, a granola não era o que eu estava gostando. Era isso. Nós. Ele me *fazendo sorrir e rir depois de ter um dos piores dias da minha vida. Estávamos casados há apenas dois meses, e nem era um casamento de verdade. Nós não tínhamos nos beijado, exceto na cerimônia, que foi um selinho antes de explodirmos em gargalhadas histéricas. Mas nossa amizade era a melhor parte do que eu esperava que o casamento fosse.*

Eram momentos em que não precisava ter medo, porque sabia que ele sempre me protegeria, mesmo quando achava que não precisaria.

Hank limpa a garganta e dou a ele um sorriso tímido.

— Desculpe — falo rapidamente. — Eu me perdi na memória.

Explico o jogo e como Emmett mudou as regras.

— Por mais que isso tenha me deixado louca naquela noite, consegui deixar meu medo de lado enquanto ele estava comigo e lembrar que não estava sozinha. Ele estava sempre lá para mim, e... sinto falta dele. Não quero ficar sozinha.

Sunday sai de seu colo, pulando no meu. Seu nariz roça no meu queixo e Hank ri.

— Ela sente que você precisa do afeto dela e quer lembrá-la de que você não está sozinha.

Acaricio meu cachorro, aninho contra ela e luto contra minhas lágrimas. Não, não estou sozinha, porque Emmett garantiu que sempre teríamos algo para amar. Nunca pensei que seria uma percepção que eu teria tão cedo, no entanto.

Hank move-se em sua cadeira, olhando em volta.

— Quando Emmett chegará aqui?

Oh, Deus. Respiro pelo nariz, coloco Sunday em seu colo e me agacho na frente dele.

— Ele não vem aqui, Hank.

— Por que não?

— Emmett foi ferido, e você e eu estamos escondidos agora. Temos que ficar aqui até que nos digam que é seguro sair.

Ele olha para mim, seus olhos cheios de preocupação.

— Você também se machucou?

— Não, não fisicamente — eu digo.

— Seu coração está ferido.

— Muitíssimo.

Meu coração está quebrado. Está dizimado, e estou me esforçando muito para mantê-lo unido para Hank.

— Por causa de Emmett?

— Sim.

— Ele está bem? — Hank pergunta, e não posso mentir para ele.

— Emmett foi baleado e… ele se foi agora. Ele foi morto e… sinto muitíssimo.

Essas palavras parecem tão sem sentido. Desculpa não traz de volta o filho que ele perdeu. Lamentar não torna essa dor que altera a vida mais fácil de suportar. E, no entanto, quando procuro algo mais significativo para dizer, não há nada. Eu trouxe isso para a porta de Emmett, e foi ele quem pagou por isso, algo pelo qual nunca poderei verbalizar meu profundo arrependimento.

Uma lágrima escorre pela bochecha de Hank. Eu olho para meus dedos, tentando tanto impedir que minhas próprias lágrimas caiam. Hank levanta meu queixo para que nossos olhos se encontrem. Meu olhar embaçado encontra seus olhos azuis, aqueles que são exatamente do tom de Emmett, nadando em lágrimas.

— Ele amava você. Você o fez feliz.

Meu lábio inferior treme e prendo a respiração.

— Eu o amava.

— Então você se apega a isso. O amor é o que nos faz continuar. Mesmo quando o perdemos, podemos nos apegar ao que sentimos ao amar alguém.

Eu não posso continuar olhando para ele, então abaixo meu rosto enquanto as lágrimas caiem.

— Eu o amava de todo o coração e não sei como continuar.

— Lembrando e contando as histórias. Eu não posso mais fazer isso. Na maioria dos dias, não tenho as lembranças, mas tenho os sentimentos. Posso fechar os olhos e sentir paz, que foi por causa do amor. — Hank enxuga uma lágrima. — Eu tenho que me lembrar disso agora. A maneira como essa história me fez sentir em relação ao meu filho.

— Eu vou te contar a história sempre que você quiser.

— É assim que ele vive.

— Nos nossos corações.

Hank acena com a cabeça, acariciando o cachorro novamente. Algo muda quando seus olhos encontram os meus novamente.

— Hank?

Ele olha para Sunday e depois de volta para mim.

— Nós nos encontramos antes. Você conhece meu filho, Emmett?

Meu peito dói, mas eu me forço a não desmoronar.

— Nós nos encontramos e, sim, conheço Emmett.

CAPÍTULO TRINTA

Blakely

Os dias de isolamento passam mais devagar do que eu imaginava ser possível. Não tenho nada para fazer a não ser pensar na minha vida. Já se passaram seis dias.

Seis dias sem nada. Sem amigos. Sem trabalho. Sem telefonemas. Nenhuma informação.

Hoje, estou dando um passeio na floresta, para desgosto de Liam. Quando quase quebro meu tornozelo pela terceira vez, ele bufa alto.

— Isso é realmente necessário?

— Eu não posso mais olhar para as paredes. Não posso continuar respondendo às perguntas de Hank sobre quando Emmett vem. Estou perdendo a cabeça, então, sim, é necessário.

Ele agarra meu braço, ajudando-me a subir em uma pedra.

— Ponto justo.

Não é uma merda. Continuamos e então ele verifica seu telefone novamente.

— Por que você consegue se comunicar com as pessoas e eu estou presa falando com você ou Hank?

Liam dá de ombros.

— Eu não estou sendo caçado.

— Estou sendo realmente caçada? — pergunto, chateada porque isso é algo que ninguém realmente vai ser honesto comigo. — Achei que era apenas uma possibilidade.

— Você recebeu visitantes inesperados em seu apartamento em DC e em Rose Canyon.

— Suponho que não foi alguém levando um bolo Bundt para oferecer condolências?

Ele balança a cabeça.

— Não, mais como um rifle.

— Não é a primeira vez que isso acontece — digo, atravessando o riacho. A floresta é linda. Tudo é verde exuberante e vida selvagem silenciosa. Os únicos sons são o riacho murmurante que flui em direção ao mar e o chilrear dos pássaros. É isolado, e provavelmente algo que eu deveria apreciar depois de morar em DC por tanto tempo, mas isso é o inferno na Terra.

— Por que você não me leva de volta para uma cidade? É mais fácil se perder quando há tanta gente.

— Porque é mais difícil acompanhar quem está ao seu redor. É aqui que os Marshals a queriam por vários motivos.

— Que são? — pergunto.

— Você pode perguntar a eles.

— Ok. Dê-me seu telefone e deixe-me ligar para eles.

Ele me dá uma olhada e reviro os olhos. Eles não falam muito. Todos os dias, eles entram na casa, verificam as câmeras e procuram por algo fora do comum. Eu faço perguntas, eles resmungam ou me ignoram e depois me dizem que saberão mais logo antes de partirem novamente.

Eu gostaria de saber mais *agora*.

— Eu sempre pensei que a custódia protetora era mais como ganhar uma nova vida onde ninguém conhece você. Não ficar se escondendo na floresta.

Liam ri baixinho.

— Eu acho que essa parte está chegando, que é quando você vai me perder para sempre. Só precisamos ter certeza de que podemos movê-la sem que ninguém perceba. Isso é uma espécie de pré-encenação.

— Ótimo, então vou ter a cachorrinha, Hank e novos Marshals antissociais. Para onde vamos, Hank receberá os cuidados de que precisa?

— Sim, é uma das estipulações que Emmett tinha. Você será transferida para uma área que tenha uma instalação capaz de cuidar dele.

— Bom, porque não vou deixá-lo, por mais difícil que seja ver seu rosto ou responder suas perguntas. Ele é meu sogro e já foi bastante abandonado. Ele é... bem, ele é a única família que tenho.

Emmett fez de tudo para cuidar de mim e de Hank, e não vou

decepcioná-lo. Seu pai significava tudo para ele, o que significa que ele é tudo para mim também.

— Você não está tão chorosa hoje — Liam observa enquanto caminhamos mais longe.

— Talvez eu esteja desidratada.

Ele bufa e ri.

— O luto é uma coisa engraçada, não é?

Paro de andar, sentindo-me um pouco cansada. Liam se inclina contra a árvore enquanto eu me sento em um tronco caído.

— Não sei se chamaria de engraçado.

— Só quero dizer que nunca é o que esperamos. Um dia, podemos estar completamente bem, pensando que a vida está neste novo normal, e no dia seguinte, estamos uma bagunça do caralho.

— Quem você perdeu? — pergunto.

— Minha mãe. Não é o mesmo que você está sentindo, mas vi meu pai passar por isso. Ele ficou perdido por um tempo, então pareceu se adaptar ao novo normal e, semanas depois, ele estaria um desastre novamente. Lembro-me de aprender sobre os estágios do luto, mas foi só quando experimentei que percebi que eles não são lineares.

— Não, eles não são. Quando meu irmão morreu, senti como se o mundo tivesse acabado de desmoronar. Foi uma dor de cabeça esmagadora porque eu o vi dar seu último suspiro.

Liam inclina a cabeça.

— Você estava lá?

Eu concordo.

— Nossa unidade cruzou com a dele. Foi assim… incrível. Fiquei tão feliz quando o vi. Parecia uma cena de um filme. Chamei seu nome, ele se virou e fui correndo em sua direção. Nós nos abraçamos pelo que pareceram horas. Emmett e Dylan se conheceram e ficaram amigos rapidamente. Sempre serei grata por eles terem tido esse tempo para se conhecerem.

"Todos nós estávamos exaustos. Nós caminhamos muito para chegar à base improvisada. A unidade de Dylan estava vigiando o perímetro naquela noite. A equipe Ranger estava tendo um descanso muito necessário. Lembro-me de acordar com o tiroteio e pensar por apenas um segundo que era falso, o que nunca fiz por causa de onde estávamos."

Liam sorri um pouco.

— Depois de um tempo, você fica entorpecido com o som quando está lá fora. — Eu concordo.

— Exatamente. As pessoas começaram a gritar, e foi aí que eu soube que era real. Eles estavam chamando por médicos. Houve uma tentativa de invasão do acampamento e a unidade de Dylan os deteve. Foi como... o destino me levou direto a ele. — As lágrimas que não estavam caindo voltam. Meu irmãozinho era tão corajoso. Tão forte e manteve sua posição, sacrificando sua vida por seus irmãos e irmãs que estavam ao seu lado.

— Você o encontrou ferido?

Eu mordo meu lábio inferior, tentando parar o fluxo de emoção, e balanço minha cabeça.

— Não havia nada que eu pudesse fazer, eu não podia... extrair a bala lá. Eu nem tinha meu kit. Apenas corri para lá. Se eu tivesse meu kit ou estivesse pensando direito, poderia ter feito algo mais. Aguentado até que um dos cirurgiões pudesse chegar lá.

Liam não me oferece falsa simpatia. Ele apenas fica em silêncio por um momento.

— Uma das coisas que sabemos quando entramos em guerra é que as baixas são uma certeza. Nós sabemos disso, mas somos mentirosos que fingem que estamos prontos para isso. Perder um amigo, membro da família ou membro da equipe nunca é o que você espera. Não há um manual sobre o quão horrível você vai se sentir dia após dia ou um que diga quais memórias o assombrarão.

— Não, não há — eu digo, minha voz caindo.

— Eu não digo isso para fazer você se sentir melhor — ele começa. — Digo isso porque, se fosse eu, preferiria que o último rosto que visse fosse minha esposa ou meu filho antes de partir. Eu não gostaria que fosse um completo estranho.

— E a dor que deixa para o seu sobrevivente? E o quão difícil é para mim agora? Ter olhado nos olhos do meu irmão e do meu marido antes de serem mortos?

Liam se move para se sentar ao meu lado.

— Essa é a parte que eu disse que não faria você se sentir melhor. Estou falando do outro lado, desejando egoisticamente poder ver a pessoa que mais amo neste mundo. Deixe-me perguntar uma coisa, Blake, se você pudesse desfazer tudo, ficar no acampamento, amar seu marido, segurar seu irmão enquanto ele morria, você faria?

Um pássaro voa acima, farfalhando nas folhas enquanto eu me sento e pondero sobre sua pergunta. Minha reação instintiva é gritar um sim. Para tirar tudo isso, mas então eu teria perdido ainda. Eles teriam ido embora e eu não teria nenhuma dessas memórias.

Se eu desfizesse tudo, não teria memórias às quais me agarrar. Não teria estado lá para o meu irmão quando ele mais precisou de mim. Eu teria sentido falta de saber como é amar. As coisas que tornam essa dor tão ruim são todas as coisas que tornaram as memórias bonitas. Eu experimentei o amor verdadeiro. Fui segurada, tocada e beijada por um homem que não se conteve.

Essa teria sido a tragédia em tudo isso. Nunca ter sentido o calor de sua alma.

Eu me viro para Liam, sentindo um pouco de paz.

— Não. Não. Eu simplesmente não teria desperdiçado um único segundo. É a única coisa de que me arrependo.

— Você está bem, querida? — Hank pergunta enquanto estou enrolada no sofá. As lágrimas caem em um fluxo ininterrupto. Odeio estar tão triste. Odeio procurar Emmett, apenas para descobrir que ele não está lá e nunca estará novamente.

— Estou bem — minto para meu sogro, que volta a olhar para a televisão.

Um segundo depois, ele olha de volta para mim.

— Que dia é hoje?

— Domingo.

Ele concorda.

— Meu filho vem aos domingos.

Eu aperto meus olhos fechados. *Chega de chorar. Não mais.*

— Muito legal. — As palavras não têm emoção por trás delas.

— Você sabe quando ele estará aqui?

Nunca, Hank. Nunca.

— Não.

O episódio de Seinfeld que ele está assistindo é do início da temporada, e ele ri de algo antes de dizer:

— Ele estará aqui. Emmett está sempre aqui aos domingos.

Desta vez ele não vai, mas não posso dizer isso. Eu simplesmente não posso.

Hoje foi especialmente difícil para mim, porque tive um sonho ontem à noite. Um que era tão mágico e perfeito. Emmett e eu estávamos na praia, caminhando ao longo da costa rochosa com Sunday passando entre nós. Os pássaros voavam acima, grasnando antes de mergulhar para pegar peixes que nadavam muito perto da superfície.

Ele estava sorrindo, o calor de sua mão sobre a minha fez meu coração disparar.

— Eu te amo, Blake.

— Eu sei — devolvi.

— E você me ama?

— Com tudo o que sou.

É tão fácil dizer a ele essas palavras porque elas são verdadeiras. Amo o meu marido. Amo o homem que acredita em mim quando não mereço essa confiança.

Ele me puxou para seus braços, beijando meu nariz enquanto o vento chicoteava meu cabelo ao nosso redor e Sunday pulava em nossas pernas. Nós rimos, ainda mantendo nossos braços em volta um do outro. Sunday latiu de novo e eu acordei.

Sozinha.

Sem marido.

Tudo o que eu queria era fechar os olhos e nunca mais sair daquele sonho.

Eu fungo, as lágrimas estúpidas não cessam, e Liam entra.

— Blake? Você está chorando?

— Estou bem.

Ele levanta uma sobrancelha.

— Venha para a cozinha, vamos repassar nossos planos para os próximos dias.

Como se eu quisesse falar sobre como, mais uma vez, não faremos nada. O plano é... não faça nada, fique escondida e não fale com ninguém. Acho que não me importo com a maneira nova e inventiva que ele vai tentar e dar a volta.

Mas isso é algo para se pensar além de ser uma viúva que está caindo aos pedaços. Então, eu me levanto e o sigo.

Assim que entro na cozinha, desejo ter ficado na sala. Akers está lá, carrancudo para mim.

— Bom ver você, Akers.

— Recebi notícias de Rose Canyon hoje. Holden enviou alguns papéis que você precisa assinar.

— Você poderia aliviá-la um pouco, cara — diz Liam, sentando-se na cadeira ao meu lado. — São formulários e informações sobre a apólice de seguro dele.

Eu olho para Liam.

— Eu não deveria ter basicamente desaparecido? Quer que eu assine os documentos?

— Holden sabe que você não está morta. Nós vamos atualizá-los. A maior parte da cidade acredita que você veio, cuidou das coisas e foi embora porque era demais para suportar.

Então, eles acham que eu sou uma covarde. Excelente.

— Que documentos?

Akers desliza um envelope pardo e eu cuidadosamente os removo. As palavras lá em cima fazem meu coração despencar. Certidão de óbito.

Essas lágrimas traiçoeiras vêm como fogo líquido, queimando minhas bochechas enquanto caem. Nada disso parece estar acontecendo comigo. Como se eu fosse um espectador. Como se nada disso fosse real. Nunca consegui ver Emmett, tocar seu rosto e dar um beijo de despedida nele. Não tive as coisas mais básicas que as pessoas precisam para sofrer.

Com Dylan, eu estava lá, segurei-o enquanto ele morria. Vi isso acontecer e, embora fosse igualmente doloroso, pelo menos tinha a verdade diante dos meus olhos.

Eu já tive o suficiente.

— Chega.

— Chega do quê? — Liam pergunta.

— Chega de fazer isso. Chega… sentada aqui enquanto meu marido apodrece em uma caixa fria. Sabe, nem sei se isso é verdade. Pelo que sei, isso nem é um atestado de óbito real. Eu não estou assinando. Não sei detalhes sobre como ele morreu ou mesmo *se* ele morreu. Pelo que sei, vocês estão mentindo!

Eu tenho sido tão ingênua apenas concordando com tudo isso. Nem uma vez questionei o que eles me disseram, e cansei de ser um bom soldado. Fiz isso toda a minha vida, e não me deu nada.

— Você acha que estamos mentindo que seu marido está morto? — Akers pergunta.

— Como eu iria saber? Nunca vi prova. Eu não falei com ninguém. Sem enterro. Nada. Então, pelo que sei, isso é alguma conspiração para me manter separada de Emmett.

Liam ri.

— Ninguém está mentindo para você, Blake. Estamos mantendo você e Hank seguros. Alguém atirou em seu marido. Alguém que também fez ameaças contra a sua vida.

É como se ele estivesse lendo algum roteiro e eu não tivesse as falas.

— Não.

— Não o quê? — Akers pergunta.

— Não, não estou assinando. Não, não estou fazendo isso. Não, não, não. Quero ver meu marido.

— Blakely, o que quer que você esteja sentindo é normal, mas você não pode ver o corpo de Emmett. Você não pode ir para Rose Canyon ou morrerá.

— Então vou morrer, porra! Para que estou vivendo? Uma vida isolada? Um mundo onde estou sem família ou pessoas que amo? Eu não me inscrevi para isso e pronto. Vou ver meu marido e enterrá-lo adequadamente.

Akers passa a mão no rosto.

— Você quer ver Emmett?

Meus olhos se arregalam quando olho para ele.

— O quê? Você…

Ele está vivo? Ele está dizendo que posso vê-lo?

A pergunta me sacode e sinto um espasmo de esperança na barriga.

Ele tira uma pasta da bolsa e a joga sobre a mesa. Eu a alcanço, mas a mão de Liam bate nele primeiro.

— Isso é uma merda, Akers, e você sabe disso.

— Ela pediu por isso — diz ele, claramente não concordando.

O que quer que esteja naquele arquivo, quero ver. Eu o puxo e o olhar suplicante de Liam encontra o meu.

— Blake, estou lhe dizendo para não olhar este arquivo. Se for o que estou pensando, juro, você não vai querer ver.

Eu preciso ver o rosto dele. Sei que é uma loucura. Sei que provavelmente é um erro, mas foram dias questionando tudo e esperando que fosse mentira. Preciso da prova.

Os olhos de Liam estão cheios de preocupação quando pergunto:

— Se fosse sua esposa, o que você faria? Você desviaria o olhar ou gostaria de honrá-la?

Um momento de entendimento se passa entre nós e então ele levanta a mão. Amar não significa desviar o olhar quando está difícil, é enfrentar o que assusta e lutar contra o medo.

Lentamente, abro a capa e leio o relatório.

ÀS 17H32, O DESPACHO DE EMERGÊNCIA RECEBEU UMA LIGAÇÃO DE SPENCER CROSS INFORMANDO QUE HAVIA UM POSSÍVEL OFICIAL EM PERIGO. IMEDIATAMENTE O DESPACHO TENTOU ENTRAR EM CONTATO COM O POLICIAL EMMETT MAXWELL, 39 ANOS, XERIFE DESIGNADO PARA ROSE CANYON. APÓS UM MINUTO SEM RESPOSTA, TODAS AS UNIDADES FORAM ENVIADAS PARA A ESQUINA DA MAPLE AVE COM A WEST SHORE DRIVE. O OFICIAL HOLMAN CHEGOU AO LOCAL ÀS 17H45 E ENCONTROU O POLICIAL MAXWELL INCONSCIENTE, TENDO SOFRIDO UM ÚNICO TIRO NA NUCA. A AMBULÂNCIA JÁ HAVIA SIDO ENVIADA E CHEGOU AO LOCAL ÀS 17H48.

NESSE PONTO, A AJUDA MÉDICA FOI PRESTADA, O POLICIAL FOI TRANSPORTADO PARA O SEASIDE MEDICAL CENTER E A CENA DO CRIME FOI PROTEGIDA.

DE ACORDO COM UMA TESTEMUNHA OCULAR, O XERIFE MAXWELL ESTAVA ESTACIONADO EM SEU VEÍCULO POLICIAL QUANDO UM SUSPEITO DESCONHECIDO SE APROXIMOU PELO VIDRO TRASEIRO DO LADO DO MOTORISTA. A TESTEMUNHA AFIRMA QUE OUVIU UMA BATIDA NA JANELA, ONDE O XERIFE MAXWELL A BAIXOU, MOMENTO EM QUE UM TIRO FOI DISPARADO CONTRA O VEÍCULO, ATINGINDO O POLICIAL MAXWELL.

Ele continua informando o clima, o vento e os locais das câmeras nas proximidades do incidente, junto com o local onde o único invólucro foi encontrado e as notas de transporte.

O XERIFE MAXWELL AINDA ESTAVA VIVO QUANDO CHEGOU AO SEASIDE MEDICAL CENTER.

O relatório da polícia faz referência ao relatório do legista.

Ele repete muito do mesmo, mas usa termos médicos complexos, felizmente minha formação médica facilita a compreensão.

Basicamente, ele ainda estava vivo, mas assim que começaram a cirurgia, ele morreu.

Eu olho para Akers, que está me observando de perto. Ele limpa a garganta.

— Tem fotos aí, Blake. Já aviso, elas não são...

— Eu entendo.

Faço o meu melhor para me desapegar e ser a médica que fui treinada para ser. Cadáveres não me incomodam, mas isso não é um soldado morto, é Emmett. Meu Emmett.

Empurro o papel para a esquerda e então o vejo. Na foto, há um lençol sobre o rosto, provavelmente porque é horrível, mas é ele. A tatuagem em seu peito, a do Ranger do Exército que passei um tempo tocando. Meu dedo traça as linhas dela, e eu gostaria de poder sentir seu batimento cardíaco, mas não posso.

Minhas mãos tremem enquanto passo para a próxima foto, sabendo que será a última.

Lentamente e de repente, um soluço é arrancado do meu peito.

Ele se foi e não há mais questionamentos. Emmett está morto e nunca mais o verei.

CAPÍTULO TRINTA E UM

Blakely

Os dias passam como melaço. Passo meu tempo chorando, caminhando ou planejando vingança. Cada um é igualmente frustrante. Então, hoje, estou indo para a anarquia.

— Tudo que eu quero é falar com Brielle, Spencer ou Holden. Não entendo por que isso não é possível.

Claro, não tenho um telefone celular. Não, temos um maldito telefone fixo, que eu ainda não sabia que existia.

Então, peguei o telefone para ligar para Holden primeiro, e a linha caiu. Então tentei Spencer, a mesma coisa. Finalmente, na terceira ligação, a voz de Nelson veio pela linha, dizendo-me para parar. Quando continuei tentando, ele entrou, arrancou o fio do receptor e olhou para mim enquanto voltava para fora.

Ele é um idiota.

Saí e gritei com ele pela janela do carro, ele se recusou a abrir.

Eu cansei disso.

— Faz duas semanas! Duas semanas sem comunicação com ninguém. Eu preciso saber o que está acontecendo. Estou perdendo a cabeça.

— Não — responde Nelson.

— Não?

— Não — ele diz novamente. — Você está sob custódia protetora.

— Então me proteja em Rose Canyon! Tenho que voltar. Tenho que…

— Preciso colocar meu marido para descansar. — Não posso ficar aqui.

— Blake, entre — diz Liam da porta.

— Vou embora sem você.

Liam me dá um olhar de desaprovação.

— Você pode tentar, mas não vou dar as chaves e você não vai andar por aí.

Nelson sai do carro, cruzando os braços sobre o peito. Minha adolescente interior quer brigar. Odeio que me digam o que fazer e gosto especialmente disso.

— Tenho certeza de que isso é sequestro. — Nelson bufa.

— Prometo, nenhum de nós quer ficar escondido aqui, esperando que alguém torne nossas vidas interessantes.

— Oh, isso é reconfortante — eu zombo.

— Entre, por favor — Liam tenta novamente.

Esse por favor é a única razão pela qual considero, mas então me lembro de como superei isso e me recuso a dar um único passo.

— Não até que eu possa falar com Holden.

— Você não pode. Se você ligar para ele, o que você acha que vai acontecer? Eu vou te dizer — Liam continua sem me permitir falar. — Vou ter que salvar sua pele, porque os bandidos vão invadir esta casa como um exercício militar. Eles estão esperando que alguém deslize. Alguém vai ser morto, provavelmente Nelson, então você terá que explicar para a família dele que ele morreu, porque você queria fazer uma ligação.

Cruzo os braços sobre o peito.

— Eu gostaria de bater em você agora mesmo.

— Sim, mas isso não é exatamente matar todos nós. Você sabe que eu tenho uma filha, um filho e uma esposa que amo, então você provavelmente se sentiria culpada se acabasse me matando.

— Gostaria, mas... estou perdendo a porra da cabeça aqui!

Nelson avança.

— Você precisa entrar e fazer uma pequena mala. Vamos fazer uma viagem de campo.

— Não vou a lugar nenhum, a menos que seja para Rose Canyon.

Liam ri.

— Entre, Blakely. Tome uma grande caneca de vinho enquanto me encara e conto o plano para hoje.

— O que é uma grande caneca?

Ele dá de ombros.

— Vou deixar você descobrir.

Eu entro porque, sério, o que vou fazer? Não há ninguém por perto por quilômetros, e não estou com vontade de caminhar até o Oregon. Independentemente disso, eu poderia ser alimentada apenas por raiva e tristeza. A realidade é que estou sendo caçada e essa não seria uma decisão inteligente.

Quando entro, Hank acena enquanto ele e o outro US Marshal iniciam sua rotina diária de levar o cachorro para uma longa caminhada. Ele geralmente leva quase duas horas enquanto eles se movem em passo de caracol, mas é bom para ele sair e fazer algum exercício. Ele e Sunday se tornaram melhores amigos, e tento não deixar que o fato de *meu* cachorro o ter adotado me incomode.

Sento-me à mesa da cozinha e Nelson e Liam entram alguns segundos depois. Os dois são opostos completos. Nelson é tenso, anda quase como se tivesse um pau enfiado no cu e nunca sorri. Liam é descontraído, confiante, mas não arrogante, e parece estar sempre com um sorriso nos lábios. Os dois têm essa estranha amizade que já desisti de tentar entender.

— Então, para onde estamos indo nesta viagem de campo?

— Pescar no lago. Está um dia agradável e talvez o ar fresco ajude.

Eu suspiro.

— Não quero ir pescar. Quero conversar com meus amigos e planejar um funeral para lamentar a perda do homem que amo. Não quero me sentar em um lago e pensar no quanto sinto falta dele. Eu preciso *fazer* algo. Você entende isso? Tenho que fazer *alguma coisa*, porque me sentar aqui ou em um lago ou no meio da floresta não está funcionando.

— Blakely, entendo que isso é difícil — diz Nelson.

— Morrer é provavelmente mais difícil — Liam oferece antes de se virar para mim. — Você está sendo egoísta e sabe disso.

Eu suspiro.

— Egoísta? Estou sendo egoísta?

Eu costumava gostar dele.

— Há pessoas procurando por você que querem matá-la. Não sei o que você e Emmett fizeram, mas há um alvo nas suas costas.

— Eu estou ciente disso.

— Você está? Porque você está agindo como se não estivesse. Você sabe como isso funciona. Seu marido foi morto. Você assistiu e está agindo como se eles não fossem executá-la da mesma maneira! — Liam passa a mão pelo cabelo enquanto anda. — Tudo o que estamos tentando fazer é evitar que isso aconteça.

Nelson resmunga em concordância.

— Você está sofrendo, e nós entendemos isso. Eu gostaria que pudéssemos fazer mais, mas todos nós poderíamos fazer uma pausa. Acho que o lago vai lhe dar um pouco de paz.

Acho que não há nada que possa me dar paz neste momento. Embora eu entenda o que Liam está dizendo, isso não muda o fato de que quero ir para casa. Quero sair desta cabana e desta área. Posso voltar para o FBI, implorar pelo meu antigo emprego e começar a investigar de verdade que besteira insana está acontecendo aqui.

— Não quero paz. Isso é o que nenhum de vocês parece entender.

— Você quer respostas — Nelson afirma, porque ele me ouviu dizer isso mil vezes por dia desde que chegamos aqui.

— Sim. E quero me despedir dele. Eu quero vê-lo, tocá-lo, ter um momento final...

— Você não vai — Liam interrompe. — Você não quer vê-lo na vida real, Blakely. Você não quer essa memória e está mentindo para si mesma se disser o contrário. Partiremos em quinze minutos para o lago.

— Por quê? Por que não posso ficar aqui? — pergunto.

— Porque você não pode, droga. Nós vamos pescar e você vem conosco, porque todos nós precisamos de um pouco de ar fresco.

— E você diz que estou sendo egoísta? — atiro de volta para ele.

Passei a amar Liam como se ama um irmão. Ele não faz rodeios. Ele tem sido um ombro para eu chorar – na maioria dos dias. Ficamos amigos e, por algum motivo, ele não está lidando muito bem com o isolamento hoje.

— Natalie e as crianças estão bem?

Sua cabeça se ergue.

— O quê?

— Você está sendo um idiota. Vocês brigaram?

— Vá se preparar. Estamos indo embora.

— Eu não vou — falo desafiadoramente.

Agora estou fazendo isso por despeito. Tenho plena consciência de que estou sendo ridícula, mas meus dias são preenchidos com televisão, Hank, Sunday e é isso. Não tenho mais nada, e talvez seja egoísmo brigar com ele por tudo isso, mas não tenho mais acomodação dentro de mim.

— Vamos pescar.

Nelson pigarreia.

— Blake, vai ser bom para todos nós.

É a suavidade em seu tom que me impressiona. Normalmente, Nelson é um idiota e o Liam me acalma. Eu olho para os dois.

— Estamos tendo um momento de policial bom e policial mau? Porque vocês dois realmente foderam se esse é o jogo. A inversão de papéis não é crível.

Liam ri.

— Você está em uma forma rara.

— Cansei dessa falsa realidade. Sinto que nada é real. Esta vida não é real.

— Bem, é *muito* real — diz Nelson. — É meu trabalho protegê-la, mesmo que seja de você mesma.

— Que é uma tarefa que todos estamos achando extremamente divertida hoje. — O sarcasmo de Liam é grosso.

— Todos vocês agem como se eu nunca tivesse estado em perigo antes. Eu era uma médica de combate! Literalmente corri para o tiroteio. Tenho as medalhas para provar isso.

— Eu também, abóbora. Todos nós éramos. Você, eu, Nelson, Akers, éramos todos assim. Somos construídos de forma diferente, e entendo isso. O isolamento ou a aparência de fugir do perigo nos irrita. No entanto, este é o trabalho agora. É por Hank, e é para seu marido que perdeu a vida e fez tudo o que pôde para protegê-la.

— Eu não fujo de uma luta.

Nelson balança a cabeça.

— Não está funcionando. É permitir que as pessoas que precisam fazer seu trabalho o façam sem se preocupar com você. É isso que estamos fazendo.

Isso pode ser verdade, mas não apaga o fato de que tudo isso é uma precaução. Estou em uma maldita cabana na floresta e não tenho permissão nem para usar a internet ou o telefone.

Não recebi as coisas de que preciso, como um maldito abraço.

— Talvez não, mas isso também não vai funcionar.

Nelson resmunga enquanto caminha até a geladeira e pega a leiteira de vidro. Ele está levando-a aos lábios, e estou me preparando para dizer a ele para usar um maldito copo quando o vidro da janela se estilhaça e a sala explode em tiros.

Os tiros vêm um após o outro. No que parece um milissegundo, sou jogada no chão. Liam está em cima de mim, protegendo-me enquanto ele e Nelson gritam ordens um para o outro.

Nelson agarra a mesa, vira-a de lado e a move para que funcione como um escudo adicional entre nós e quem quer que esteja tentando nos matar.

Os sons de tiros não diminuem.

— Temos que nos mover! — Liam grita. — Fique quieta, Blake. Rasteje até o seu quarto.

Concordo com a cabeça, minha adrenalina bombeando em minhas veias. Já estive aqui antes e só consigo pensar em como estou grata por Hank não estar em casa.

Nós nos movemos, devagar e devagar para o fundo da cabana, com Nelson na frente e Liam atrás de mim.

— Mantenha a cabeça baixa — Nelson ordena.

Já está tão baixa que quase roça no carpete, mas a resposta arraigada de 'Sim, senhor' sai dos meus lábios de qualquer maneira. Não sei qual é o plano, mas sei que eles têm contingências e mais contingências, então confio neles para tirar todos nós daqui sem levar um tiro.

Quando chegamos ao meu quarto, Nelson puxa uma tábua do assoalho e pega um rifle, que entrega a Liam. Em seguida, ele puxa outro, que ele pendura transversalmente sobre o peito. Então ele começa a descarregar armas de fogo.

Bom saber que havia um arsenal no meu quarto.

— Dê-me uma — eu digo, sabendo que há mais lá embaixo.

— Blake...

— Dê-me a porra de uma arma, Nelson. Agora.

Liam me entrega o rifle que Nelson deu a ele e um carregador extra.

— Aqui. Entre no armário, feche a porta e fique lá. — Ele aponta para o armário e pega a arma que Nelson lhe entrega. — Tem chapas de aço reforçadas nas laterais. Entre lá e espere por nós.

— Quantos você acha? — Nelson pergunta.

— Pelo menos dois, mas podem ser até seis. Foram muitos tiros de várias direções diferentes.

— Ouvi um recarregar — eu digo. A cadência dos tiros mudou enquanto rastejávamos.

Nelson assente.

O tiroteio para por um segundo, e nós três paramos. Embora alguns possam pensar que isso é uma coisa boa, já vi isso acontecer antes, e geralmente não é. Eles estão se reagrupando e recarregando ou entrando na propriedade.

— Temos que sair da casa — diz ele, ecoando minhas preocupações.

— Sim, mas precisamos saber o que estamos enfrentando quando o fizermos — diz Liam.

— E se eles encontrarem Hank? — questiono, temo pela segurança do meu sogro.

Nelson não parece preocupado.

— Akers terá direcionado Hank para um local seguro em sua rota de caminhada. Ele voltará para nos oferecer apoio se achar que Hank pode ficar parado.

Eu balanço minha cabeça.

— Você precisa ter certeza. Temos que protegê-lo antes de mim.

— Somos os que estão na pior posição agora — diz Liam. — Preciso dar uma olhada para ver se consigo ter uma ideia do que estamos lidando.

— Ok. Vou dar a volta na cabana e fazer o mesmo. Blake, fique aqui, atire em qualquer um que não seja Liam, eu, Hank ou Akers. Quando formos entrar no quarto, faremos um som de pássaro. Você entende?

— Sim. Vão, porque acho que não temos muito tempo antes de eles entrarem ou nos expulsarem.

Os dois trocam um olhar, e então eles caem no chão enquanto me deixam aqui. Verifico minha arma, certificando-me de que está carregada e de que há uma munição na câmara. Uma vez que está definido, enfio munição extra no bolso de trás, pressiono minhas costas contra a parede para que eu fique de frente para a porta aberta e trago a coronha do rifle para o meu ombro. Não farei nada estúpido ou contra o que concordei. Neste momento, sou um soldado seguindo ordens.

Ouço as pessoas conversando, mas é tão fraco que não consigo entender o que estão dizendo. À medida que os segundos passam, suas vozes ficam um pouco mais altas e, eventualmente, ouço duas vozes diferentes.

— Pegue a garota, essa é a missão.

— E o pai?

— Siga as malditas ordens. Nós a pegamos e a levamos até ele.

Quem é ele?

— Esta é a missão de um tolo.

— Eu sei que ele a quer viva, mas podemos apenas dizer que não tivemos escolha a não ser atirar nela. Facilita muito.

Quero rir. Não só acho que Liam e Nelson vão me proteger, mas também não sou uma mulher afetada. Eles vão ter que me matar se me quiserem.

O primeiro cara fala novamente.

— Vamos dar a volta por trás, eliminar qualquer um em seu caminho.

Eles devem continuar, porque suas vozes se foram.

Eu ouço o som do pássaro, e então Nelson entra, rastejando silenciosamente em minha direção.

— Eu contei pelo menos três caras, totalmente carregados.

— Dois estão andando por trás agora — digo a ele.

— Eu tranquei a porta dos fundos. Isso vai nos dar alguns minutos.

— Podemos sair pela frente então e nos esconder na floresta — sugiro.

Ele balança a cabeça.

— Há pessoas na frente e precisamos chegar ao veículo, que está estacionado a cerca de cem metros na mata nos fundos da casa. Não há como chegarmos lá sem ser detectados pela frente da casa.

— E quanto a Akers, Hank e Sunday?

— Vamos pegá-los quando sairmos. Ele saberá onde nos encontrar.

Outro apito de pássaro soa um segundo antes de Liam rastejar como no exército de volta para o quarto. Antes que ele possa dizer qualquer coisa, outra enxurrada de balas começa. Ele praticamente mergulha no armário, e Nelson puxa um escudo atrás de mim, que eu nem sabia que estava lá, e o coloca na nossa frente.

— Acho que esta é apenas uma rodada. As câmeras pegaram outro carro cerca de oitocentos metros de distância.

— Nós somos alvos fáceis — eu digo.

— Nós deveríamos ter ido embora quando isso começou — diz Liam.

Eu me viro para ele.

— Pescaria? Acho que não estávamos realmente indo pescar?

— Agora não, Blake — Nelson interrompe. — Há um alçapão no chão embaixo do quarto de Hank. Podemos ir lá para fora.

— Esse é o primeiro lugar que eu procuraria — diz Liam.

— Eles não parecem tão espertos — explico.

Liam aperta a ponta do nariz.

— Não podemos arriscar. Eles podem ter os projetos, e temos que pensar dois passos à frente.

Passei semanas aqui e nunca pensei em fazer nada disso. Eu me sinto como uma idiota.

— Nós saímos pelos fundos — falo com confiança. — Eles acabaram de checar lá e esperamos que estejam se movendo. Sem dúvida encontrarão o alçapão no chão por onde podem entrar na casa. Saímos e nos movemos com cuidado, chegando ao veículo.

Nelson olha para Liam.

249

— Ela está certa. Temos que ir por ali se eles vão ficar embaixo da casa.

— Não temos ideia se eles vão fazer isso.

— O que a câmera da casa mostra? — pergunto.

— Eles as tiraram primeiro.

Claro, eles fizeram. Eu tento voltar a ser um soldado. Já faz um tempo desde que pensei assim, mas vai ser o que vai nos ajudar a sobreviver a isso.

Liam se move, seus ombros retos, e acena com a cabeça uma vez.

— Nós vamos agora. Não temos escolha. Se eu fosse eles, entraria por qualquer alçapão se soubesse que estaria em uma casa segura ou colocaria fogo no local.

Ele tem razão. Eu também colocaria fogo na casa.

Pelo menos não tenho nada aqui que me importe.

— Ok.

Liam se agacha, movendo-se na ponta dos pés quase como um pato.

— Fique abaixada ao passar pelas janelas, corra quando puder e mantenha a cabeça girando.

Sigo atrás dele, na mesma posição, e Nelson cai atrás de mim. Nós três nos movemos como uma unidade militar bem treinada, varrendo o perímetro enquanto nos movemos para garantir que ninguém possa atirar em nós primeiro. Liam começa a trabalhar na porta dos fundos, removendo a barra de segurança que Nelson deve ter colocado lá. Eu mantenho minha arma apontada para a esquerda enquanto Nelson cobre a direita.

Levantada a barra, Liam passa para o lado e Nelson sai primeiro. Eu sigo, e a mão de Liam descansa no meu ombro, fechando a retaguarda.

Quando abrimos a porta dos fundos, Nelson agarra alguém, seu braço envolve seu pescoço e os braços do homem caem frouxos. O corpo cai no chão e Nelson acena com dois dedos para a frente e começamos de novo.

Saindo de casa, o tiroteio recomeça, mas concentrado na frente da casa. Nós três continuamos firmes em nosso ritmo, aproximando-nos da orla da floresta.

Liam bate no meu ombro duas vezes, faço o mesmo com Nelson, deixando-o saber para intensificar. Vamos um pouco mais rápido, mantendo nossas conexões de mão no ombro enquanto nos movemos, garantindo que ninguém seja deixado para trás.

Meu coração está batendo tão forte que tenho que me esforçar para me manter calma enquanto avançamos. Cada instinto em meu corpo está dizendo para correr, mas isso é apenas lutar ou fugir, e eu impiedosamente sufoco e exijo que meus pensamentos permaneçam calmos.

A linha das árvores está logo ali. Tão perto.

Minhas coxas começam a queimar um pouco por andar meio agachada, mas ignoro, concentrando-me totalmente em chegar ao mato onde teremos um pouco de cobertura.

Só temos mais três metros até as árvores e então podemos fazer nossa pausa em direção ao veículo.

Mais uma jarda.

— Vá — Liam grita e começa a disparar sua arma.

Nelson se vira, empurrando-me para trás dele, e os dois atiram em quem está nos perseguindo enquanto confiam em mim para não os deixar recuar em nada. Continuamos nos movendo em direção à floresta, mas mais pessoas estão vindo em nossa direção, todas se movendo rapidamente.

Eu atiro quando eles se aproximam, assim como Liam e Nelson.

Temos cobertura, mas não há como fugir deles. Minha contagem é de oito hostis, e vamos morrer aqui.

Os olhos de Liam encontram os meus.

— Vá para o carro! Vai!

Eu não vou deixá-los. De jeito nenhum.

— Não. Nós lutamos juntos.

Ele balança a cabeça e dispara mais dois tiros, derrubando um dos oito. Abaixou para sete.

Estou agachada atrás da árvore à esquerda, então me inclino, atiro e me afasto. Mais um cai, deixando-nos com seis. Liam e Nelson atiram mais.

— Não tenho muitas rodadas restantes — avisa Nelson.

— Tenho mais uma carga, mas talvez ainda restem duas — responde Liam.

— Eu tenho dez. Temos que voltar para a floresta e nos separar — digo a eles.

Sei que não vão gostar, mas é a nossa melhor chance.

— Se eu ficar separado, posso acabar com eles — diz Liam, claramente não gostando do plano.

— Ficamos juntos — reitera Nelson.

— Eu não sou destreinada. Temos que fazer assim, e você sabe disso — digo a Nelson.

Ele concorda.

— Nós nos encontramos no veículo. Você não espera mais do que quinze minutos e depois vai para Akers, aconteça o que acontecer. Você não espera por nós. Há uma casa a meia milha ao norte, quando vir a trilha, vire à esquerda. Akers estará esperando.

— Vejo vocês em quinze minutos.

Nelson se levanta, disparando mais três tiros, e Liam e eu avançamos. Ele vai para a direita e eu vou mais fundo na floresta.

Todos nós vamos conseguir voltar. Não pode acabar assim. Ninguém mais pode morrer por causa desse merda que está traficando garotas. Está tudo ligado a isso, e estou cansada de permitir que eles destruam meu maldito mundo.

Eu corro, a cada poucos segundos encontrando um lugar para me abaixar e avaliar se alguém está me seguindo. Até agora, parece limpo. Movendo-me mais rápido, encontro a área onde o carro está escondido com uma lona verde e galhos. Eu tenho caminhado nesta floresta por semanas e nunca vi isso aqui.

Minha respiração é difícil e inalo lentamente para regulá-la. Ficar quieta pelos próximos quinze minutos é meu objetivo.

Os sons distantes de tiros me dizem que pelo menos um deles está vivo. Eu me odeio por ter sido uma vadia hoje. Devíamos ter ido pescar como eles queriam. Se eu não estivesse tão nervosa, já teríamos ido embora antes que os penetras aparecessem. Isso me faz pensar que Liam, Nelson e Akers sabiam que isso ia acontecer e estavam tentando fazer com que eu e Hank ficássemos fora de casa.

Vamos discutir tudo isso mais tarde.

Eu inclino minha cabeça para trás contra o carro e um segundo depois, um galho estala à minha esquerda. Puxo meu rifle para cima, esperando que o som de pássaro me avise que são eles.

Outro galho se quebra e fecho os olhos, ouvindo e esperando. Há algum barulho de luta, mas nenhum som de pássaro como os que ouvi dentro de casa. Quando abro os olhos, há dois homens ali, um de cada lado de mim, apontando suas armas diretamente para minha cabeça.

— Olá, Blakely.

Meu rifle está apontado direto para um deles, se vou morrer, aquele babaca vai para o inferno comigo.

— Não tenho o prazer de saber quem você é.

— Você irá.

Ambos estão mascarados e não reconheço suas vozes.

— Tem certeza de que quer morrer assim?

O que está à minha esquerda se move para pressionar o cano de sua arma na parte de trás da minha cabeça.

— Você tem certeza de que quer? Abaixe a arma e não vamos machucar você.

— Eu prefiro que não.

O cara na minha frente sorri.

— Ele vai atirar em você, querida. Podemos levá-la viva ou em um saco para cadáveres, assim como seu marido.

Estes são os idiotas que atiraram em Emmett. Minha respiração acelera conforme a raiva borbulha.

— Você o matou?

— Eu não puxei o gatilho, mas meu amigo atrás de você sim.

A arma empurra com mais força.

— Ele não deveria meter o nariz na vida dos outros.

— É uma característica que ela compartilhou com ele. — O idiota na minha frente ri.

— Então devemos matá-la agora para que ela morra se perguntando quem somos nós.

— Ou podemos informá-la e ver seus olhos se encherem de medo enquanto ela descobre em que tipo de mundo está vivendo.

O cara atrás de mim se inclina e sussurra:

— Você quer saber todos os segredos, Blake? Você quer saber quais dos amigos que você fez recentemente não eram amigos de verdade?

Eu quero atirar nos dois, acabar com essa besteira ridícula, mas quanto mais eu os mantenho falando, mais tempo ganho. Liam e Nelson devem estar aqui em breve, e eles vão matar os dois. Vou buscar as respostas então.

— Acho que vocês dois estão blefando — rebato.

O cara na minha frente balança a cabeça.

— Abaixe a arma e vamos descobrir.

— Vocês dois abaixem as suas.

— Isso não é possível.

Eu dou de ombros.

— Então também não vou cair sem lutar.

O cara na minha frente inclina a cabeça.

— Então acho que vamos atirar em você agora.

Ele levanta a arma mais alto, e sei que é isso. Ele vai me executar. O homem atrás de mim sai do caminho, não tenho saída.

Mas, como eu disse antes, se eu morrer, um deles vem comigo.

Eu te amo, Emmett. Vejo você em breve.

253

Vou puxar o gatilho, mas uma fração de segundo antes de o martelo empurrar o percussor, outro tiro é disparado e o cara à minha esquerda cai. Eu não hesito. Aquele momento de surpresa era tudo que eu precisava. Atiro e o cara que estava atrás de mim cai. Corro e chuto sua arma para longe, mantendo o rifle apontado para ele, mas ele não está se movendo.

O tiro veio da minha frente, não de trás, que teria sido de onde Liam e Nelson deveriam ter vindo.

Espero que um deles apareça, mas o homem que sai das árvores não é um deles.

É Emmett.

Meus joelhos cedem e tudo fica preto.

CAPÍTULO TRINTA E DOIS

Emmet

Isso foi muito perto. Muito perto, porra. Eu vi minha vida passar diante dos meus olhos quando aquele pedaço de merda apontou a arma para ela.

Eu sabia que ele atiraria e mal podia esperar. Embora o plano fosse permanecer oculto até que soubéssemos mais, não havia a menor chance de eu deixar alguém machucar Blakely.

— Blake — chamo, batendo em sua bochecha, esperando que ela volte a si. — Blake, acorde.

Seus olhos lentamente se abrem, a luz do sol atravessando as árvores e dançando em sua pele.

— Não. Não, por favor, não.

— Você está bem, amor. Você está segura.

— Você está morto — ela sussurra, descrença em seus olhos.

Eu a ajudo a se sentar e tomo seu rosto em minhas mãos.

— Eu não estou morto. Tive que fingir estar morto para que isso funcionasse.

— Não.

— Sinto muito. Prometo que você pode me odiar mais tarde, mas agora precisamos entrar no carro e ir para a outra casa segura.

Ela apenas continua balançando a cabeça.

— Você não é real. Eu estou morta.

— Blakely, eu não morri. Estou aqui, e temos que tirar você daqui agora. Liam e Nelson estão vindo para cá?

255

Seu aceno é lento, e então parece atingi-la de uma vez, sua mandíbula aperta e ela dá um soco em mim, acertando minha mandíbula.

— Você...

Porra, isso doeu.

— Jesus, mulher!

— Seu filho da puta! Vou te matar de verdade desta vez. — Ela recua e dá outro soco, mas eu me abaixo antes que ela possa fazer contato.

Definitivamente não era como eu imaginava nosso reencontro, mas acho que deveria ter pensado melhor. Mereço isso.

— Estamos em perigo, temos que nos mover.

Seus olhos brilham.

— Você é o único em perigo neste momento.

Por mais que ela queira discutir, não temos tempo.

— Entre no carro! — Liam grita, colidindo com a pequena clareira enquanto tiros soam de algum lugar atrás dele. Eu me movo rapidamente, puxando a lona em um movimento e, em seguida, empurrando Blakely para trás.

— Você não está dirigindo. Você está morto há duas semanas. — Ela tenta passar por mim, mirando na porta do motorista. Sempre um pé no saco, essa mulher. — Saia do meu caminho, seu idiota.

Então Liam está lá, pegando-a e colocando-a no banco de trás antes de seguir atrás dela. Mal tenho tempo de fechar a porta do motorista antes que ele comece a gritar:

— Vá!

Eu coloco o carro em movimento.

— Onde está Nelson?

— Vamos pegá-lo no caminho, ele sabe para onde ir.

Blakely dá um tapa em Liam.

— Saiam de cima de mim, seus mentirosos! Todos vocês!

— Eu pensei que ela ficaria feliz em ver você.

— Alguém poderia pensar.

Ela grunhe.

— Não, não estou, e você vai desejar estar morto quando eu terminar com você.

— Estou ansioso por isso — eu digo, navegando pela floresta. — Sabemos se Akers está no local certo?

— Não faço ideia, mas ele deve seguir o protocolo.

— Isso é real? Quero dizer, talvez isso seja um sonho. Um ruim onde tudo que eu sabia na vida era uma mentira — Blake murmura para si mesma.

Giro o volante rapidamente, evitando a árvore que deve ter caído na tempestade há dois dias.

— Não é um sonho ruim — eu digo.

— Não? Porque hoje levei tiros, tive armas apontadas para minha cabeça por psicopatas e descobri que meu marido mentiroso, por quem passei as últimas duas semanas de luto, está realmente vivo e bem enquanto estou presa neste inferno!

— Parece um bom momento para mim. — Liam ri. — Ai!

— Idiota. — Blakely cruza os braços sobre o peito.

Eu quero rir, sorrir, encostar o carro e beijá-la até que ela não consiga falar, e chorar ao mesmo tempo. Essas duas semanas foram um inferno. Tenho me escondido em uma cabana de caça não muito longe de casa. Liam foi me encontrar quando todos estavam dormindo, porque ele é uma das seis pessoas que sabiam que eu estava realmente vivo. Spencer, Quinn, Holden, Liam, Nelson e o cirurgião, todos jurando segredo e trabalhando em diferentes ângulos para atrair as pessoas responsáveis pelo golpe contra mim e Blake por chegarmos perto da quadrilha de tráfico.

Uma vez que tínhamos uma ideia clara de quem estava envolvido, nós os alimentamos com este local e colocamos um plano em prática para tirar Blakely e meu pai de casa. Foi tudo planejado, mas bem, minha esposa não é conhecida por suas habilidades de colaboração.

— À esquerda — Liam diz, e diminuo conforme nos aproximamos do ponto de encontro secundário.

— Se ele está morto... — diz Blake.

— Ele estará aqui.

— Você não sabe disso porque nós o deixamos, Liam — ela diz com um tom sarcástico.

Vou assumir que essa atitude se deve a várias camadas de irritação dela agora, por nenhuma das quais eu a culpo. Eu também estaria cheio de urina e vinagre se estivesse no lugar dela, mas rastejarei assim que sairmos daqui.

Estaciono o carro, continuando a examinar a área.

— Eu não o deixei.

— Você está aqui, meu ex-marido não-tão-morto-em-breve-ex-marido está aqui, eu estou aqui... estamos sumidos, ah, isso mesmo, Nelson!

— Eu não vou ser seu ex-nada — corrijo.

— Ah!

Não foi uma negação completa. Eu vou levar.

— Ele estava ocupado fazendo outra coisa. Relaxe.

— Você pode dizer a palavra — diz Blake, jogando as mãos para cima.

— Entendo o que é um interrogatório, se é isso que você quer dizer.

Liam bufa.

— Tudo bem, ele estava tirando fotos e interrogando um dos homens em quem atiramos. Feliz agora?

— Fantástica. — Ela se vira para olhar pela janela em vez de olhar para mim no espelho.

— Blake — eu digo, mas ela não se move. — Blake, sei que você está chateada.

Agora ela olha.

— Você? Você sabe que estou *chateada*? Com o que eu ficaria chateada?

Liam ri e depois aperta os lábios.

Sim, estou tão fodido.

— Prometi a você uma chance de ficar com raiva mais tarde.

Seus olhos se estreitam.

— Você prometeu me amar, honrar, me obedecer e não morrer.

— Eu *não estou* morto.

— E isso é uma dádiva do universo. Agora, tenho a chance de matar você eu mesma.

— Você poderia pelo menos admitir que está um pouco feliz.

Ela dá de ombros.

— Estou feliz que Hank terá seu filho de volta, aí está.

— E Sunday?

— Bem. Estou feliz por Hank e Sunday.

Eu luto contra um sorriso.

— Mais alguém por quem você está um pouco feliz?

Blakely olha para a frente do carro, para os lados, e então balança a cabeça.

— Não. Ninguém mais vem à mente.

— Ok — falo com uma risada.

— Não ria de mim, Maxwell. Eu não estou sendo engraçada. Estou tão zangada e magoada.

— Eu sei.

Liam suspira.

— Vocês dois podem guardar isso para quando eu não estiver preso em um carro com vocês? Vocês dois estão me dando dor de cabeça.

Blake se vira para encará-lo.

— Oh, estou tornando as coisas desconfortáveis para você? Você sabia que ele não estava morto?

— Sim.

Má jogada, Liam.

— E você pensou, ei, gosto de ver uma mulher adulta soluçar todas as noites? Eu deveria manter isso em segredo porque... iria querer que Blakely parasse de vomitar? Por que iria querer oferecer a ela algum conforto? Ou... ideia brilhante... incluí-la no plano para que, quando a casa estiver sendo destruída, ela saiba o que está acontecendo? Não, não, eu não gostaria que você se sentisse mal.

Ele olha para mim através do espelho.

— Parece que sou o cara mau agora.

— Vocês todos são igualmente odiados por mim — ela corrige. — Se Nelson não está morto e sabia disso, ele vai para a lista também.

— Ele não está morto — digo a ela.

— Você saberia, já que tem todas as informações.

Sair da água quente com ela vai ser muito divertido.

— Lá está ele — diz Liam.

Eu coloco o carro em movimento, movendo-me extremamente devagar, mas em movimento, o carro pode acelerar um pouco mais e há menos chance de ficarmos presos na lama.

Liam avança, abrindo a porta do passageiro, e Nelson pula para dentro. Assim que ele fecha, piso no acelerador.

— O que você descobriu? — Liam pergunta enquanto Nelson tenta recuperar o fôlego.

— Ele disse que era um homem abaixo no esquema e respondeu a Bill por um longo tempo.

— Então, Bill estava mais alto do que eu pensava — falo, aproximando-me da clareira onde meu pai e Akers deveriam estar.

— Parece que sim.

— Ele contou mais alguma coisa?

Ele concorda.

— Eles não estavam aqui para matar você, Blake. Eles tinham instruções muito estritas de que queriam você viva e levada de volta para quem eles trabalham. Não tenho ideia do que eles acham que você tem, mas eles querem.

259

— Bem, eu os ouvi conversando, e eles claramente não seguiriam esse plano, porque dois disseram para apenas me matar e não me levar.

Minha mandíbula fica tensa.

— Eles não podem ficar com ela.

— Bem, eles não vão parar até que o façam. Há outro grupo chegando, eles estavam chegando quando segui para o nosso ponto de encontro.

Blakely suspira pesadamente.

— Pegue as coisas boas. Você descobriu mais alguma coisa? Alguma coisa sobre quem está levando as meninas ou comandando a organização? Alguma coisa sobre para quem eles trabalham?

— Eu tenho um nome.

— Quem? — todos nós perguntamos em uníssono.

Nelson vira.

— Ryan.

CAPÍTULO TRINTA E TRÊS

Blakely

Lá está ele, rindo enquanto Sunday corre ao seu redor e pula em sua perna. Ela o cumprimentou com alegria e amor.

Eu ainda tenho que fazer isso.

Chegamos à clareira onde Hank e Akers estavam esperando com segurança com um cara chamado Quinn, que Liam ficou muito feliz em ver.

Fiquei para trás no carro, observando essa cena como um estranha em minha vida. Todas essas pessoas sabiam que Emmett estava vivo. Todos eles mentiram para mim. Sim, até certo ponto, entendo o porquê, mas ainda é injusto e estou magoada.

Eu estava tão quebrada por perdê-lo. Meu coração parecia que nunca mais bateria da mesma forma. O ritmo da minha vida vacilou quando ele morreu e parecia que nunca mais estaria em sincronia.

No segundo em que meus olhos encontraram os dele na floresta, tudo voltou ao normal. Eu estava inteira novamente.

E não estou pronta para admitir isso.

Emmett olha para mim pela quinquagésima vez e bate no ombro de Liam antes de caminhar em minha direção.

Excelente. É hora desta conversa.

— Ei.

Eu esfrego a parte de trás do meu pescoço.

— Ei?

— Não tenho certeza do que dizer.

— Não tenho certeza se há algo que você possa dizer.

— Sinto muito — Emmett diz, sua voz cheia de pesar.

É provavelmente a única razão pela qual não dei uma joelhada nas bolas dele.

— Para qual parte?

— Tudo isso. Não queria mentir para você, Blake. Eu queria contar a você mil vezes, mas não tínhamos ideia de quem estava por trás disso. Não sabia como proteger você, e nós dois sabemos que se eu pedisse para fazer isso, você nunca teria feito.

— Nós nunca saberemos a resposta para isso porque *não* me pediu. Você fez uma escolha e depois me deixou acreditar que perdi você. E… me deixou chorar *pra* caralho, pensando que você estava morto. Deus, você sabe o quanto eu sofri? — Bato minhas mãos contra seu peito. — Você sabe quantas vezes desejei você de volta? Como tive que dizer a seu pai que você estava morto todos os dias? — Bato nele de novo, sentindo-me tão sobrecarregada. As estúpidas lágrimas traiçoeiras vêm de novo, escorrendo pelo meu rosto. — Como eu me deitava na cama à noite, enrolada como uma bola, chorando por que nunca mais me deitaria ao seu lado? — Seus braços saem, mas bato em seu peito novamente. — Não. Você não pode me confortar agora. Você me quebrou, Emmett. Você quebrou a porra do meu coração. Você tirou *você*. Você… morreu. É a única coisa que eu mais temo neste maldito mundo, e você me fez acreditar que era a minha realidade, e não te perdoo por isso.

Ele dá um passo em minha direção de qualquer maneira, suas mãos chegando ao meu rosto, meu pescoço, então meus ombros.

— Eu nunca quis quebrar você. Sempre quis ir até você, abraçá-la, deitar-me ao seu lado e enxugar essas lágrimas. Eu ficava do lado de fora de sua janela quase todas as noites, desejando poder fechar os míseros metros entre nós. Doía saber que poderia estar perto de você, mas não perto o suficiente. Tinha que proteger você, Blakely. Eu sabia que eles iriam nos matar. Eles atiraram em mim naquela maldita viatura, e se eu não morresse, sabia que eles tentariam com você em seguida. Você é minha fraqueza. Você é a *única* coisa neste mundo que significa mais para mim do que minha própria vida. Se eles tirassem você de mim, eu morreria, porra.

Eu olho em seus olhos azuis enquanto ele diz cada palavra. Vejo as olheiras sob seus olhos, a barba escura em seu rosto, e a angústia em sua voz ameaça abrir um novo abismo dentro de mim. Não quero perdoá-lo.

Eu quero ficar com tanta raiva, mas só há alívio em meu coração.

Ele está vivo e está me tocando.

Desejei isso, e agora ele está aqui.

— Você nunca mais vai mentir para mim. Eu não me importo se um exército está marchando sobre nós, você não mente para mim.

Emmett balança a cabeça.

— Nunca. Se um exército estiver se aproximando, estarei com você.

— Somos uma equipe, Emmett. E já estivemos em batalha antes. Não tenho medo de briga, mas não quero fazer isso sozinha.

— Eu te amo, Blake. Eu te amo mais que tudo neste mundo. Tomei uma decisão em uma fração de segundo, e a única coisa que consegui pensar foi que precisava ter certeza de que você estava segura. Foi a melhor maneira que pude pensar para fazer isso acontecer. — Ele pressiona seus lábios na minha testa antes de inclinar sua testa lá. — Perdoe-me. Ame-me. Deixe-me compensar isso com você.

Eu me derreto, porque, tanto quanto quero cortar suas bolas, também só quero beijá-lo.

Então, levanto meu rosto para o dele e esfrego meu polegar ao longo de sua bochecha áspera.

— Ainda não. Eu te amo mais do que deveria. E sim, você pode me compensar, você tem muito trabalho a fazer.

Emmett sorri.

— Eu posso trabalhar.

— Bom.

— Eu vou te beijar, e você pode reclamar sobre isso mais tarde.

— Eu vou.

Ele se inclina para baixo e eu me estico ao mesmo tempo. Meus braços envolvem seu pescoço e meu corpo está encostado no dele enquanto seus lábios se chocam contra os meus. Nós nos beijamos, nossas línguas se encontrando e se roçando, exatamente como deveriam. O gosto de menta é como se estivesse em casa, e o buraco no meu peito começa a se fechar. Emmett está vivo e está me beijando.

Suas mãos fortes estão espalmadas contra minhas costas enquanto arqueio mais para ele.

Alguém tosse atrás de nós e Emmett interrompe o beijo, esfregando o nariz no meu.

— Esta noite, vou fazer muito mais do que isso.

Eu sorrio e puxo minha cabeça para trás.

— É mesmo?

— Sim. É.

— Enquanto estamos todos curtindo vocês dois pombinhos fazendo as pazes — Liam diz da borda da clareira — temos trabalho a fazer que inclui vocês dois.

— Nós estaremos lá — diz Emmett. Ele dá um passo para trás, segurando minhas duas mãos. — Vamos ficar bem?

Passei as últimas semanas vivendo em um mundo onde achava que ele não existia. Estava frio e escuro. Foi miserável e não tenho vontade de ficar lá.

— Ficaremos, mas você vai ouvir sobre isso de novo.

— Estou ansioso por isso. — Ele pisca e me puxa junto com ele para o grupo.

— Quem é Ryan? — Nelson pergunta.

— Podem ser algumas pessoas. Não sei se Ryan é o nome ou o sobrenome.

— Emmett, nós dois sabemos quem é — eu digo, apertando sua mão.

— Não faz sentido.

Eu olho em seus olhos, que parecem estar a quilômetros de distância.

— Por que não?

— Ryan Wilkinson é o cara mais legal do caralho.

— Ah, e caras legais não podem ser psicopatas? — pergunto e então suspiro. — Quero dizer, psicopatas não são realmente legais. Eles são apenas bons em agir como se fossem. No entanto, eu estava pensando no enteado do prefeito, Paul Ryan. Ele tem a conexão com todos na cidade e, embora Stephen seja nosso principal suspeito, não posso deixar de pensar que Paul Ryan se encaixa melhor.

Liam pergunta:

— E se você estiver errada?

— Eu não estou — falo com confiança.

— É ótimo que você pense isso, mas tudo o que sabemos é o nome Ryan. Não temos informações suficientes para entrar em Rose Canyon, com armas em punho, e prender alguém pelo primeiro ou último nome Ryan.

Emmett continua de acordo com Liam.

— Não sei. Qualquer Ryan poderia ter matado qualquer um de nós várias vezes quando começamos a bisbilhotar. Ryan, Stephen e Nick estavam todos em DC e não machucaram você. Não temos informações suficientes aqui.

Nelson assente.

— Enviei as fotos para o meu chefe e vão executar o reconhecimento facial.

Quinn fala então:

— Eu terei respostas muito em breve. A Cole Security já está trabalhando nas buscas de antecedentes, bem como fazendo tudo o que pode sobre esses dois caras.

Akers olha para o céu cinzento.

— Podemos conversar sobre tudo isso depois, mas não importa o que aconteça, não podemos ficar aqui. Pelo menos ninguém mais sabe que Emmett está vivo. Isso é uma coisa que não deu errado hoje.

Graças a Deus por isso, eu acho.

— Concordo, nós somos alvos fáceis aqui. Então, para onde você quer levar ela e Hank agora que a localização do esconderijo foi descoberta? — Quinn pergunta.

Ah, isso não está acontecendo.

— O que exatamente vocês, gênios, planejam fazer quando este local for queimado? — pergunto, uma sobrancelha levantada. — Quero dizer, vocês tinham um plano, certo? Vocês não diriam a eles onde estávamos sem ter uma ideia de para onde nos mudar.

Liam dá um tapinha nas costas de Quinn quando ele resmunga baixinho.

— Ela vai ser sua responsabilidade na próxima.

— Próxima o quê? — pergunto.

— Próxima casa segura.

Eu fico lá, olhando para ele como se ele tivesse perdido a cabeça.

— Não vou para outra casa segura. Não estou me escondendo enquanto vocês saem fazendo Deus sabe o quê. Não.

— Blake... — Emmett começa, mas para quando vê meu rosto.

Sim, está certo.

— Você não vai com eles e me deixar de novo. Não vou ficar à margem novamente.

— Eu nunca disse que iria — Emmett corrige. — Você e eu vamos para a próxima casa segura juntos. Temos que ficar escondidos.

Oh. Ele está indo também. Posso lidar com isso, mais ou menos. Não é que eu queira me envolver nisso, mas posso ajudar. Quem quer que seja esse Ryan que tentou tirar meu marido de mim.

Eu me viro para ele.

— Você levou um tiro?

Ele pelo menos teve a decência de parecer envergonhado.

— Eu… foi… poderia ter sido.

— Emmett Maxwell! Você nem levou um tiro? Você me fez assistir isso, por quê?

— Efeito dramático — diz Quinn. — Precisávamos que parecesse real. Houve um golpe real em Emmett e você. Charlie estava em DC, ela se certificou de que você estava segura, e cuidei disso aqui. De nada.

Minha boca se abre e quero socá-lo.

— Você não é tão agradecido.

Ele dá um passo em minha direção.

— Realmente sinto por você, Blake. Sei que você não me conhece e provavelmente pensa que sou um idiota, mas se não tivéssemos feito isso, ele teria sido morto. Precisávamos que todos, principalmente você, pensassem que era real para que se escondessem. Precisávamos que a cidade entrasse em pânico e chorasse. Era a única maneira de as pessoas envolvidas se sentirem seguras o suficiente para baixar a guarda. Se eles acreditassem que ele estava morto e você desaparecera, poderíamos investigar com muito mais facilidade. Sinto muito.

Estou ligeiramente amolecida.

— Ok.

— Sou casado, e se eu fizesse isso com Ashton, ela teria feito muito mais danos corporais a mim do que você fez a Emmett — ele diz com um sorriso.

— Acho que eu gostaria dela.

— Sei que sim, e vocês duas me assustam um pouco, então vamos garantir que isso não aconteça.

Eu tomo nota para perguntar a Charlie sobre ela.

Liam bate palmas.

— De volta à parte do plano.

— Vou levar Blake e Sunday para fora do estado até que a segunda fase comece — diz Emmett.

— O quê? Não vamos ficar perto?

Ele balança a cabeça.

— Precisamos de uma lua de mel, e a equipe precisa fazer o que puder para investigar sem se preocupar em me ver. No momento, eles estão apenas caçando você.

Isso é reconfortante.

— E o Hank?

Ele olha para o pai.

— Ele vai ficar com um amigo na Califórnia.

— Emmett, isso é muito para ele. Ele foi retirado da instalação de enfermagem em que está há anos e passou por muita coisa nas últimas duas semanas. Eu me preocupo…

— Eu sei, e amo você por isso, mas vai ficar tudo bem, e vamos trabalhar com ele assim que isso passar.

Eu olho para onde Hank está sentado em um toco de árvore enquanto Sunday persegue a bola que ele joga.

— Aquela cachorra o ama.

Emmett sorri, envolvendo seu braço em volta de mim, puxando minhas costas para seu peito. Sua voz baixa é suave contra o meu ouvido.

— Talvez devêssemos deixá-la ir com ele enquanto estamos longe? Uma estadia com o vovô enquanto mamãe e papai passam algum tempo sozinhos.

— Eu adoraria isso, mas acho que ela precisa de você.

— Tanto quanto você?

Eu viro minha cabeça para espiá-lo.

— Talvez não tanto.

CAPÍTULO TRINTA E QUATRO

Não podemos ir a nenhum lugar que exija voar em um avião comercial, mas temos que ir a algum lugar que nenhum de nós já esteve.

Achei que jogaríamos cara ou coroa e veríamos aonde a estrada nos levaria.

Eu sou um idiota por pensar que poderia ser tão simples com Blake.

— Por que não podemos ir para o México?

— Porque usamos nossos passaportes.

Ela puxa seu mapa.

— Isso é estúpido. Tudo bem, vou fechar meus olhos, girar minha mão e onde quer que ela pare, nós vamos.

— Eu queria que você decidisse entre dois lugares que gostaria de ver, não um ponto aleatório em um mapa.

Blake levanta um ombro.

— Sou quem eu sou.

Ela é, e eu a amo, não importa o quê.

— Tudo bem, vamos escolher um lugar.

Seus olhos se fecham e ela balança o dedo dramaticamente antes de apontá-lo no mapa.

— Aqui.

Procuramos ver onde ela pousou e estou realmente aliviado. Estou completamente bem em ir para Idaho. Nenhum de nós esteve lá, e é perto o suficiente para que possamos voltar aqui em menos de um dia.

Outro Ranger era de Idaho e sempre falava sobre como tudo era remoto e quantas coisas ao ar livre havia para fazer. Não que eu planeje fazer muito mais do que minha esposa, e isso nos dará algum tempo para trabalhar com a raiva residual que sei que ela ainda tem.

— Tudo bem. — Pego sua mão na minha e a levo aos meus lábios. — Vamos ter nossa lua de mel.

Após cerca de quinze minutos, conseguimos garantir uma cabana no meio do nada. A área de Garden Valley tem muito o que fazer, mas a população é pequena, o que é perfeito. Além disso, a cabana é propriedade de uma celebridade que trabalha com Catherine Cole. Significa nenhuma papelada, estamos completamente fora da rede.

A viagem até lá é longa, mas Blake e Sunday tiram uma soneca durante a maior parte. Blakely está segurando Sunday contra o peito, as duas roncando levemente.

As últimas semanas foram um inferno para todos nós, mas ainda mais para Blakely. Nunca poderei expressar o quanto odiei a escolha que tive que fazer. O quanto queria ir até ela, mas Quinn, Liam, Spencer e Holden foram inflexíveis para que eu fizesse isso. Tinha que protegê-la da única maneira que podia – ficando longe e deixando-a sofrer.

Mas quando seus olhos encontraram os meus e ela percebeu que eu estava vivo, a traição que vi neles foi o suficiente para me convencer de que ela nunca me perdoaria.

Dirijo pela estrada ventosa, sendo extremamente cauteloso enquanto abraçamos o maldito penhasco. Assim que chegamos em casa, eu gentilmente a acordo.

Ela se senta e Sunday cai um pouco para a frente antes que Blakely possa segurá-la.

— Jesus! Você me assustou.

— Chegamos.

Blake esfrega os olhos e entrega Sunday para mim enquanto ela sai do carro.

— Não se preocupe, eu a levo — falo com um sorriso, segurando o cachorro. — Mamãe quase jogou você e depois foi embora.

— Posso ouvir você.

— Eu não estava sussurrando — devolvo.

Eu saio e caminho até onde ela está, olhando para a cabana que fica na beira do terreno.

— Uau — diz Blake, e enquanto está escuro e estamos no meio do nada, não posso deixar de concordar com ela.

VENHA ME *Amar*

269

É um edifício alto de estrutura que parece ter crescido do chão. O telhado alto não é desagradável, porque fica na mesma altura das árvores ao seu redor e as rochas quase envolvem a construção.

— Vamos entrar.

Ela olha para mim e acena com a cabeça. Sunday caminha ao nosso lado, cheirando tudo a caminho da porta. O proprietário me deu instruções sobre como obter a chave, que é o esconderijo supersecreto sob o tapete.

Uma vez destrancada, agarro seu braço e a impeço de entrar.

— Deixe-me fazer isso direito.

— Fazer o quê?

Sorrio e a levanto em meus braços.

— Emmett!

— Esta é a nossa lua de mel, Blake. É o nosso novo começo para a vida que vamos ter. Sei que o perigo ainda está à nossa frente, mas hoje nos marca como um time novamente, enfrentando isso juntos.

Sua mão se move para minha bochecha.

— Você e eu contra o mundo.

— Até o fim.

Seu lábio se curva.

— E é melhor que o fim não chegue tão cedo.

Cruzamos a soleira e eu a beijo suavemente antes de colocá-la de pé. Seus olhos examinam a cabana.

— Por que diabos eu não fiquei aqui para começar? Este lugar é incrível.

A cabana é linda. O interior é branco brilhante com tons quentes de terra em todos os outros lugares. Há um grande sofá de couro cor de camelo que separa a cozinha do resto da casa. Está voltado para a parte de trás da casa, que é toda feita de janelas. Não é nada além de uma visão de 180 graus da floresta e das montanhas.

Ao lado do deck traseiro, a casa tem sua própria fonte termal privada. Há luzes ao redor, fazendo com que a água pareça quase iridescente.

— Temos nossa própria fonte termal? — Blake pergunta.

— Nós temos.

— Isso é incrível. — Ela sorri.

— Isso é o que deveríamos ter quando nos casamos anos atrás.

Em vez disso, nossa lua de mel estava sendo transferida para o deserto.

— Bem, isso é realmente espetacular, e adoro isso aqui.

Sunday late para a cabeça de veado na parede antes de correr de volta para nós, latindo novamente e depois correndo em círculos.

— Se eu tiver que esconder você de novo, terei certeza de que conseguirei acomodações como esta.

Blakely se vira, a alegria que estava em seus olhos se foi quando olha para mim.

— Emmett...

Eu sei que está chegando, a próxima parte disso é onde ela vai me contar tudo o que não pôde na clareira.

— Diga o que você precisa, baby.

Ela suspira, virando-se.

— É isso. Não sei o que preciso dizer. Estou com raiva, feliz *pra* caralho por você não estar morto e triste por não confiar em mim.

— Eu confio em você.

— Você não confiou! Você me deixou assistir você morrer, Emmett. Tem alguma ideia de como fiquei perturbada?

— Eu sei. Vi você chorar todas as noites.

Ela passa as mãos pelos cabelos escuros.

— Eu sei que você fez o que achou certo, mas não foi. Não quando você sabe como me sinto por perder todos. Esse é o meu maior medo, e você me deixou ficar no escuro.

— Odeio ter feito você passar por isso, mas você tem que saber que se houvesse outra maneira, eu teria escolhido. Spencer e Quinn souberam do assassino a caminho de mim dois minutos antes de eu ligar para você. Tínhamos muito pouco tempo para tomar uma decisão e não queria fazer isso com você no vídeo. Juro por Deus que não, mas não tinha certeza de como você acreditaria. Quinn disparou pela janela e não tivemos tempo de ajustar o plano. — Ando em direção a ela. — Eu sabia que se você tivesse um pingo de dúvida, você nunca iria aceitar. Você teria fugido ou apontado uma maldita arma para eles para chegar até mim.

— Sim, sem dúvida, eu iria.

Outro passo mais perto.

— E é por isso. Quase me perdi na quinta noite. Eu estava do lado de fora da sua casa segura e ouvi você soluçando. Eu me sentei lá, minhas costas contra a parede abaixo da sua janela, e tentei me convencer a não ir até você. Foi muito difícil, então me levantei com a intenção de entrar naquela casa e abraçá-la até que parasse de chorar, mas Liam estava lá.

Blakely me observa.

— Para impedir você?

271

Eu concordo.

— Ele... teve que caminhar comigo por quilômetros antes que eu pudesse me acalmar. Estava um desastre ouvindo você sofrendo por minha causa. Eu me odiava e esta situação. Odiava você por me fazer te amar de novo e querer esta vida. Odiava a cidade, as pessoas, o maldito mundo.

— Você deveria ter ido até mim — diz ela.

— Eu não poderia, Blake. Por favor, entenda que eu estava fazendo o que pensei que deveria fazer.

Ela se vira para mim, com os olhos cheios de lágrimas.

— Eu chorei por você. Chorei e implorei a Deus para devolvê-lo ou me levar com você.

Estendo minha mão para esfregar sua bochecha.

— Ele fez. Ele me devolveu a você.

Ela agarra meu pulso.

— Eu não acho que Deus fez isso, mas...

— Escute, posso imaginar até certo ponto como você se sentiu. Quando você me deixou anos atrás, fiquei arrasado. Não da mesma forma, mas pensei que tinha perdido você para sempre. De alguma forma, encontramos nosso caminho de volta, e eu sabia que, desta vez, não era por amor que estávamos separados. Eu te amo mais do que tudo neste mundo.

Sunday faz barulho, e nós rimos.

— Ela se ofende com isso.

Esfrego meu polegar contra seus lábios.

— Ela vai sobreviver. O que não vou sobreviver é perder o seu amor, Blake. Não quero retroceder por causa disso. Quero construir nossa vida juntos, comprar uma casa, começar uma família. — Seus olhos se arregalam e eu rio. — Em alguns meses, podemos conversar sobre isso, mas você é minha esposa. Você, eu e Sunday somos uma família.

— Eu não me importaria com um bebê em algum momento. Estou ficando velha, então se é isso que você quer...

Nunca teria pensado que essas palavras sairiam de sua boca.

— Bom, então talvez um dia tenhamos a sorte de ter um.

Ela fica na ponta dos pés.

— Passei as últimas duas semanas lamentando o fato de nunca mais beijar seus lábios. Nunca sentir seu toque ou ouvir sua voz.

Minhas mãos se movem para seus quadris, e eu a pego para que ela possa envolver suas pernas em volta da minha cintura.

— Vou te levar para aquela cama agora, e vou adorar cada centímetro de você.

Eu faço exatamente o que disse, levando-nos para a cama que dá para a parede das janelas. Não há ninguém ao nosso redor por quilômetros.

Depois de colocá-la na cama, levo um segundo para olhar para ela. Realmente olhar para ela. Para ver as manchas douradas em seus olhos castanhos, memorizar a maneira como seu cabelo emoldura seu rosto e observar como seus longos cílios roçam o topo de suas bochechas. Ela é tão linda, tão perfeita, e ela é minha.

— O quê? — ela pergunta baixinho.

— Amo você, Blake.

— Eu te amo, Emmett.

— Não, baby. Eu amo você. De certa forma, não sabia que o amor poderia existir. Acho que o que sinto supera o amor. Enche meu peito a ponto de pensar que vou explodir, porque não consigo conter o quanto sinto por você. — Eu caio de joelhos na frente dela. — Você merecia um homem que se sentisse assim antes de se casar com você. Você deveria ter o anel, a proposta com que sonhou e o marido que se apresentasse diante de amigos e familiares e jurasse seu amor. Não uma cerimônia meia-boca em que pedimos a duas pessoas com quem nem conversamos mais para serem nossas testemunhas.

Ela avança.

— Eu não precisava do grande pedido de casamento ou do casamento. Eu nunca teria sido capaz de abrir meu coração para você de outra maneira senão como fizemos isso. Nós trabalhando lá trás de algumas maneiras é o que me deu a capacidade de amar. Achei que nunca conseguiria.

— Você nunca foi incapaz de amar, apenas não soube dar sem medo.

Uma lágrima cai por sua bochecha.

— Você me mostrou como, e é por isso que perder você foi a pior dor que já senti. Não quero estar em um mundo onde você não esteja ao meu lado.

— Você está presa comigo para sempre agora, Blakely.

Ela sorri.

— Acho que estou bem com isso.

Eu levanto a mão dela e beijo o dedo em que um anel ficará em breve, então a palma, o pulso e subo pelo braço. Seus olhos castanhos me observam enquanto me movo até ficarmos cara a cara.

— Vou colocar um anel nesse dedo. Eu quero te dar tudo.

— Apenas me dê amor.

— Você o tem.

Blakely se deita e passo por cima dela, beijando seu pescoço e puxando sua blusa para cima. Ela se move para que eu possa removê-la facilmente e jogá-la no chão. Nenhum de nós diz nada enquanto continuamos a nos beijar e lentamente puxar peça após peça de roupa.

Suas mãos se atrapalham com minha calça, e eu a ajudo com a fivela antes de tirá-la. Então nós dois estamos nus e nos beijando, explorando um ao outro como se nunca tivéssemos feito isso.

E talvez eu não tenha. Não desta forma.

Não sem restrição ou medo. Não sem me perguntar se ela realmente quer isso.

Estamos nus um para o outro. Abraçando o amor e um ao outro.

Ela passa os dedos pelo meu peito.

— Nunca soube que poderia me sentir assim.

— Assim como?

— Como se eu tivesse tudo no mundo, mas veio com o medo mais intenso. O amor é... bem, é assustador.

Eu escovo seu cabelo para trás.

— Também é libertador. É saber que tenho você ao meu lado.

— E eu tenho você.

— Em todos os sentidos, querida.

Eu a quero de outra maneira agora, então junto nossos lábios. Quero fazer amor com ela e fazê-la sentir tudo em meu coração.

O beijo é mais profundo, e então desço minha boca pela coluna fina de seu pescoço e até seu peito. Eu beijo o vale entre seus seios perfeitos, passando minha língua para o direito primeiro.

As mãos de Blakely agarram meu cabelo enquanto traço meu lábio inferior ao longo de seu mamilo antes de colocá-lo em minha boca. Chupo suavemente, sacudindo-o antes de soprar o ar contra a pele enrugada.

— Emmett.

— Você tem gosto de doçura e pecado. Eu não consigo o suficiente.

— Quero tanto você.

— Também quero você, baby, e prometo, vou ter você.

Ela arqueia as costas e passo para o outro seio, dando-lhe a mesma atenção do primeiro. Depois de esbanjar cada um até o ponto em que Blakely está ofegando suavemente, desço por seu estômago, beijando meu caminho até onde eu realmente quero provar.

CORINNE MICHAELS

Suas pernas se abrem para mim, e eu as levanto, descansando seus pés em meus ombros. Eu a encaro, cabelo escuro no travesseiro e um sorriso atrevido nos lábios. Ela é uma sereia e nunca poderei resistir ao seu chamado.

— Você me quer aqui, Blakely?

— Você sabe que sim.

Sorrio.

— Humm, e você quer que eu faça você gozar, esposa?

Essa palavra se estilhaça na sala ao nosso redor. O significado não é mais usado como arma. É uma bênção para a mulher que amo.

— Você acha que pode? — Blake lança o desafio.

— Eu sei que posso.

— Então, por favor, coloque seu dinheiro onde está sua boca.

Mordo levemente o interior de sua coxa para isso e, em seguida, movo minha boca para seu clitóris. Seus quadris levantam e repito o movimento, amando o som de seu gemido enchendo a sala. Eu poderia ficar aqui a noite toda, amando essa mulher, fazendo-a se sentir bem. Isso é tudo que eu sempre quis de qualquer maneira.

Desde o dia em que nos conhecemos, meu objetivo tem sido tornar as coisas melhores para Blakely, dar a ela tudo o que ela precisa, seja minha amizade ou mais.

Eu a amo há muito tempo e vou continuar para sempre.

— Sim — ela ofega, então aumento a pressão. Eu agito seu clitóris um pouco mais rápido, variando os graus e movendo meu rosto para criar diferentes ângulos.

Seu gosto na minha língua é perfeito *pra* caralho.

Eu não paro quando seus gemidos se tornam mais altos. Quero que ela exploda o telhado desta casa. A maneira como seus dedos envolvem meu cabelo, puxando mais apertado, é um estímulo.

— Emmett. Estou tão perto.

Eu movo minha língua para baixo, empurrando dentro dela antes de voltar para o feixe de nervos onde ela me quer. Empurro dois dedos e chupo seu clitóris com mais força.

— Sim! Não pare. Por favor, não pare!

Não há nada neste mundo que possa me fazer parar agora. Eu quero me afogar em seus gemidos e senti-la desmoronar debaixo de mim.

Ela grita mais alto, seu corpo ficando tenso antes de cair relaxado. Eu acompanho, certificando-me de que dura o máximo que posso.

Só depois que seu corpo para de pulsar em meus dedos é que levanto minha cabeça e subo em seu corpo.

— Você fica tão linda quando goza.

Ela vira a cabeça e suas pálpebras se abrem apenas o suficiente para me encarar.

— Fico feliz em deixar você fazer isso sempre que quiser.

— Bem, ainda bem que estamos nesta montanha sem ninguém por perto por quilômetros, e não tenho mais nada que gostaria de fazer…

Os olhos de Blakely brilham de emoção.

— Sim, isso é uma coisa boa. Agora, faça amor comigo.

Seus quadris me embalam e eu me movo no lugar. Essa mulher é tudo para mim. Ela é corajosa, inteligente, sexy, feroz e muito mais. Quero dar-lhe tudo, acima de tudo o meu coração.

Enquanto empurro para dentro dela, o prazer é indescritível. Nossos olhos se encontram e algo muda ao nosso redor. É como se tudo estivesse certo novamente. Toda a merda que passamos até este momento se foi, e somos apenas nós.

Lágrimas enchem seus olhos e seu lábio inferior treme, então eu a beijo suavemente.

— Blakely. — Minha voz falha, o que me faz parar para respirar. — Juro que sempre vou te amar. — Empurro mais fundo nela. — Vou te proteger, cuidar de você, segurar seu coração em minhas mãos e sempre ser gentil com ele. — Uma lágrima cai por sua bochecha. — Prometo ser fiel a você, abandonando tudo, porque não há mais ninguém neste mundo para mim. — Eu me movo novamente, dando a ela tudo de mim. — Vou honrá-la com meu corpo e alma. Você é minha esposa, meu coração, toda a minha razão de viver. — Um soluço sai de seu peito, e ela agarra meus braços enquanto chora. Eu me inclino, beijando as lágrimas. — Não chore, meu amor.

Ela segura meu rosto em suas mãos.

— Eu te amo. Juro que vou te amar até o dia que morrer. Que sempre serei fiel, honrarei e cuidarei de você, porque você é a única pessoa neste mundo que poderia romper minhas paredes. Você é meu coração e alma, Emmett Maxwell. Estou chorando porque você está fazendo amor comigo enquanto se casa comigo, não está?

Eu aceno e movo meus quadris.

— Eu já me casei com você, mas estes são os meus votos para você agora e sempre.

Ela se move rapidamente enquanto estou um pouco desprevenido, invertendo nossas posições. Meus olhos se arregalam, mas leva apenas um movimento de seus quadris para parar o meu protesto.

Suas mãos descansam no meu peito, logo acima do meu coração.

— Você é meu marido em todos os sentidos. Agora deixe-me fazer você se sentir bem.

E ela o faz sem que outra palavra seja dita.

CAPÍTULO TRINTA E CINCO

Blakely

Sunday está no paraíso canino absoluto aqui. Nos últimos três dias, fizemos muito pouco além de brincar com o cachorro ou nos aconchegar no sofá assistindo filmes ou mergulhar nas fontes termais.

Esta trilha que estamos percorrendo com Sunday deve levar a uma fonte termal maior que é mais como um riacho. Estou animada, porque é a primeira vez que realmente saímos de casa.

Ninguém ouviu falar de nada em Rose Canyon, o que Emmett não acha que seja uma coisa boa ou ruim, apenas o que é.

Eu gostaria de poder compartilhar sua indiferença sobre isso. Estou meio tentada a comprar um telefone descartável e fazer algumas ligações. Só que sei que isso colocaria um alvo em nossas costas, já que as pessoas ainda pensam que ele está morto. Então, aqui estou eu, caminhando na floresta.

— Isso me lembra da implantação — diz Emmett.

— O quê?

Primeiro, está meio frio aqui. Estamos no início do verão, mas a temperatura só chega à metade dos quinze. Em segundo lugar, não havia árvores como essas em nenhuma de nossas implantações. Passamos os dias suando *pra* caramba, carregando vinte quilos de equipamento e dormindo em cavernas.

— A caminhada.

Ok, essa parte é verdade.

— Caminhamos quilômetros todos os dias.

Ele concorda.

— Além disso, a parte do perigo.

— Sim, eu poderia ter ido sem isso também.

— Eu não teria deixado nada acontecer com você naquela época, e ainda não vou deixar agora.

Solto uma risada.

— Não fui eu que tive que fingir minha própria morte para evitar levar um tiro.

Emmett me dá um olhar que mostra que ele não está achando graça.

— Você teria se tivesse ficado em Rose Canyon.

— Mas não fiquei.

— Porque mandei você de volta para DC por algum motivo de merda.

Eu paro de andar quando meu queixo cai. Bem, isso não é um chute na cabeça.

— Você me *mandou* de volta?

— Não aja tão surpresa. Você provavelmente pensou que era uma tentativa esfarrapada e sabia o tempo todo.

Claro que sim. Eu soube no segundo em que ele concordou comigo sobre a coisa toda da roupa. Só não *sabia* que era um estratagema para me tirar da cidade. Mas agora faz muito mais sentido por que ele estava tão paranoico sobre algumas pessoas da cidade estarem em DC.

— Eu pensei que talvez você estivesse apenas ansioso para que eu me mudasse para o Oregon.

— Isso também.

Isso me faz sentir um pouco melhor.

— Mas você tinha segundas intenções, querido marido.

Ele continua se movendo com o cachorro e encolhe os ombros.

— Sim, mantê-la segura.

Emmett sempre foi protetor comigo e, até certo ponto, aprecio isso. Pelo menos eu permito que ele pense que preciso de proteção, porque parece deixá-lo feliz, já que ele é... bom... um homem tão grande e forte. No entanto, também nunca fui de não chamar alguém para o tapete.

— Muito bom isso que você fez, porque quase fui executada quatro dias atrás, e estamos nos escondendo na porra de Idaho.

Emmett caminha para trás, com um sorriso malicioso no rosto.

— Lua de mel com muito sexo e sua própria fonte termal. Você está realmente sofrendo.

— Eu não disse que o sexo ou a localização eram ruins, mas você não pode me dizer que esse era o seu plano.

— Não, definitivamente não era. Estávamos perto de descobrir quem seria o atirador contratado para me matar. Assim que descobríssemos isso, eu ia confessar tudo para você. Pensávamos que teríamos tudo resolvido em alguns dias, mas nada saiu do nosso jeito, então tive que ficar quieto e esperar que eles fizessem um movimento.

Ele não está brincando que nada aconteceu do nosso jeito.

— O que seus amigos acham?

Ele estende a mão para a minha enquanto caminhamos.

— O que você quer dizer?

— Holden e Spencer sabem, mas e Brielle? E qual é a história que está circulando na cidade sobre mim?

— Brielle pensa que estou morto — ele admite, e quase bato nele. Ele tem alguma ideia de como ela ficou chateada quando teve que me contar? — Spencer e eu vamos ter muita dificuldade em fazer as pazes com ela assim que ela descobrir que estou vivo. Quanto ao seu disfarce, a cidade acha que você está escondida para proteção. Ninguém deve saber onde você está, então todos terão que manter esse ritmo.

Fico quieta, absorvendo quantas pessoas foram impactadas por tudo isso.

— Eu não gosto de nada disso — eu digo a ele.

— Também não gosto muito disso.

— Então o que diabos estamos fazendo aqui? Você queria atrair o assassino alguns dias atrás, então por que estamos em Idaho?

Emmett balança a cabeça.

— Não estou acompanhando.

— Por que estamos aqui em vez de em Rose Canyon, avaliando o que está acontecendo? Brielle, seus amigos, a cidade, Mama James, nenhum deles merece isso, Emmett. A cidade está de luto por Isaac, e agora todos assumiram que você está morto. É injusto com eles e conosco. Não fizemos nada de errado e somos todos mais fortes juntos.

— Você acha que devemos voltar para uma situação em que há alguém literalmente tentando nos matar?

— Nunca escolhi sair e não tive um voto. Além disso, qual é a alternativa? Vivermos o resto de nossos dias aqui sem nossos amigos? — Ele suspira.

— Não podemos nem fazer a coisa da lua de mel direito.

A parte triste é que ele não está errado. Somos muito ruins no convencional, mas eu não aceitaria de outra maneira.

— Acho que precisamos estar lá, só isso.

Ele leva minha mão aos lábios.

— Ok. Vou ligar para Quinn hoje à noite e ver como eles estão com isso.

— Absolutamente não — diz Quinn pelos alto-falantes do carro enquanto nos aproximamos de Rose Canyon. — Vocês não podem vir para cá. Vocês vão foder tudo.

Reviro os olhos.

— Como vamos estragar tudo?

Estou tão cansada de estar à margem. Eu amo estar neste lugar com Emmett, mas precisamos ser espertos aqui. Uma das maiores surpresas que temos é que Emmett não está morto. Podemos usar isso a nosso favor.

— Porque acreditamos que sabemos quem é. Simplesmente não temos o suficiente para fazer acusações ou para obter um mandado de prisão.

— Espere, então você sabe quem ordenou o assassinato de Emmett? — pergunto, o nó no estômago crescendo conforme entramos nos limites da cidade.

— Sim, e há uma ordem para sumir com você, porque eles não acreditam mais que Emmett está morto. Estamos assumindo que eles querem você para que possam atraí-lo para fora. Alguém retransmitiu que Emmett não estava morto. Você estar de volta é um grande erro, então não fique tão feliz — Liam diz.

— Aww, você sente minha falta — falo com uma risada.

— Nem um pouco.

Ele está mentindo, mas tudo bem. Eu sou muito inesquecível.

Emmett interrompe antes de brigarmos mais.

— Quem? Quem tentou o golpe contra mim e ordenou que as pessoas levassem minha esposa?

— Nosso escritório conseguiu fazer o reconhecimento facial de dois dos caras que foram buscar Blakely no esconderijo. Um tinha laços estreitos com o enteado do prefeito — diz Quinn.

— Ah! — eu grito. — Sabia! Se você tem essa informação, por que não o agarrou?

— Tudo bem, *Columbo²*, antes que você fique toda animada — diz Liam. — Ninguém viu ou ouviu falar do enteado em semanas. E você pensou em Stephen o tempo todo, então não sabia de nada.

— Estou honestamente um pouco chocado — diz Emmett.

— Por quê? — Quinn pergunta.

— Ele nunca teve problemas ou esteve muito por perto. O que todos sabem dele é que é quieto e... bem, tranquilo.

— E você não acha que ele é capaz disso? — pergunto.

— Eu não disse isso. É só que de todos eles, ele teria sido o último que eu identificaria como traficante de pessoas.

Quinn limpa a garganta.

— Não sei nada sobre o cara além do que o quartel-general me disse. O reconhecimento facial voltou para um Landon Henkle de Portland. Conseguimos administrar suas finanças e ele fez um depósito de quinze mil dólares logo depois que Emmett foi baleado de uma empresa de propriedade de Paul Ryan.

— Então, Paul ordenou o meu assassinato e o do meu marido — digo, sentindo uma raiva como nunca senti.

Emmett pega minha mão na dele, apertando suavemente.

— E temos alguma coisa que o ligue às meninas?

— Essa é a questão, nada sobre essa empresa, esses caras ou qualquer outra coisa leva a algo mais. É quase como se Paul Ryan estivesse sendo incriminado, pelo menos essa foi a resposta inicial do nosso técnico. Ele achou estranho que alguém que cometesse um assassinato de aluguel fosse tão óbvio. Estou um pouco inclinado a concordar, mas, ao mesmo tempo, as pessoas nunca acreditam que serão pegas — acrescenta Quinn.

— Concordo, é um pouco estúpido apenas transferir dinheiro da sua empresa — Emmett acrescenta. — Por que você não tentaria pelo menos esconder isso? Isso me faz pensar se não está sendo armado para ele também.

Isso faz com que algo clique em mim. A evidência que temos da foto e do aplicativo conectado a Bill conversando com a garota também é enganosa. Ele está morto, não poderia ter falado em um aplicativo com uma fugitiva. Então sabemos que alguém está drogando essas garotas, quer que Emmett

---

2   O tenente Columbo, da série de TV de mesmo nome, é um detetive da polícia extremamente astuto e meticuloso.

e eu morramos, e provavelmente está armando para que Paul apareça como se estivesse envolvido. Outra pessoa chamada Ryan, de Rose Canyon, não se beneficiaria com isso? Ryan é um cara legal que todo mundo adora, um paramédico com conhecimento sobre drogas e como obtê-las, e também tem laços com Stephen, de quem suspeitávamos o tempo todo.

Ele viaja. Ele se sai bem com base em suas roupas e carro, mas não é chamativo. Ele é carismático, inteligente e ninguém jamais suspeitaria dele.

— Acho que estávamos errados — admito.

— Errados sobre o quê? — Emmett pergunta.

— Não acho que seja Paul Ryan. Acho que é Ryan Wilkinson.

Quinn interrompe.

— Onde vocês estão?

Emmett dá nossa localização.

— Apenas espere até chegarmos aí — diz Liam.

— Ninguém sabe que estamos aqui — Emmett acrescenta, porque o silêncio na linha é ensurdecedor.

E então, nem dez segundos depois, quatro carros voam para o estacionamento e nos encurralam.

— Blake, pegue a arma — Emmett instrui. — Quinn, temos quatro carros nos cercando. Número de pessoas desconhecido, pois todos os veículos têm vidros escurecidos. Um veículo é branco, placas do Oregon. Ele lê o resto das placas e descrições do veículo. Dois homens em cada carro abrem as portas com armas apontadas para a nós. Eles estão armados, as armas estão apontadas para nós agora. Eles vão nos matar ou nos levar como reféns.

Não nós. Serei eu.

Entrego a arma a Emmett e ele olha para mim.

— Não saia deste carro.

Dois caras começam a caminhar em direção ao carro com um cano apontado para um de nós. A mão de Emmett está segurando o volante.

— Eu posso dirigir para frente, mas...

— Vamos morrer.

— Podemos morrer de qualquer maneira. Se Quinn estiver certo, eles querem levar você, e prefiro dar a você uma chance de sair daqui.

— Não há como escapar disso, nós sabemos disso.

Eu tenho que ser forte agora. Tenho que colocar minha cara de corajosa e tornar isso mais fácil para Emmett. Isso é exatamente o que ele passou

283

as últimas duas semanas tentando evitar, e agora está acontecendo porque eu o convenci a voltar para esta cidade.

Agora ele terá que vê-los me levar, ou terei que vê-los matá-lo. Se houver escolha, sei qual escolherei.

Eu movo o canil para o chão para proteger nosso filhote.

— Eu te amo, Sunday. Você fica aqui e cuida do papai — eu sussurro para ela com lágrimas nos olhos.

Se eles forem espertos, eles vão me usar como alavanca para obter qualquer informação que Emmett e Quinn tenham desenterrado. Isso significa que estarei segura por um tempo. Espero.

— Emmett — suspiro seu nome, e sua boca pressiona em uma linha fina.

Ele irá me encontrar.

Ele sempre faz.

— Não saia deste carro.

— Ficará tudo bem.

— Blakely.

Eu levanto minha mão até seus lábios, não querendo que os últimos momentos que possamos ter sejam gastos discutindo.

— Nós dois sabemos como isso vai acabar. Ficará tudo bem. Você vai caçá-los e vou ficar viva até lá.

— Não.

— Querido, amo você, mas nossas escolhas são levar um tiro ou deixar que me levem sem lutar. Prometa-me que irá me buscar.

— Eu vou morrer tentando, porra.

Eu aceno com a cabeça, lágrimas escorrendo pelo meu rosto.

— Eu amo você.

— Amo você. — Os dois homens dão mais um passo à frente, e a mão de Emmett aperta a arma que entreguei a ele. — Não posso fazer isso.

— Você tem que. Consiga o que eles querem e me pegue de volta.

Ele se inclina, seus lábios tocando os meus no beijo mais terno que já compartilhamos. Algumas noites atrás, fizemos nossos votos, os que deveríamos ter feito desde o início. Nós nos amamos de uma forma que eu não sabia ser possível. Agora, mais uma vez, teremos que nos separar, mas sei que encontraremos um caminho de volta um para o outro.

Antes que eu perca a coragem, abro a porta e saio com as mãos levantadas. Todos eles começam a gritar coisas diferentes, mas tudo que ouço é Emmett quando ele grita:

— Não morra, Blakely! Eu vou te encontrar!

CAPÍTULO TRINTA E SEIS

Emmet

— Porra! — grito, batendo minhas mãos no volante uma e outra vez.

Menos de trinta segundos depois que ela saiu pela porta, ela foi contida, enfiada em um porta-malas, e o carro saiu do estacionamento, seguido por outro carro.

Os outros dois veículos ainda estão aqui, e os dois homens ainda estão me mantendo sob a mira de uma arma.

— O que vocês querem? — pergunto em voz alta.

— O arquivo.

— Que arquivo?

— Pegue o arquivo e terá sua esposa de volta, você escolhe — o homem grita enquanto dá ré em direção ao carro sem abaixar a arma.

— Trazer qual arquivo para onde?

— Manteremos contato. Encontre o arquivo antes que ele perca a paciência.

Assim que eles entram, abro a porta, rolo para fora, uso o bloco do motor como cobertura e disparo minha arma até esvaziá-la. Acerto o primeiro carro, estourando o para-brisa traseiro. O outro tem alguns buracos de bala no porta-malas, mas eles fogem.

Então eu me levanto, sentindo um desespero que não consigo descrever. Eles estão com Blakely e não faço ideia de para onde a levaram.

Não posso me mover. Eu deveria ir para a casa de Holden ou talvez a de Brielle ou talvez fazer qualquer coisa além de ficar aqui congelado. No entanto, não consigo fazer nada além de olhar para o último lugar em que a vi.

Sunday está latindo como uma louca, e corro para ela, abrindo o canil. Demora um segundo, mas, eventualmente, consigo que ela se acalme.

— Eu vou encontrá-la, baby. Eu a encontrarei.

Ao mesmo tempo que Holman vira a esquina, Quinn e Liam o fazem na direção oposta. Liam está fora do carro, correndo para mim antes mesmo que Holman estacione.

— Onde ela está?

— Eles a levaram — eu digo, sentindo-me o maior pedaço de merda.

— Conte-nos tudo.

Eu conto toda a história do começo ao fim, preenchendo pequenos pedaços nos quais não pensei até que eles perguntem. Eles desconstroem a coisa toda, escrevendo notas enquanto falam ao telefone com Mark e Charlie na Virgínia.

— Você fez a coisa certa — diz Quinn, com a mão descansando no meu ombro.

— Eu os deixei levarem minha esposa, como isso é a coisa certa?

— Eles teriam matado vocês dois. Blakely sabia disso, e é por isso que ela foi.

Não muda porra nenhuma. Tudo o que faz é me sentir impotente novamente. Vi as lágrimas em seus olhos e ouvi a determinação e a confiança em sua voz. Ela acredita que vou encontrá-la, e ficar aqui repassando essa história não está ajudando em nada para que isso aconteça.

— Que arquivo? — pergunto ao grupo. — Que arquivo eles querem?

E então, como uma peça se encaixando, faz sentido. Eles querem o arquivo perdido do escritório de Brielle. Aquele com documentos sobre Bill e sua família. Apenas, o que ela poderia ter lá que seria tão importante para essas pessoas?

Quinn olha para mim.

— O arquivo.

Estou atrás do volante em um piscar de olhos. Tem que ser o que eles querem. Corro desenfreado pelas ruas, Holman atrás de mim com luzes e sirenes. Eu paro na casa de Spencer, e ele já está na porta, sem dúvida tendo ouvido a comoção.

— Onde está o arquivo? — pergunto, não tenho certeza se estacionei o carro quando saí correndo.

286

CORINNE MICHAELS

— O quê?

— O arquivo. Arquivo de Brielle. O arquivo que ela tinha sobre Bill.

Brielle corre para fora.

— Emmett? Emmett… você está… eu… — Ela se lança para mim, jogando os braços em volta do meu pescoço. — Oh, Deus, você está vivo. Você está vivo e está aqui. — Ela me solta e se vira para o marido. Os lábios dele formam uma linha fina e, depois de um segundo, ela solta um suspiro pelo nariz. — Por que você não parece surpreso ao vê-lo?

— Oh, estou surpreso, tudo bem — diz Spencer.

— Podemos discutir e conversar depois, eles levaram Blakely.

— Quem levou Blakely? — Brie pergunta. — Ela desapareceu… oh, Deus, o que diabos vocês dois fizeram?

Spencer se move para o lado dela.

— Você sabe quem?

— Não tenho certeza, mas quem quer que sejam, eles querem um arquivo, o arquivo de Brielle — eu respondo. — Eles disseram que vão entrar em contato, e se eu não tiver o arquivo, então… preciso disso.

Quinn e Liam estacionam atrás de mim.

— Você é imprudente! — Quinn grita.

— Quinn? É você? Que porra está acontecendo aqui? — Brielle joga as mãos para o alto.

— Brie, vamos explicar mais tarde — diz Spencer. — No momento, temos que lidar com isso. — Ele está em apuros com essa garota. — Eles querem um arquivo?

Quinn me empurra.

— Entendo que você está chateado. Entendo que sua esposa foi tirada de você, mas Jesus Cristo, você precisa pensar. Este é um jogo de xadrez e você está jogando jogo da velha.

— Não estou brincando! Eu quero minha esposa.

Liam fica na frente de Quinn.

— Nós entendemos isso, também me importo com Blakely. Mas estamos na defesa, e não sei quanto a você, mas prefiro mudar isso. Você nunca deveria ter voltado aqui, mas voltou. Então, em vez de resolver o problema, você decola. Você parou por um segundo para considerar que eles podem ter pessoas observando? O fato de você ter vindo diretamente à casa de Spencer e Brielle depois que lhe disseram para encontrar um arquivo faz parecer que eles estão com a maldita coisa? Que isso os coloca em perigo também? Todos nós precisamos nos acalmar, olhar para a situação e fazer movimentos melhores.

Eu gostaria de poder me acalmar. Tudo o que vejo são os olhos dela quando escolheu ir com eles. Não havia outra opção. Eu não poderia atirar para sair ou abrir o carro sem que nós dois morrêssemos. Ela tem fé que vou encontrá-la, e esse é o meu objetivo. Meu único objetivo.

— Você não viu...

— Não, eu não gostaria, mas se você a quer de volta, temos que ter um maldito plano que seja mais do que acelerar pela cidade e chamar a atenção para si mesmo. As pessoas aqui pensam que você está morto.

— Falando nisso — Spencer interrompe — podemos mover isso para dentro para evitar que mais pessoas saibam.

Entramos na casa de Spencer, mas meu mundo parece monótono e lento. Se isso é um pingo do que ela sentiu, eu me arrependo de ter fingido minha morte, porque isso é uma agonia.

Quinn dá a Spencer os detalhes do que aconteceu, e então ele caminha até mim e acena com a cabeça uma vez.

— Nós a encontraremos.

— Se eles querem aquele arquivo, então sabemos que vão mantê-la viva até conseguirem. Isso nos dá vantagem.

Spencer se levanta e vai para a sala dos fundos antes de voltar com o arquivo. Ele o coloca sobre a mesa, e nós quatro o revisamos, tirando fotos de tudo para termos um registro caso algo aconteça com ele. Quinn também envia o conteúdo para seu cara na Cole Security.

E fico aqui sentado, esperando que alguém entre em contato comigo para que eu possa trazer minha esposa de volta.

CAPÍTULO TRINTA E SETE

Blakely

Já estive em alguns lugares bem ruins na minha vida, mas este está realmente no alto no medidor buraco no inferno. Está frio, essa é a primeira coisa que eu não gosto, e tem o pior cheiro que já senti.

Tenho medo até de olhar em volta, porque pode estar vindo de um cadáver, e é aí que traço a linha.

Não que eu não tenha estado perto de cadáveres, mas isso não seria legal.

Então, inclino minha cabeça contra a parede e me concentro em respirar pela boca.

Uma vez fui para o carro com os idiotas, que é como eu os chamo, eles colocaram um saco na minha cabeça. Nós dirigimos pelo que pareceu uma eternidade, ninguém dizendo uma palavra. Fiz o possível para me concentrar nos sons, na duração do tempo que dirigimos e na maneira como o carro se movia, mas... não é como se eu tivesse a chance de usá-lo.

Ainda assim, permitiu-me focar em algo diferente do rosto de Emmett quando o deixei.

Rodamos até eu contar 1.998, a estrada estava ventando, não ouvi muita coisa, e o carro parecia puxar um pouco para a direita. Tenho certeza de que entramos na rodovia e saímos na próxima saída. Isso é tudo o que tenho.

Há cobertores sobre a janela neste quarto horrível, então não tenho noção do tempo. E minhas mãos estão amarradas, então não consigo soltá-las.

Tem alguém falando do lado de fora da porta, e parece que a pessoa está andando de um lado para o outro, mas não tenho certeza. Ou tenho um visitante, ou eles sequestraram outra pessoa e terei um colega de quarto. Merda. Não quero pensar nessa possibilidade. Que eles vão me vender.

Eu me pergunto por quanto iria…

Afasto esse pensamento e volto a me concentrar no que está acontecendo.

Mais sussurros e então a porta se abre, a luz atrás da pessoa é ofuscante, e não consigo ver um rosto.

— Olá, Blakely.

Essa voz.

Eu conheço essa voz.

Espero que meus olhos se ajustem, tentando abri-los lentamente. Depois de piscar algumas vezes, a silhueta fica mais nítida. Ele é alto, mas não tão alto quanto Emmett. Tento distinguir qualquer outra coisa, mas não consigo ver. Ele dá um passo mais fundo na sala, e sei quem é.

— Você.

Ele sorri.

— Você está surpresa que sou eu?

Meu coração está batendo forte, e olho para o homem que salvou minha vida. Odeio estar certa. Odeio que esse homem tenha falado comigo, e pensei que ele era *legal*.

— Como? Como você pôde fazer isso?

Ele dá de ombros.

— Não dá muito dinheiro ser paramédico, não é?

— E o dinheiro é mais importante do que o bem-estar das meninas?

— Garotas que já se perderam — ele tenta corrigir. — Eu resgato meninas das ruas viciadas em drogas, perdidas ou que querem fugir de suas vidas.

— E você acha que esta é uma vida melhor?

— Não sou de dizer o que é melhor ou pior, mas elas têm um propósito.

Meus olhos se arregalam.

— Você fez um juramento — eu o lembro. — Você deveria ajudar os outros.

— Ajudo as pessoas de uma forma que realmente me permite viver acima da linha da pobreza. Você pode me julgar o quanto quiser, realmente não me importo. Eu fiz as pazes com a minha consciência.

Tão feliz por ele. Idiota. Além disso, minhas chances de sair viva daqui acabaram de pular de um avião sem paraquedas. Ele acabou de se mostrar, e não há a menor chance de que ele faria isso se pretendesse me deixar viver.

Mas tenho Emmett, Quinn, Liam e os US Marshals procurando por mim. Certamente, isso me dará uma pequena chance – espero.

— Como funciona? Como você consegue levar garotas de todo o país? Não faz sentido.

Ele se agacha na minha frente com um sorriso malicioso.

— Você pensa muito pequeno. Esse é geralmente o problema com a aplicação da lei. Eu esperava que você visse de forma diferente, mas você tinha certeza de que era o prefeito ou Stephen, que, é claro, tem um papel, mas não aquele que você assume.

— E que papel seria esse? — pergunto. — Não acho muito pequeno. Apenas permiti que meus sentimentos pessoais em relação a você obscurecessem meu julgamento. Não vou cometer esse erro novamente.

Ryan ri.

— Eu gosto de você, Blake. Realmente amo, e não queria que essa fosse a sua história, mas quando as coisas começaram a se desenrolar, essa se tornou a única opção.

— Matar Emmett e me sequestrar se tornou sua última escolha?

Sopro a mecha de cabelo que fica caindo em meus olhos. Ryan o coloca atrás da minha orelha e eu me contenho para não tentar mordê-lo.

— Você chegou mais perto do que qualquer outra pessoa.

— Por quê? Por que presumimos que Stephen estava envolvido?

Ele se levanta e caminha até a janela, puxando o cobertor para trás. Praticamente quebro meu pescoço tentando olhar para fora, mas ele se move antes que eu possa ver qualquer coisa.

— Dificilmente. Stephen se preocupa demais com a opinião de seu pai para sair da linha, o que é ridículo, porque aquele homem não pode errar aos olhos de seu pai. Então, sua suposição de que ele está envolvido está errada. Ele nunca quer desapontar o papai. — Ele quase cuspiu o nome. — Eu não poderia dar a mínima para isso. Eu quero dinheiro e poder. E... eu tenho.

Isso ainda não faz sentido.

— Então, novamente, como você está fazendo tudo isso?

Ryan suspira.

— As pessoas não pensam mais fora da caixa, sabe?

Eu sei que ele tem alguns lápis de cera a menos de uma caixa cheia, mas não posso dizer isso.

— Esclareça.

— Já que você nunca vai conseguir sair daqui, não acho que contar seja uma má ideia.

— É bom saber que você está planejando me matar.

— É lamentável, mas é assim que tem que ser. Ou eu poderia mandar você para algum lugar, mas há uma chance de você voltar.

Oh, ele poderia apostar sua maldita vida nisso. Eu morreria tentando garantir que esse pedaço de merda sofresse.

— Sim, nós não queremos isso — murmuro, minha esperança se esgotando. Esperança é uma palavra besta que usamos quando estamos desesperados. No momento, estou tentando encontrar uma saída para isso, mas acho que ninguém tem a menor ideia de onde estou.

Como eles poderiam? Nós dirigimos por mais de meia hora, e antes que eles aparecessem para arruinar meu maldito dia, não sei como eles podem me encontrar. Ryan nunca foi nosso principal suspeito, então não temos muito sobre ele.

É melhor cair com falsa bravata.

— O que quero dizer é que você viver deixou de ser uma opção quando entrei por aquela porta.

Olho para ele.

— Eu tenho outra opção.

— O que é?

— Já que você é uma espécie de babaca que está sequestrando garotas e matando-as, talvez você devesse se matar. Então, o mundo seria um lugar melhor ao redor.

Ele se abaixa, seu nariz quase encostando no meu.

— E aqui estava sendo legal. É por isso que não te droguei nem fiz todas as coisas que poderia ter feito. Vamos tentar lembrar disso e talvez mostrar algum respeito.

Meus membros começam a tremer. Não tenho certeza se é por causa do frio ou do medo, mas viro a cabeça e inspiro, depois conto enquanto expiro para tentar recuperar um pouco de calma.

Endureço minha voz.

— Eu adoraria fazer isso, Ryan, mas estou lutando aqui. Você me colocou em algum lugar horrível. O cheiro é... nojento, e disseram que vou morrer nessas horríveis cordas. Você poderia trocá-las por algemas? Pelo menos assim posso mexer um pouco os cotovelos.

— Imagino que não seja fácil para você. — Ele assobia três vezes e alguém corre para frente. — Você pode pegar as algemas de metal? A senhora pede. Também... um cobertor.

— Obrigada — falo suavemente.

Caras como Ryan têm um complexo de herói, ninguém se torna um médico sem querer salvar vidas de alguma forma. Queremos ser essa pessoa, aquela que permite a alguém apenas mais um minuto ou outra chance. Em algum lugar, no fundo de sua mente doente, isso tem que existir. Eu preciso apelar para isso.

— Não sou um monstro — diz ele.

Certo.

— Como você passou de paramédico para isso? Estou apenas lutando para ver a conexão. Eu gosto de dinheiro tanto quanto qualquer outra pessoa, mas não é o mesmo que fazer uma ligação ou ser a pessoa que segura um coração na mão enquanto corre para conseguir ajuda de alguém.

— Eu ainda sou essa pessoa.

— Ok, então o que nos trouxe aqui?

Ele olha ao redor da sala e dá de ombros.

— Fui um paramédico itinerante durante anos. Eu queria ver o mundo, tratar diferentes tipos de pessoas, e a empresa do meu tio me permitiu fazer isso. Treinei, trabalhei horas insanas, viajei por todos os lugares dos Estados Unidos e estava falido.

— Mas você ajudou tantas pessoas.

Os olhos de Ryan encontram os meus.

— Para quê?

Ah, não sei, para ajudar as pessoas. Não é como se as pessoas que querem ser ricas ingressassem no exército. Não há dinheiro. Mesmo como oficial, eu vivia de salário em salário. Emmett e eu assistimos esses garotos de dezoito anos se juntarem, pensando que teriam comida, hospedagem, assistência médica e uma chance de uma vida melhor de graça. Eles foram recebidos com comida que você não queria comer e quartéis que foram construídos nos anos sessenta, tinham mofo e cheiravam a pés. Saúde consistia em... aqui, pegue um Motrin e um aviso para engolir. Mesmo que a realidade da vida militar não fosse o que pensávamos, fizemos porque nos sentimos bem.

Não na carteira.

Mas em nossos corações.

Soldados, marinheiros, fuzileiros navais e aviadores lutam por nosso

país sem reclamar. Não estávamos tentando ficar ricos, só queríamos fazer a diferença neste mundo.

— Não sei, só você pode responder isso. Eu sei por que me tornei uma médica.

O assistente volta para a sala, interrompendo nossa conversa. Ele entrega a Ryan as algemas de metal, o cobertor e uma garrafa de água antes de sair novamente.

— Eu quero ouvir sobre isso, mas primeiro, gostaria de tirar você das amarras. Se tentar alguma coisa, tornarei sua morte dolorosa. Entendeu?

— Entendi.

Não que eu não esteja um pouco tentada a fazer algo estúpido, apenas sei melhor. Se eu fizer um movimento, é melhor saber qual é o próximo, e agora, não sei. Não faço ideia de onde estou ou de quantas pessoas estão aqui. Seria suicídio arriscar correr agora. Ryan não parece estar com muita pressa de me matar, então vou encarar isso como uma vitória.

Ele me ajuda a levantar, virando-me para que meu rosto fique contra a parede fria de concreto. Então ele remove a tira de plástico, fecha as algemas de metal em volta dos meus pulsos e me vira de volta para ele.

— Melhor?

— Sim. Agradeço o gesto.

— Como disse, não sou um monstro.

Não, você é definitivamente um monstro, mas tenho autopreservação suficiente para guardar isso para mim.

— Você estava dizendo o que o levou a essa mudança em sua carreira.

Sento-me novamente, sentindo minhas pernas fracas de estresse e ansiedade. Ele enrola o cobertor em volta dos meus ombros, já que não tenho braços, o que funciona bem para mim. Eu sempre mantenho meu clipe de papel no bolso de trás, então vou tirar essas algemas assim que ele for embora.

— Você quer saber como passei de atender chamadas de emergência para isso? Ok. Eu estava na Flórida, férias de primavera e havia uma garota em um beco. Ela tinha cerca de quinze anos, claramente faminta, suja e definitivamente chapada. Levei um pouco de comida para ela, comecei a conversar e ela me implorou para levá-la para um lugar seguro.

Escuto, imaginando Keeley nesta mesma situação, pensando que este homem, este paramédico, iria protegê-la. Seguro a bile que ameaça subir.

Ryan se move pela sala, chutando objetos aleatórios enquanto fala.

— De qualquer forma, coloquei-a em meu equipamento, alimentei-a e limpei-a o melhor que pude, mas quando começamos a ir para um centro de reabilitação, ela perdeu a cabeça. Ela vivia dizendo que não podia ir para lá, precisava de drogas, precisava de uma vida diferente. Ela oferecia coisas que nenhuma garota de quinze anos deveria oferecer, e fiquei horrorizado. Tentei obter o nome dela, qualquer coisa para conseguir verdadeira ajuda, mas ela não queria isso, apenas as drogas.

— Não estou acompanhando — eu admito.

Talvez seja o cheiro ou o frio, mas nada disso se compara a sequestrar garotas.

Ele se vira, seus olhos encontrando os meus na escuridão nebulosa.

— Eu a levei para aquela instalação, embora ela não quisesse. Ofereci a ela uma chance de uma nova vida e, quando a estava registrando, *eu o conheci*.

— Ele?

— Sim, ele ofereceu a ela algo que eu não ofereceria... as drogas e a verdade sobre o que ela precisaria fazer para obtê-las. Você pensaria que ele ofereceu a ela um milhão de dólares.

— Quem é ele? — pergunto.

— Não importa. Ele me ofereceu uma vida totalmente nova naquele dia. Ele me deu a chance de tirar essas garotas da rua e dar a elas uma escolha.

Estou enjoada. Absolutamente enojada com isso. Ele está agindo como se o que fez com elas fosse uma escolha? Não havia escolha. Querido Deus.

— Ele me disse para levar qualquer fugitiva que precisasse de uma escolha para ele, então eu fiz. Levei mais três naquela semana e então descobri quanto dinheiro poderia ganhar.

— Então, você acha que as estava ajudando?

— Eu as ajudo. Dou a elas as opções. Elas sabem muito bem no que estão se metendo.

Eu mantenho meus lábios juntos para não gritar com ele sobre o quão sociopata ele é e desvio o olhar. E pensar que este homem me tocou para salvar minha vida. Assim que me sinto um pouco menos enjoada, encontro seu olhar novamente.

— Você me julga — Ryan diz, sua voz calma.

Não tenho certeza de como responder a isso.

— Eu julgo a escolha que você fez. O fato de você levar aquelas garotas para uma vida de drogas e sexo.

— Elas já estavam nessa vida. Encontrei uma maneira de tirá-las da rua.

295

Existe aquele complexo de salvador que eu estava procurando antes. Pena que é distorcido e vil.

— Então, isso foi na Flórida anos atrás, como você encontrou Keeley?

— Ahh, sim, a garota por quem você veio até aqui graças a Bill e seu mau trato com aquela porra de aplicativo. Bem, é simples, temos paramédicos em todo o país que oferecem opções as fugitivas.

Minha respiração falha e não posso fazer nada para processar isso. Existe uma rede de paramédicos que ele doutrinou para isso? Seriamente quero chorar. Como alguém pode fazer algo tão horrível está além de qualquer coisa que eu possa compreender. Sei que há maldade no mundo. Estou totalmente ciente das coisas doentias e nojentas que as pessoas fazem, mas isso está no topo da lista de coisas fodidas que eu gostaria de esquecer.

E quero saber quem é o chefe.

Quem é a pessoa misteriosa para quem Ryan e os outros paramédicos levam essas garotas? Esse é o fio que precisa ser desvendado.

— E seu benfeitor, ele mantém as mãos limpas?

Ryan para na minha frente, caindo de cócoras.

— Você faz muitas perguntas para uma garota morta.

— O que posso dizer? É o lado investigador em mim. Não vou mentir, estou impressionada. Não você roubando meninas das ruas e as vendendo para o que quer que seja, mas que você tem um sistema organizado. Não há rastros para você ou para os outros paramédicos que estão sujando as mãos, você evita o escrutínio da polícia e, ao mesmo tempo, parece ser uma pessoa maravilhosa e atenciosa. — Bajulação misturada com ódio é tudo que posso reunir neste momento. — É um jogo perigoso, no entanto. Veja a rapidez com que descobrimos sobre Bill.

Ele ri.

— Bill não era nada.

— Então por que você ordenou um ataque ao meu marido? Por que fazer o show de cachorro e pônei para me sequestrar?

— Bill tinha apenas uma ligação comigo. Uma. E é nesse arquivo que seu marido deveria estar trabalhando para conseguir.

— Um arquivo?

Ele sorri.

— Sim, algo que você não sabia.

— E essa ligação seria?

— A casa.

Então, aparentemente encerrando com a conversa, Ryan sai, fechando-me na escuridão. Só que da próxima vez que alguém vier, estarei livre dessas algemas e lutarei até meu último suspiro. Se eu morrer, vou morrer nos meus próprios termos.

CAPÍTULO TRINTA E OITO

Emmet

— Tem certeza de que este é o local certo? — pergunto a Quinn, que está ao telefone com um técnico na Virgínia.

— Foi aqui que ele usou o telefone pela última vez.

Estamos nos arredores de uma pequena cidade no litoral. Não há nada por perto além de um estaleiro que parece ter sido fechado para sempre. Por que diabos ele veio aqui?

— Não há ninguém aqui — diz Spencer, olhando pelo binóculo.

— Nós esperamos. Esta é a nossa única pista — eu instruo.

Felizmente, ninguém está se opondo a nada do que eu disse até agora. Liam e Quinn eram líderes de sua equipe SEAL, e eu comandava minha equipe Ranger. Depois, há Spencer, que passou por dezoito meses de treinamento para poder escrever a peça que acabou lhe rendendo um Prêmio Pulitzer. Nós quatro trabalhamos bem juntos. Aprecio que eles tenham me dado o leme, porque isso me forçou a desacelerar meu pensamento e focar em estratégias em vez de minha esposa estar em perigo.

Não é apenas sobre mim ou Blake. Somos todos nós que precisamos ir para casa no final.

Liam, que está a cerca de oitocentos metros de distância em vigia, liga o rádio.

— Não tenho nada até agora. Se ele está aqui, está se escondendo muito bem.

Eu dou uma olhada bem lenta em tudo, procurando por qualquer sinal de que alguém está ou esteve aqui. Não há marcas de pneus visíveis deste lado. Ninguém está andando por aí e não vejo nenhuma luz.

Quinn bate no meu ombro.

— Ben disse que o sinal está pingando de novo, e definitivamente está aqui. Faz nove horas que eles a têm sem contato.

Todos nós vasculhamos a papelada, tentando encontrar uma conexão com o prefeito, seu filho ou qualquer pessoa no poder, e não conseguimos encontrar nada.

Não foi até eu passar pelas informações de Sonya que deu certo. Havia uma escritura de uma casa em Portland. Ryan Wilkinson era o dono, e então foi colocada no nome de Bill Waugh cerca de um ano antes do desaparecimento de Keeley. Brielle o tinha listado na lista de endereços anteriores de Bill e era o único vínculo com Ryan.

Se não fosse por saber o nome a procurar, eu nunca teria dado uma segunda olhada nessa informação.

Eu concordo.

— Então nós vigiamos.

Transmitimos essa informação para Liam e então nos preparamos para esperar e observar. Por mais que queira me concentrar no trabalho, não consigo parar de pensar em Blake. Eu me pergunto se ela está bem ou se eles a machucaram ou a estão machucando. Todos esses pensamentos andam em círculos.

Após cerca de uma hora, finalmente vemos algo.

Um reflexo na janela, apenas um pequeno movimento de uma cortina, mas significa que há vida lá dentro.

— Você viu aquilo? — pergunto a Spencer e Quinn.

— Eu vi, o que você quer fazer? — Spencer pergunta.

— Continuamos observando. Não temos como saber quantas pessoas estão lá dentro, mas ele não sabe que estamos procurando por ele ou que suspeitamos de seu envolvimento. Se não vemos nada na hora, então nos movemos. Não posso deixá-la lá ou arriscar que ela seja movida.

Ambos acenam com a cabeça.

Enquanto fazemos isso, Spencer trabalha para obter o layout do prédio, Quinn está cuidando de tudo sobre Ryan Wilkinson e continuo vigiando junto com Liam.

Há pouca atividade e o relógio continua em movimento enquanto a adrenalina continua a aumentar.

Preciso chegar até ela antes que algo dê errado.

Finalmente, depois de mais três minutos, conseguimos o movimento.

Eu levanto minha mão, mas Spencer e Quinn já estão ao meu lado. Todos nós assistimos enquanto alguém entra no cais.

Então meu telefone toca.

Quinn acena, indicando que está gravando e transmitindo para Ben em Cole.

— Olá? — falo, tentando injetar medo suficiente em minha voz.

— Então, é verdade — diz a voz que está sendo colocada através de um misturador. — Você está vivo.

— Quem é?

Quinn me dá um sinal de positivo que Ben está recebendo as informações e a equipe está trabalhando com elas. Preciso manter a ligação o máximo que puder.

— Eu estou fazendo as perguntas.

— Não até saber com quem estou falando e se minha esposa está viva.

— Tão romântico você é, Emmett. Sua esposa está bem. Ela está gostando de se refrescar neste calor.

Desleixado da parte dele dar tanta informação em um comentário inocente.

— Eu quero uma prova.

A voz faz um suspiro audível.

— Vamos precisar de um pouco de confiança aqui, xerife.

— Isso foi jogado pela janela no minuto em que você pegou minha esposa e me deixou sentado aqui por horas sem nenhuma informação.

— Eu posso ver como isso iria incomodá-lo. — Há uma pausa. — Bem. Vou buscar Blakely.

Meus olhos se arregalam e me viro para os caras, que ajustam suas posições. É isso. Este vai ser o momento.

Ouço o clique da porta, indicando que eles entraram. Então outra porta se abre. Conto os segundos, tentando mapear onde eles a estão mantendo com base nas plantas.

Há alguns murmúrios abafados e então ouço a voz dela.

— Emmett?

— Blake! — grito. — Você está machucada? Você está bem?

A voz com o misturador volta.

— Você ouviu o suficiente. Agora, vou lhe dar uma localização, e você deve ir até lá, deixar a pasta e nós liberaremos Blakely de nossos cuidados.

Eles vão matá-la assim que a entrega acontecer.

— Se você a machucar — eu aviso.

— Traga o arquivo, Emmett. Não tenho tempo para mais nada.

— Se ela não estiver na entrega, não vou deixar o arquivo — eu chamo seu blefe. Mais do que tudo, quero que muitos guardas que ele tenha com ele saiam, dando-nos menos resistência quando formos libertá-la.

Quinn acena com a cabeça para o que eu disse.

— Sem Blakely, sem arquivo — repito.

— Você não está realmente em posição de negociar. Eu poderia matá-la agora mesmo.

— E se você fizesse isso, eu não teria nenhum incentivo para levar este arquivo para você.

— Você vai sozinho. Se eu vir alguém perto do local, ela morre... e você morre. Entendeu?

— Entendi.

Ele desconecta e solto um suspiro trêmulo.

— Você fez bem — diz Spencer. — Temos Ben compilando um mapa baseado em onde ele se moveu pelo prédio.

Eu olho para Quinn.

— Precisamos nos mover. Ela não pode sair daqui e, se decidirem levá-la, será impossível.

— Então vamos agora.

Dou a eles um resumo do meu plano e algumas sugestões são lançadas para garantir que isso ocorra sem ferimentos. Não temos muito tempo, então vamos contar com o treinamento uns dos outros. Como esses são alguns dos melhores homens que já conheci, é reconfortante saber que eles me protegem.

Eu coloco meu rifle sobre meu ombro e ajusto meu colete. Uma vez que estamos todos preparados, sinalizo para o grupo começar a descer em direção ao prédio. Nós nos movemos em conjunto, mantendo-nos abaixados para evitar que alguém nos veja. Quando chegamos ao fundo do penhasco, paramos. Onde quer que os veículos estejam, será nossa melhor chance.

O comando de Liam liga.

— Não vejo um veículo no lado Sul.

— Nada a Leste — diz Spencer.

— O Oeste está livre — diz Quinn.

Olho em volta e vejo o prédio com uma área de carga.

VENHA ME *Amar*

301

— Vamos pelo Norte.

Quando começamos a nos mover, ouço tiros lá dentro.

Eu me agacho, meu coração batendo mais forte enquanto meus piores medos começam a ganhar vida. Eles a matarem antes que possa alcançá-la. Eu sabia que era uma possibilidade.

— Encoste na parede, vamos entrar juntos — eu digo, os três vindo ao meu redor.

Quinn, que está atrás de mim, bate duas vezes.

Abro a porta com um chute, vou para a esquerda e ele entra. Assim que ele passa, Spencer vai, depois eu e depois Liam. Nós quatro passamos, limpando a área enquanto caminhamos. Outro tiro soa no corredor.

Quinn levanta o punho, e nós paramos quando passos começaram a se mover em nossa direção. Quem quer que seja, eles estão se movendo rapidamente. Nós vamos ter segundos.

Ele está de joelhos, a arma apontada para a frente enquanto nós três o cobrimos.

Mais próximo.

Mais próximo.

E então uma pessoa com longos cabelos castanhos ondulando atrás dele aparece.

— Blake — eu digo, todos nós abaixando nossas armas.

— Ei, rapazes. Vocês estão um pouco atrasados para a festa. Eu atirei no ombro de Ryan, um ferimento insignificante, mas consegui o que queria, e então o algemei.

Eu pisco.

— O quê?

— O cara com ele era um idiota arrogante. Ele cometeu um grande erro quando decidiu me tirar das cordas e me algemar. Assim que ouvi o grande plano deles, saí e matei o primeiro tolo com sua própria arma. Então esperei por Ryan, atirei nele e o amarrei até conseguir ajuda. Olha vocês aqui.

Liam ri.

— Essa garota.

— Isso é muito foda, Blake. — A admiração de Quinn está grossa em sua voz.

— Corajosa — Spencer concorda.

— Minha. — Eu ando até ela, pegando seu rosto em minhas mãos e a beijando. — Toda minha.

Ela sorri para mim.

— Para todo sempre. Sortudo.

Eu sou sortudo. Eu sou tão sortudo por tê-la encontrado e me casado com ela antes de saber que a amava.

CAPÍTULO TRINTA E NOVE

Blakely

— Algo mais que você queira acrescentar à sua declaração, Sra. Maxwell? — a promotora pública pergunta.

— Não. Eu contei tudo. O que agora?

Ela olha para seu arquivo.

— Agora começa a espera. Temos todas as informações e as entregaremos à polícia estadual para concluir a investigação. Depois disso, veremos do que mais ele será acusado. A partir de agora, estamos analisando sequestro, agressão, espancamento, bem como solicitação para cometer assassinato pela tentativa contra seu marido. A lista é longa, mas quanto à outra parte, referente às fugitivas, não posso responder. Mas vou entregá-lo ao FBI.

Isso é alguma coisa, eu acho.

— Ele tem uma operação muito organizada. Quem quer que ele responda é grande, e isso não vai parar.

— Entendo. Se conseguirmos ligar Ryan Wilkinson às garotas de Portland, vai ser uma grande investigação. Acredite em mim, não vou simplesmente deixar isso passar. Estou absolutamente enojada com o que você me disse e faremos o que pudermos para garantir que ele pague por seus crimes.

Acho que é tudo o que posso realmente pedir neste momento.

— Ok. Só me preocupo que não estejamos seguros.

— Você gostaria de voltar para a custódia protetora?

— Sem chance — eu digo. Por mais divertido que tenha sido passar algum tempo sozinha com Emmett, realmente não quero me esconder. — Não temos ideia do que esse misterioso *cara* sabe. Se ficarmos expostos, talvez ele seja levado a pensar que não sabemos de nada.

— Você é muito corajosa, e entendo o que você está pensando. A oferta permanece. Meu escritório fará o que você precisar.

— Obrigada.

Quando ela sai, Emmett entra e coloca a mão no meu ombro. Eu posso sentir a energia entre nós mudando. Já passamos por tanta coisa, e isso tem sido difícil para nós.

Olho para ele, colocando minha mão na dele.

— Eu quero ir para casa.

A maneira como seus olhos azuis brilham de emoção é o suficiente para me fazer chorar.

— Vamos para casa.

Ele me ajuda a levantar e caminhamos até o carro, sem dizer nada. Quando abro a porta, um filhote fofo vem voando na frente.

— Sunday! — Ela lambe meu rosto e eu rio, segurando-a com força.

— Olá, meu docinho. Sentiu falta da sua mamãe? Sim? Também senti sua falta. Você cuidou do papai como pedi?

Emmett ri e entra no carro.

— Ela ficou com Brie enquanto resolvíamos as coisas. Acho que ela queria ficar com ela.

— Ela não pode. Ela é nosso bebê.

— Ela é. Eu sempre protegerei vocês duas.

Sunday começa a cair, e pego a mão de Emmett.

— Nós vamos ficar bem, querido. Somos mais fortes juntos.

— Assistir você entrar naquele carro, Blake. Tirou anos da minha vida.

— Assistir você morrer na minha frente não foi nada fácil, mas quando entrei no carro, sabia que você viria atrás de mim. Você sempre foi a única pessoa com quem pude contar. — Ele bufa.

— Por favor, você tinha quatro homens treinados em operações especiais parecendo um bando de idiotas enquanto se salvava e saía andando.

— Eu não disse que precisava de você, disse que sabia que você viria. Eu fui apenas mais rápida.

— Não faça isso de novo, ok?

305

Eu sorrio.

— Fazer o quê?

— Ser a porra da heroína.

— Ah, esse é o seu papel?

Seus lábios se achatam em uma linha fina.

— Um, sim, é. Dois, você poderia ter se matado. Estávamos lá para garantir que isso não acontecesse.

— Eu não sabia que você estava lá, Emmett. Vi uma abertura e peguei. Você poderia apenas dizer: obrigado, Blakely, por ser a fodona que fez meu trabalho por mim.

— Fez meu... mulher!

Eu sorrio e me inclino.

— Diga obrigado.

— Eu não estou dizendo isso.

— Diga.

Emmett revira os olhos.

— Cale-se.

— Cale-se você.

— Eu poderia calar você.

Gosto do som disso.

— Com um beijo?

Ele ri.

— Só você passaria por ser sequestrada, atirar em alguém e descobrir sobre uma quadrilha de tráfico organizado e ainda querer ser um pé no saco.

— É um dom — falo com um encolher de ombros.

Eu não tento ser irritante. Apenas vem naturalmente neste momento.

Ele se move em minha direção, e eu o encontro no meio do caminho, deixando-o me beijar. Emmett se afasta, descansando sua testa na minha.

— Que tal passarmos algum tempo sem ninguém tentando nos matar?

— Isso parece bom, você está planejando se aposentar?

— Aposentar? Por que diabos eu iria me aposentar?

— Eu não sei, você vai levar um tiro de novo — explico já que ele claramente esqueceu.

— Eu não levei um tiro até você aparecer.

— Oh, claro, culpe-me.

Nós rimos, e então rimos ainda mais. Antes que percebamos, temos lágrimas escorrendo por nossos rostos. Toda a tensão e estresse nos deixam quando os perdemos no carro. Sunday está latindo, indo e vindo entre nós enquanto ela tenta descobrir o que está acontecendo. Ela deve pensar que enlouquecemos, o que aconteceu.

Meu estômago dói e luto para me controlar. No momento em que paramos, estou ofegante quando coloco minha cabeça contra o encosto de cabeça.

Emmett olha para mim e sorri.

— Amo você.

— Também amo você.

— Casa?

Eu concordo.

— Casa.

Lar é onde nós pertencemos.

Os lábios de Emmett tocam os meus, e sorrio contra sua boca.

— Vá trabalhar.

— Eu prefiro ficar aqui e beijar você. — Ele faz isso de novo, e eu rio.

— Você vai se atrasar.

— Deixe que eles me demitam. — Os braços de Emmett estão apertados em volta de mim enquanto ele nos une novamente.

Homem bobo, incrível, sexy e atencioso.

— Então nós dois estaremos desempregados.

Ele aperta minha bunda.

— Isso seria um problema.

— Seria. Preciso do papai para me manter feliz.

Emmett começa a rir.

— Você deve estar falando de outra pessoa.

— Estou.

— Oh? E qual é o nome dele?

Reviro os olhos.

— Papai, dã.

Ele beija minha testa.

— Acompanhe-me até a porta.

Hoje é seu primeiro dia de volta à estação. Passamos a última semana encolhidos na cama, passeando com Sunday e visitando seu pai, que se acomodou em suas instalações como se nunca tivesse saído. A equipe ficou feliz em ver todos nós de volta e descobrir que Emmett estava vivo.

Essa foi a principal razão pela qual nos isolamos em casa, não estávamos prontos para lidar com milhões de perguntas sobre o que aconteceu e por quê.

No entanto, hoje é um dia para se aventurar e isso está causando muita ansiedade a ele. Entendo por que ele não quer me deixar em paz, mas temos que arrancar o Band-Aid.

Quando chegamos à porta, ele para e se mexe.

— Emmett, nós temos que viver. Sou completamente capaz de cuidar de mim mesma.

— Eu sei disso, mas você não deveria se preocupar com essa merda.

— Não estou preocupada. Ele está na prisão, você pode falar comigo em minutos, e Liam ainda está acampado no apartamento de Brielle.

Ele ainda estar aqui é provavelmente a única razão pela qual ele está pensando em voltar ao trabalho.

— Tudo bem. Você me liga se houver algo que pareça estranho. Não pegue sua arma e tente consertar sozinha. Você pede ajuda, chama Liam e fica neste maldito apartamento.

— Ok — concordo, mas nós dois sabemos que não quero dizer isso. Se houver perigo, não tenho intenção de me afastar. O que ou quem quer que esteja atrás de nós não vai me forçar a me esconder.

— Mentirosa.

Eu dou de ombros.

— Eu posso ouvir.

— Você não pode.

— Nunca se sabe.

Ele se inclina e me dá um beijo. Quando ele abre a porta, ele para e se vira para mim.

— Quase esqueci.

— O quê?

Emmett enfia a mão no bolso e então se ajoelha. Oh. Ah, ele está… propondo?

Ele ergue o anel entre os dedos, segurando-o à luz do sol. Eu suspiro quando os prismas dançam nas paredes.

— Já somos casados, duas vezes na verdade. Eu te dei todas as promessas e todas as partes de mim. Não me ajoelho diante de você para pedir que seja minha esposa, mas que seja minha parceira neste mundo. Peço-lhe que use este anel como um símbolo do que somos e de tudo o que seremos. Quero que este seja o símbolo de que falam, a representação de quanto você me possui, Blakely. Você é meu coração e minha alma, e peço que aceite isso, use-o e sempre saiba que você é a joia mais preciosa do mundo.

Lágrimas escorrem pelo meu rosto, e eu aceno.

— É claro.

Ele sorri e coloca o anel no meu dedo antes de levar minha mão aos seus lábios. Mas então estou puxando-o de volta e beijando-o, pressionando o mais perto que posso chegar a ele. Eu o puxo para dentro, caminhando para trás em direção ao quarto.

— Blake.

Com o lábio entre os dentes, pisco.

— Você precisa ligar para Holman.

— Oh?

Solto sua mão e tiro minha camisa, jogando-a no chão.

— Sim, você realmente vai se atrasar agora.

Em seguida vai meu sutiã. Ele faz um gemido audível.

— Você está me matando, baby.

Eu tiro meu short, deixando-o cair, e então balanço meu cabelo.

— Para o resto da sua vida.

— Eu sou um homem de sorte.

Sim, ele é, mas eu também sou uma mulher de sorte.

EPÍLOGO

Dois meses depois

— Coloque aquela caixa ali — diz Blakely, apontando para o lado da sala.

— Sim, querida.

Estamos mudando Blakely para seu novo escritório na Main Street. É um prédio de um andar bem em frente à delegacia.

— Você acha que as pessoas vão ver a placa? — ela pergunta.

Como eles poderiam perder isso? Ela pintou toda a janela da frente. Depois de tudo que passou, ela não conseguia tirar as garotas desaparecidas de sua mente. Ela e Addison decidiram colocar seus talentos para trabalhar e abrir um programa de extensão para ajudar a reunir os fugitivos com suas famílias. Para aqueles que não querem voltar para casa, ela fornece moradia segura e eficaz, refeições, cuidados de saúde e opções de reabilitação para que, com sorte, não acabem em uma rede de tráfico.

Há um mês, recebemos uma doação extremamente grande da família de Keeley, que permitiu que o *Run to Me* estivesse completamente operacional em pouco tempo. Nosso primeiro escritório é aqui, em Rose Canyon, e em duas semanas iremos a Sugarloaf para inaugurar o de Addison. Quando ela acreditou que eu estava morto, foi demais para ela, e decidiu se mudar definitivamente para Sugarloaf.

Eu não posso culpá-la. Nenhum de nós pode, mas Blakely encontrou uma maneira de dar a ela um propósito em memória de Isaac. Como ela conseguiu abrir dois escritórios em todo o país em tão pouco tempo é incrível, mas essa é Blakely.

Ela se vira para Holden.

— Qual é o atraso na montagem da mesa?

— Nenhuma.

— Você precisa de instruções para montar a coisa?

Ele zomba.

— Eu sou a porra de um cirurgião. Posso montar uma escrivaninha.

Eu amo minha esposa. O fato de ela mandar em Holden e Spencer como Brielle faz me deixa muito feliz. É bom vê-los se encolher um pouco porque ela pode ser assustadora *pra* caramba. Depois que ela se libertou das pessoas que a sequestraram, acho que Spencer se apaixonou um pouco por ela, não no sentido sexual, claro. Ela só tem esse efeito nas pessoas. Você quer estar perto dela e não pode deixar de amá-la.

— Então faça já. Caramba — Blake diz com um sorriso.

Ela está totalmente incitando-o.

Brielle entra e para ao lado de Holden perguntando:

— Você precisa de instruções?

Blakely e eu rimos.

Ele joga a chave de fenda no chão.

— Ei, suas malucas, se vocês duas podem fazer isso mais rápido, por que não tentam?

Brie levanta as mãos em sinal de rendição.

— Eu não disse nada. Você é mal-humorado.

— Sim, sim, eu sou. Ei, Blake, você está aberta a fazer qualquer tipo de investigação paralela?

Oh, Deus, isso de novo. Eu suspiro pesadamente.

— Você é tão dramático. Sério.

— Eu sou dramático? Sr. Falsifico-minha-própria-morte-e-minto-para-todos. — Ele inclina a cabeça com uma sobrancelha levantada. — Melhor ainda, que tal quando Blakely foi com o psicopata e você se descontrolou?

— Adoraria ver como você teria lidado com isso — eu contesto.

Acho que não fiquei desconectado. Eu estava determinado. Minha esposa foi arrancada de mim e eu a queria de volta.

— Meu ponto é que você não pode me dar merda, amigo.

Spencer entra na briga.

— Sobre o que estamos discutindo?

Blake responde.

— Holden me pediu ajuda para investigar algo, e Emmett está magoado, mas ele não pediu a ele.

— Pedi a ele! — Holden joga as mãos para cima. — Falei com ele sobre isso na primeira vez, depois na segunda, e agora estou perguntando a Blakely, já que ele não está disposto a ajudar.

Ele age como se as notas e bugigangas que está recebendo fossem ameaçadoras, elas não são. Eu entendo que é perseguição, mas há informações diferentes que dificultam a compreensão. As únicas coisas consistentes são que os pacotes chegam ao hospital e sempre têm o número da carteira de Holden. Fora isso, nada mais faz sentido.

A primeira coisa que recebeu foi a estatueta da Torre Eiffel e um cartão postal do Grand Canyon. O segundo presente, que apareceu depois do fiasco da minha filmagem, foi um cartão postal de Las Vegas e uma pequena estátua de uma pirâmide egípcia com exatamente as mesmas palavras do primeiro cartão postal.

— O que foi? — Spencer pergunta.

Holden puxa o cartão postal e entrega a ele. Ele lê e dá a Blake.

— 'Seu pacote está chegando e você precisa buscá-lo.' O que você acha que isto significa?

— Talvez seja uma bomba — Brie sugere inutilmente.

Eu rio.

— Ou talvez seja sua noiva por correspondência.

Blake me encara.

— Não é engraçado, considerando onde estamos.

— Eu não disse que ele a estava pegando ilegalmente. — Balanço a cabeça e trago a conversa de volta aos trilhos antes que minha esposa me espete. — Você recebeu três cartões postais estranhos e estátuas estranhas de lugares icônicos. Não faço ideia do que isso significa, mas nada sobre eles é ameaçador.

Spencer bate o pé, o que significa que ele está tentando desvendar esse mistério.

— Todos os três vieram com cartões postais da área de Las Vegas.

— Conhecemos vocês, rapazes, e seu amor por Las Vegas — Brie zomba.

— Ninguém ama Vegas. Nós sobrevivemos a Las Vegas — eu a lembro.

Ela se vira para Blake.

— Eles mal sobreviveram à despedida de solteiro do meu irmão. Foi uma bagunça, para dizer o mínimo, e Addison quase cancelou o casamento.

— Alguém já pensou que levamos a culpa por algumas das merdas que Isaac fez? — falo, cruzando os braços. — Seu irmão não era um santo.

— Não, mas pelo que ouvi, você foi o pior deles.

Spencer sorri.

— Você foi. Admita.

— Eu não me lembro de nada.

Holden bate palmas.

— Foco, filhos da puta. Sou eu que não me lembro de nada sobre Vegas. Desmaiei.

Eu rio.

— Sim, nós encontramos você com seu pau para fora naquele banheiro.

Spencer assente.

— O banheiro *feminino*.

Bebemos uma quantidade absurda de álcool naquele fim de semana. Começou no avião e não parou até a terceira noite porque estávamos tão bêbados que não conseguíamos lembrar nossos nomes. Isaac tentou cantar em um bar de drag, Spencer acabou perdido por um período de tempo, acabei trancado fora do quarto de hotel nu e Holden transou com uma garota no banheiro de um clube e depois desmaiou.

Depois disso, todos nós prometemos nunca mais voltar a Las Vegas sem a supervisão de um adulto porque, claramente, não éramos capazes de nos comportar.

Blakely dá um passo em minha direção.

— Mal posso esperar para ouvir sua parte nisso.

Limpo minha garganta.

— O que acontece em Vegas, fica em Vegas.

Ela sorri, passando o dedo pela minha clavícula.

— E nós estávamos casados durante isso.

— Nós estávamos, e não dormi com ninguém.

Ela me olha com curiosidade.

— Bom.

— Gosto quando você está com ciúme — eu provoco.

Holden geme.

— Vocês dois precisam ter uma lua de mel de verdade.

Eu puxo minha esposa para o meu lado.

— Ou você precisa encontrar uma garota disposta a casar com você e finalmente ser feliz.

— Sim, isso não vai acontecer. Não tenho desejo por uma mulher ou filhos. Estou perfeitamente feliz vivendo uma vida de solteiro e sem estresse.

Nesse momento, alguém bate na porta. Uma mulher pequena com cabelo loiro está parada na soleira, segurando uma criança.

— Com licença? Eu… esperava que alguém pudesse ajudar? — ela diz com um sotaque britânico.

Blake sai do meu abraço e se aproxima.

— Olá, sou Blakely, a diretora da *Run to Me*. Este é o meu marido, xerife Maxwell, e estes são Brielle, Spencer e Holden, ele é um médico, se precisar de ajuda. Qual o seu nome?

Seus olhos vão para os dele, algo piscando neles.

— Holden?

Ele se move em direção a ela, seus passos cuidadosos e deliberados.

— Sim, meu nome é Holden James. Sou cirurgião e posso ajudar se você se machucou.

Ela balança a cabeça.

— Não, eu não estou ferida. Não… fisicamente, pelo menos.

A garota parece apavorada e está claro que está chorando.

A voz suave de Blakely intervém.

— Esta é sua filha?

A mulher olha para a criança.

— Sim, esta é Eden.

— Olá, Eden, meu nome é Blakely. Você gostaria de algo para comer?

Os olhos de Eden vão para sua mãe e depois de volta para Blakely antes que ela sorria um pouco. Blake entende isso como um sim, vai até o armário e pega uma barra de granola. Ao voltar, a menininha torce um pouco o corpo e depois agarra a perna da mãe.

— Desculpe, ela normalmente é bastante tagarela, mas tem sido um dia muito difícil, e quando cheguei à cidade, disseram-me para vir aqui para encontrar Holden James.

Seus olhos se movem da garotinha de volta para o rosto da mulher.

— Você estava procurando por mim? Eu conheço você?

— Meu nome é Sophie Pearson. Nós nos conhecemos há alguns anos, meu nome na época seria… bem, não importa, não trocamos nomes naquela noite.

— Nós nos conhecemos então?

— Sim, e embora eu não tivesse certeza de porque fui enviada para cá, agora está um pouco mais claro. — Sophie levanta Eden em seus braços.

Blake se move de volta para o meu lado quando ela percebe que não é uma fugitiva em busca de refúgio. Ela pega minha mão e leva seus lábios ao meu ouvido.

— Você sabia que Holden tinha uma filha?

Ela também viu. Eu balanço minha cabeça, querendo absorver tudo isso, e considero pegar meu telefone para gravá-lo.

Ele limpa a garganta.

— E quando exatamente nos conhecemos?

— Foi há pouco mais de três anos. Ele olha para Eden.

— Onde?

— Las Vegas.

Ah, merda. Parece que meu amigo é pai, e encontramos a garota que o deixou desmaiado depois de fazer sexo na boate.

Blakely dá um passo à frente, com a mão apoiada no ombro de Holden.

— Porque vocês três não vão para a sala dos fundos, onde há um pouco de privacidade.

— Obrigada — diz Sophie.

Holden não se mexe por um minuto. Ele apenas as observa seguindo Brielle até a sala de conferências nos fundos. Então Blake bate duas vezes, incitando-o a seguir.

— Não se preocupe com a mesa, Holden, nós daremos um jeito. Você tem outro problema para desmontar.

Parecendo totalmente em estado de choque, ele vai para a sala, e o resto de nós apenas olha.

— Bem — finalmente digo, precisando quebrar a tensão. — Acho que o que aconteceu em Vegas não ficou em Vegas.

Blake joga algo em mim e todos nós rimos. Abro os braços, querendo-a perto de mim, porque não me canso, e ela enfia a cabeça sob meu queixo.

— Eu nunca vou ter que me preocupar com isso, vou?

Levanto seu queixo, querendo que ela veja meus olhos.

— Desde o dia em que nos casamos, você foi a única mulher que eu quis. Nunca vou querer ninguém além de você. Não há nada com que se preocupar. O único filho que virá de mim é um filho que teremos juntos.

Ela fica na ponta dos pés e desliza os braços em volta do meu pescoço.

— Posso viver com isso. Talvez depois do julgamento possamos discutir mais sobre isso.

— Eu gostaria disso.

315

— Quem teria pensado que esta seria a nossa vida?

Eu beijo seu nariz.

— Eu esperava.

E agora posso vivê-la – enquanto respirar.

Fim.

AGRADECIMENTOS

Muito obrigada por ler Venha me amar. Não consigo dizer o quanto amei Emmett e Blake. Eles foram divertidos, de partir o coração e um pouco loucos.

E ainda não terminamos!

O próximo é Holden e Sophie e... o que exatamente aconteceu em Vegas?

Mantenha suas promessas é o próximo e espero que você esteja pronto(a) para outra viagem deslumbrante, cheia de suspense e linda que vai deixar você sem fôlego!

A The Gift Box é uma editora brasileira, com publicações de autores nacionais e estrangeiros, que surgiu no mercado em janeiro de 2018. Nossos livros estão sempre entre os mais vendidos da Amazon e já receberam diversos destaques em blogs literários e na própria Amazon.

Somos uma empresa jovem, cheia de energia e paixão pela literatura de romance e queremos incentivar cada vez mais a leitura e o crescimento de nossos autores e parceiros.

Acompanhe a The Gift Box nas redes sociais para ficar por dentro de todas as novidades.

 www.thegiftboxbr.com

 /thegiftboxbr.com

 @thegiftboxbr

 @GiftBoxEditora